丹·西蒙斯

a novel by

DAN
SIMMONS

THE FALL OF HYPERION

海柏利昂的殞落

海柏利昂2

景翔 譯

上

目錄 CONTENTS

人物介紹

雷納・霍依特——教士，他篤信天主教，儘管教會隨著歷史變革，業已日薄西山。而今，當他眼見心目中敬仰的人在海柏利昂上所受的苦難之後，內心的信仰搖搖欲墜。

費德曼・卡薩德——戰士，霸軍隊中最武勇堅毅的年輕軍官，在一場戰事中，他邂逅一名令他神魂顛倒的神祕女子，而她與荊魔神之間竟然有著密不可分的關係，於是他來到海柏利昂，企圖殺出一個答案。

馬汀・塞倫諾斯——詩人，自小就認為詩人是自己的唯一天職，曾經因為超時空傳送而只剩下九個粗鄙的字彙對外溝通。他的第一本詩集《垂死地球》空前暢銷，使他成為享譽全萬星網的大文豪。後來他決定另闢蹊徑，開始創作詩篇，離奇的謀殺慘案卻陸續出現……

索爾・溫朝博——歷史學者，過著平靜的研究生活，直到他的獨生女在海柏利昂進行考古勘察時遇上時潮亂流而染上「梅林症」，身體與記憶開始逆時間生長，越長越小，於是索爾開始帶著她四處求醫。全萬星網都束手無策，顯然只有回到海柏利昂才能找到答案……

海特・瑪斯亭——神祕的聖堂武士，樹船「世界之樹號」船長，也是七名朝聖者之一，他身高幾近兩米，五官帶有一點東方色彩，令人捉摸不透。他在前往時塚的途中失去蹤影，只留下無法解釋的血跡，與他帶來的莫比烏斯方塊。

布瑯・拉蜜亞——職業偵探，接下一位俊美的模控人客戶的謀殺案，發現原來他是仿照元地球詩人濟慈而生的非人類。隨後，她在追查模控人的案件中，與他相戀，倆人遭到各方人馬的追殺。最後，她來到海柏利昂，不止要查出真相，更要抓出真兇。

領事——一名冷靜、思慮周密的外交官，交社手腕與品味同樣不凡，元地球的古董鋼琴在他手中能化成優美樂聲，打動所有人。他靜靜等待機會，像一顆埋藏了半世紀的炸彈般因復仇而爆發，卻發現有更多更深沉的力量在暗中角力……

梅娜・葛萊史東——人類霸聯首席執行官，萬星網中所有人類的共同領袖。她的智慧與對人類的悲憫，成為人類擺脫滅亡的關鍵……

里・杭特——葛萊史東的第一助理，能參與霸聯的各項決策，也是葛萊史東重要的諮詢對象。後來與席維倫一起被智核綁架，成為陪伴席維倫最後生命時光的唯一夥伴。

約瑟夫・席維倫——畫家，受命替葛萊史東繪製肖像。但他其實是約翰・濟慈的再生模控人，透過他與智核的連結，而成為朝聖團成員與葛萊史東之間的聯繫，並成為這段歷史重要的見證人。

強尼・濟慈——約翰・濟慈的模控人，也是布瑯・拉蜜亞的委託人兼戀人，在尋找關於海柏利昂之謎時被殺。然而。其人格早已植入布瑯・拉蜜亞腦中，並留給她一個孩子。

保羅・杜黑——天主教教士，他來到海柏利昂，順利找到傳說中的畢庫拉族，卻也因此被神祕的十字形所困，雖獲得重生能力，卻再也無法離開那片詭異之地。為了擺脫這邪惡的詛咒，將自己縛於會發出電擊的特斯拉樹上，尋求永恆的死亡。

莫妮塔——色藝絕倫，令卡薩德至愛也至恨的「幻影戀人」，每一次戰事幾乎都會現身，與卡薩德共赴巫山雲雨，戰火在他們情慾圍圈外燃燒，他們卻在彼此的溫存中找到理性。最後一次相會時，她突然化身為荊魔神，差點殺了卡薩德……

蕾秋・溫朝博——索爾・溫朝博的獨生女，二十六歲時，前往海柏利昂進行時塚的考古勘察時遇上時潮大亂，因此染上「梅林症」，一天天變小，再次來到海柏利昂，已經是個小嬰兒。

席奧・連恩——原為領事的副手，後來繼任為海柏利昂總督，在驅逐者意欲占領海柏利昂之際，成為重要的守護者，並大力協助朝聖團成員。

米立歐・阿讓德茲——帝國大學教授，既是蕾秋・溫朝博的導師，也是她的戀人。蕾秋患病之後，為蕾秋做過許多努力但同樣毫無所獲。他再次帶領團隊來到海柏利昂，希望解開時塚之謎，解救蕾秋。

「神能對祂自己創造的人開很大的玩笑嗎？任何一個造物者，不論祂多渺小，能與祂所造之物開很大的玩笑嗎？」

——諾伯特．維納❶《神與泥人》

「難道不會有神祇對我那些優雅卻出於本能的思想態度感到有趣嗎？就像我對鼬鼠的機靈或小鹿的緊張感到有趣一樣。雖然當街爭吵是一件令人討厭的事，但其間所展現的精力卻是好的……在神祇眼中，我們的爭論也許是同一個調子——雖然錯誤卻也很好——這正是詩意所在……」

——摘自濟慈致胞弟的一封信

「那份想像可比亞當的夢——他醒來之後，發現那是真的。」

——摘自濟慈給朋友的一封信

❶諾伯特．維納（Norbert Wiener, 1894-1964）：美國理論及應用數學家，隨機過程及雜訊過程之先驅，創建「模控學」，其研究對電子工程、電子通訊、控制系統、電腦科技，甚至哲學與社會組織等均有莫大貢獻。

THE FALL OF HYPERION

I

H

1

艦隊出征那天，也就是我們所知道的生命的最後一天，我應邀去參加一場宴會。那天夜裡，整個萬星網超過一百五十個世界上，到處都有宴會，可是這場宴會卻是唯一重要的宴會。

我以數據圈回覆應邀出席，檢查並確保我最好的正式禮服乾淨整潔，從容地洗過澡，刮了鬍子，一絲不苟地著裝，然後按下邀請卡晶片上限用一次的顯示鍵，在預定的時間由希望星傳送到天崙五中心。

在天崙五的這個半球上，現在正是黃昏時分，朦朧多彩的光照著鹿園的丘陵和山谷、遠在南邊行政大樓區的灰色群塔、特瑟士河兩岸的楊柳和鮮艷的火蕨，還有執政院本身的白色廊柱。成千的賓客來到，但安全人員逐一接待我們每個人，將我們的邀請卡密碼比對DNA型，再以優雅的手勢指示酒吧和自助餐檯的方向。

「約瑟夫．席維倫❶先生嗎？」警衛彬彬有禮地確認著。

「是的。」我謊稱。那是我現在的姓名，但絕非我的真正身分。

「葛萊史東首席執行官今晚稍後仍然希望與你見面。等她有空見你的時候，會通知你。」

「很好。」

「如果你在目前所安排的餐點和娛樂之外還有其他需要，只要大聲說，地面監控就會設法提供。」

我點頭，微笑，離開警衛。我還沒走上十來步，他已經轉向下一群剛從傳送站出來的客人。

我在一座矮丘上有地利之便，能一眼看到數千賓客雜亂無章地越過幾百畝大的平整草坪，許多人在藝術園林之間穿梭。我腳下這片寬廣的草地已被河濱的一排樹蔭遮沒，往上是正式庭園，再過去便是巍峨矗立的執政院。樂隊正在遠處露臺上演奏，隱藏的擴音器把聲音帶到鹿園最遠的角落。一長串綿延不斷的電磁車由高高在上的一道傳送門盤旋而下。有幾秒鐘的時間，我一直望著那些衣著光鮮的乘客從行人專用傳送站附近的私家交通工具中下來。形形色色的飛行器令我眼花撩亂，夕陽餘暉照著的不只是標準型的維肯、艾帝茲和蘇馬索士等車款的外殼，還有漂浮遊艇的洛可可風甲板，以及在元地球尚在時曾風行一時的古董浮掠機的金屬機身。

我走下長長的緩坡，來到特瑟士河，經過碼頭，見到各式各樣的舟筏正在下客。特瑟士河是唯一流經全萬星網的大河，從永駐的傳送門流過兩百多個世界和衛星，住在河兩岸的全都是霸聯最富有的人，由河上的舟船就看得出來：武裝的巨大巡洋艇、張著布帆的帆船、五層高的遊艇，很多都看得出配備有升空裝置，也有精巧的船屋，顯然配有自用的傳送門，一些由茂宜—聖約星的海洋輸入的小浮島，

❶ Joseph Severn, 1793-1879，美國畫家，生於倫敦，曾入皇家學院，一八一九年曾展出油畫作品，嶄露頭角。翌年即獲金牌獎及三年國外進修資格，與詩人好友濟慈前往義大利，在濟慈於一八二一年去世之前，始終加以照顧，一八六一至一八七二年擔任英國駐羅馬領事。傳世名畫甚多，亦擅長肖像畫，曾繪製多幀濟慈畫像。後卒於羅馬，葬在新教徒墓園濟慈墓側。

前聖遷時期的競賽型快艇和潛艇，幾輛由文藝復興星系來的手工打造水上電磁車，幾輛現代的任我行遊艇，外形都被阻絕力場無縫的卵形反光表面所遮蔽。

從這些船隻下來的客人，其華麗程度和他們的船艇相比也毫不遜色：個人風格從前聖遷時期的保守晚禮服，穿在顯然未受過波森延壽療程的身體上，到本週天崙五最新時尚，穿在由萬星網最著名的生物藝術家所塑造的身體上。我繼續向前走，停在一張長桌前，往盤子裡裝滿烤牛肉、沙拉、天墨魚排、帕爾瓦蒂星咖哩，還有剛烤好的麵包。

等我找到一個靠近花園的位子坐下時，夕陽餘暉已褪成暮色，星辰也逐漸露面。附近城市和行政大樓區的燈光為了今晚觀賞艦隊而轉暗，天崙五中心的夜空這數百年來還沒有如此清朗過。

我附近一個女人看了我一眼，微笑道：「我相信我們以前見過面。」

我也笑了笑，確信我們並沒有見過。她很漂亮，年紀大約長我一倍，以標準時間來計算，差不多將近六十，但是多虧有錢和波森延壽療法，看起來比我的二十六歲還年輕。她的皮膚光滑到看似透明，頭髮梳了個朝天髻，在袍子的重點式遮掩下，完美無瑕的胸部若隱若現，眼光則冷酷無情。

「也許見過吧，雖然看來不大可能。我的名字叫約瑟夫．席維倫。」我說。

「當然了，你是個畫家！」她說。

我不是畫家，我是……曾經是一個詩人，可是一年前我真正人格死亡再生後所持有的席維倫這個身分，表明我是個畫家。這明列在我的萬事網檔案之中。

「我就記得。」那位女士笑道。她說謊，她剛剛才使用了植入式的昂貴通訊記錄器由數據圈上取得資料。

我不需要「取用」……這個詞雖然古老，我卻覺得這是個拙劣而多餘的字眼而不屑一用。我只要在心中閉上眼睛，就會身在數據圈，滑過萬事網的表面攔截，在一波波表層資料底下溜過，順著她取用資料的閃亮纖維，深入到「機密」資料流的黑暗底層。

「我的名字叫黛安娜．費洛梅爾。我先生是天龍七星區運輸官。」她說。

我點了點頭，握住她伸出的手。她並沒有說起她的丈夫在得到政界提拔把他升官到天龍星來之前，只是天堂之門模具工會的打手頭子，也沒說她的名字以前叫作狄妮．特茲，原先是中坑荒原妓院的娼妓和小酒館的酒女，專門侍候那些輸氣管工人，沒提到她兩度因為濫用「逆時針」被捕，第二次還嚴重傷一位中途之家的醫護人員，更沒說她九歲那年下毒想殺了她同母異父的哥哥，因為他威脅要告訴她繼父，她和一個泥原礦工來往，那名礦工叫作……

「幸會，費洛梅爾夫人。」我說。她的手很暖和。她握住我的手好一會兒才放開。

「好令人興奮是吧？」她喘息著道。

「什麼事？」

她大大地揮了下手，把夜色、剛亮起的光球、花園和人群全畫進來。「啊，這場宴會，這次戰爭，所有一切。」她說。

我微微一笑，點了點頭，嚐了口烤牛肉。牛肉鮮嫩美味，但帶著盧瑟斯星複製牛的鹹味。墨魚好像是真的。侍者端來香檳，我喝了一口，是次品。在元地球滅亡之後，上品的葡萄酒、蘇格蘭威士忌和咖啡這三樣好東西，是再也找不到了。「妳認為這場戰爭有必要嗎？」我問道。

「天殺的大有必要。」黛安娜．費洛梅爾張嘴，可是答話的卻是她的先生。他從後面走了過來，一屁股坐在我們正在用餐的人造木上。他個子很大，至少比我高了一呎半。可是話說回來，我是個矮個子，我記得我以前曾經寫過一首詩來嘲笑我自己：「……約翰．濟慈，身高五呎。」雖然我身高其實是五呎一吋，在拿破崙和威靈頓❷活著的時代只能算是略矮（當時男人平均身高為五呎六吋），現在卻因一般重力世界中的男性身高在六呎到將近七呎之間，我就矮得可笑了。我顯然也沒有高重力世界出身所具備的發達肌肉或骨架，所以在所有人眼裡，我就是個矮子。（我以上的思緒裡用的是我所想的計量單位……自從我重生於萬星網之後，種種心智上的轉變以公制最為困難，有時我根本拒絕嘗試使用。）

「這場戰爭為什麼會有必要呢？」我問赫墨德．費洛梅爾，黛安娜的丈夫。

「因為他們就他媽的討打。」那大個子男人咆哮道。他是個會咬牙切齒的男人，幾乎沒有脖子，一臉青青的鬍根儼然在向脫毛劑、剃刀和刮鬍刀示威。他的手也比我的大上一半，且有力好幾倍。

「原來如此。」我說。

「那些該死的驅逐者就他媽的討打。」他又重複了一遍，再次為我說明他的論點。「他們在布列西亞幹了我們，現在又想來幹我們的、的……叫什麼來著……」

「海柏利昂星系。」他的妻子答道，兩眼始終盯著我。她的夫君說道：「對，海柏利昂星系。他們來亂搞我們，現在我們要站出去，讓他們知道霸聯是不會容忍的。明白嗎？」

在我的記憶中，我少時曾經去上安菲德的約翰克拉克學院，那裡就有過幾個像這種拳頭大腦袋小的惡霸。我剛到那裡的時候，都盡量躲開他們，躲不掉就奉承。在我母親過世、整個世界都變了之後，我就用小拳頭抓著石頭，追上前去打他們，就算他們打得我流鼻血或牙都鬆了，我還是再爬起來和他們硬碰硬。

「我明白。」我溫和地說。我的盤子空了。我舉起還剩最後一口劣等香檳的杯子，向黛安娜・費洛梅爾敬酒。

「畫我。」她說。

「對不起，妳說什麼？」

「畫我吧，席維倫先生，你是個藝術家呀。」

「一個畫家，恐怕我沒有畫筆。」我說著，用空著的手做了個無可奈何的手勢。

❷ 應是指第一代威靈頓公爵（Arthur Wellesley, 1st Duke of Wellington, 1769-1852），英國陸軍元帥，後來成為英國首相，以一八一五年滑鐵盧之役中指導英普聯軍擊敗拿破崙而聞名。

黛安娜．費洛梅爾把手伸進她丈夫袍子的口袋，掏出一枝光筆遞給我。「畫我，拜託。」

我畫了她，那幅肖像出現在我們之間的半空中。線條起伏，最後頭尾相銜，像是用霓虹燈管製作成的塑像。一小群人擠過來圍觀，在我畫完之後，響起一陣掌聲。那幅畫不壞，抓住了那位女士脖子修長的曲線，高聳的髮髻，突出的顴骨，甚至還有她眼中那一點迷濛的光亮。這是在為了建立這個人格的ＲＮＡ手術和課程之後，我所能做到的最佳表現了。真正的約瑟夫．席維倫能畫得更好，也曾經有過更好的作品，我記得我臨終前躺在那裡時他替我速寫的情形。

黛安娜．費洛梅爾夫人贊許地微笑著，赫墨德．費洛梅爾先生則對我怒目而視。

一陣叫聲響起：「他們來了！」

人群中揚起喃喃的說話聲、驚嘆聲，然後靜止。光球和花園裡的燈光漸暗、熄滅，成千上萬的賓客抬眼望著天上，我消去了那張畫，把光筆插回赫墨德的袍子口袋。

「艦隊來了。」一個穿著黑色霸軍制服，外表尊貴的老人說道，他舉起手裡的酒杯，向他的年輕女伴指點某樣物事。「他們剛把傳送口打開。偵查艇打頭陣，然後是護衛的炬船隊。」

我們所在之處看不見霸軍在遠處的傳送門，就算是在太空裡，我想看起來也不過就是星空中一塊長方形的色差而已。可是偵查艇後的凝結尾卻真的清晰可見：起先像是一群螢火蟲或閃亮的蜘蛛絲，而當偵查艇啟動主引擎橫越天崙五的地月間交通區時，又成了明亮的彗星。炬船隊從傳送門中現身，帶來百倍長於偵查艇凝結尾的光亮炬尾時，又引起一陣熱烈驚嘆。天崙五的夜空從天頂到天邊，布滿了金紅色的條紋。

掌聲從某處響起，隨即響遍整個野地和草坪，以及執政院的鹿園，伴隨高昂的喝采聲，這些來自一百多個世界、盛裝華服的億萬富翁、政府官員、貴族把一切拋諸腦後，只遺留主戰思想和對戰爭的渴望，在經過一百五十多年的冬眠後又甦醒過來。

我沒有鼓掌，被周遭忽視的我舉酒致敬，不是敬費洛梅爾夫人，而是敬我這一族類始終保有的愚蠢，然後喝下最後一口香檳。那酒的味道平淡無比。

在頭頂上方，艦隊裡更重要的船艦進入了星系。我只輕觸了下數據圈，其表面資料不住湧現，最後就像是暴風雨中的大海，接著就知道霸軍太空艦隊由一百多艘主力空間跳躍船組成：漆黑的攻擊母艦，形狀像標槍，發射臂猛直下伸，3C級指揮艦猶如黑水晶隕石群，美麗而棘手，球形的驅逐艦是大了一號的炬船，周邊防衛巡邏艦以能量取勝，它們架起的巨大防護盾現在設為全反射狀態，明亮的鏡面映照出天崙五和四周幾百道焰尾，而高速巡洋艦，像在動作較緩慢的魚群中游走的鯊魚，轟隆前進的運兵艦在無重力艙裡載運了數以千計的霸軍陸戰隊員。還有幾十艘支援的船艦——反潛艦、高速戰鬥艦、魚雷艦、超光速通訊巡邏艦，以及配備傳送門的瞬間傳送艦，巨大的十二面體上裝設了一排排夢幻的天線和探針。

在艦隊四周，由空中交通管制保持著安全距離的，是一些遊艇、蔽日船和私人太空船，它們的帆都映照著陽光，反射出艦隊的美麗榮光。

執政院四周的賓客歡呼鼓掌。那位穿著黑色霸軍制服的男子默默哭泣，附近的隱藏攝影機和寬頻投影機把這一刻透過超光速通訊傳送到萬星網的每一個世界，也傳送到幾十個網外世界。

我搖了搖頭，仍然坐著。

「席維倫先生？」一名安全警衛站在我身邊。

「什麼事？」

她朝執政大樓那邊點了下頭。「葛萊史東首席執行官現在要接見你。」

2

每一段動盪不安的時代，似乎都會產生一名只為那個時代而生的領袖，一位政治上的巨人，在那個時代的歷史中有不可或缺的地位。屬於我們這個「末代」的領袖正是梅娜．葛萊史東。雖然當時沒有一個人會料想到，將來只有我來寫有關她和她那時代的真實歷史。

葛萊史東不知有多少次被人拿來和林肯的經典形象相比，使得我在艦隊大宴那天夜裡終於給帶到她面前時，還因為她沒穿著黑色禮服也未戴黑色高帽而微感吃驚。參議院首席執行官，服務一千三百億人民的政府首長，一身灰色軟毛呢褲裝，只在長褲褲腳和上衣袖口以細紅線滾邊，別無裝飾。我覺得她不像林肯，也不像另一個媒體界常用來與她比擬的古代英雄艾瓦瑞茲．天普，我覺得她看起來就像一個老太太。

梅娜．葛萊史東又高又瘦，但是她的容貌比林肯更像隻鷹隼，鷹鉤鼻、高顴骨、嘴型寬大而表情豐富、兩片薄唇，以及一頭灰色短髮飛蓬如羽毛。可是在我心裡，梅娜．葛萊史東最令人難忘的是她的眼睛，棕色的大眼中充滿了無限的哀愁。

那裡不止我們兩個，我給帶進一個燈光柔和的長形房間裡，滿牆是木造的架子，放了好幾百冊的紙本印刷書籍。一個長形全像框充作窗戶，可以看到外面的花園。一場會議剛散，十來名男女或坐或站地對著葛萊史東的辦公桌形成一個半圓形，首席執行官隨意地倚在她的辦公桌上，全身重量放在桌沿，兩臂交疊，在我走進去時抬起頭來。

「席維倫先生嗎？」

「是的。」

「謝謝你過來一趟。」上千次的萬事網辯論，早已讓人熟悉她的聲音。音色因年齡已長而變得沙啞，音調卻滑順得一如昂貴的名酒，她的口音很知名，精準的語法使用的是幾乎已被人遺忘的前聖遷期的輕快英語，這種口音現在顯然只在她家鄉帕塔法星[3]的河口三角洲一帶才能聽聞了。「各位女士，各位先生，這位是約瑟夫．席維倫先生。」她說。

有幾個人點了點頭，顯然完全不知道我到這裡來做什麼。葛萊史東沒再多作介紹，但我觸碰數據圈確認了每一個人的身分：有三位內閣成員，包括國防部長、兩位霸軍參謀長，有兩位葛萊史東的助理，有包括深具影響力的柯爾契夫參議員在內的四位參議員，還有一位叫艾爾必杜的智核資政的投影。

「請席維倫先生到這裡來，是要他以藝術家觀點對目前情勢提供看法。」葛萊史東首席執行官說。

霸軍陸軍將軍莫普戈冷笑一聲。「藝術家觀點？請恕我直言，首席執行官，那到底是什麼意思？」

葛萊史東微微一笑，沒有回答那位將軍，卻轉身問我：「席維倫先生，你覺得艦隊的遊行如何？」

「很漂亮。」我說。

莫普戈將軍又哼了一聲：「漂亮？他看著這個銀河系有史以來規模最大的太空戰力，居然稱之為漂亮？」他轉身對著另外一位軍人，搖了搖頭。

葛萊史東的微笑絲毫未變，繼續提問：「那戰事呢？你對我們要從野蠻的驅逐者手裡拯救海柏利昂的作法有什麼意見嗎？」

「很愚蠢。」我說。

房間裡變得非常寂靜，目前正在進行的萬事網即時民意調查顯示，百分之九十八的民眾贊成葛萊史東首席執行官主張作戰，不把海柏利昂殖民世界拱手讓給驅逐者。葛萊史東的政治前途就落在這場衝突最後的正面結果上。這個房間裡的男男女女促成這項政策，下了出兵的決定，而且加以執行。房間裡始終寂靜無聲。

「為什麼愚蠢呢？」葛萊史東柔聲地問道。

我用右手比了個手勢說道：「霸聯自七世紀前創立以來，從沒打過仗，這樣試驗霸聯根基的穩定度太愚蠢了。」

「沒打過仗！」莫普戈將軍叫道，他的兩隻大手緊抓著膝蓋。「你他媽的把葛藍儂—海特的叛變稱作什麼？」

「稱為叛變、叛亂、一場警方行動。」我說。

柯爾契夫參議員咧咧嘴，但毫無笑意。他來自盧瑟斯星系，看來比一般男人健壯得多。「是軍事行動。死了五十萬人，霸軍兩個師打了一年多。可不是什麼警方行動，孩子。」他說。

我沒有說話。

里．杭特，一個像得了癆病的老人，據說是葛萊史東最親近的助理，清了清喉嚨。「不過席維倫先生說的話很有意思。呃……你認為這次衝突與葛藍儂—海特戰事有什麼不一樣的地方？」

「葛藍儂—海特是前霸軍軍官，驅逐者在這幾百年來卻始終是個未知數。叛軍的軍力我們早已清楚，他們的潛力也很容易評估，驅逐者船群是從聖遷時期以來一直在萬星網之外。葛藍儂—海特一直待在保護區內，侵占的幾個世界離萬星網不會超過兩個月的時債，海柏利昂則離萬星網最近的帕爾瓦蒂星

---

❸ Patawpha，典出約克納帕塔法（Yoknapatawpha），源於美洲原住民喬克托族或其克索族語，是美國密西西比州一條河名，也是美國小說家威廉．福克納筆下一個虛構的郡縣名稱，福克納有多篇著作的故事背景均設在此地。

系也要三年。」我意識到我陳述的都是顯而易見的事。

莫普戈將軍反問：「你以為這些我們都沒有想到過嗎？那布列西亞之戰呢？我們在那裡已經和驅逐者打過仗了。那可不是……叛亂啊！」

「安靜一點，勞駕。」里．杭特說：「請繼續，席維倫先生。」

我又聳了聳肩膀說道：「最主要的不同是這回我們要應付海柏利昂。」

在場的女性之一雷巧參議員點了點頭，好像我已經充分表達我的看法。「你害怕荊魔神。你是最終和解教會的人嗎？」她說。

「不，我不是荊魔神的信徒。」我說。

「那你是做什麼的？」莫普戈追問道。

「我是個畫家。」這是謊言。

里．杭特微微一笑，轉身對著葛萊史東。「我同意我們需要這種看法來讓我們清醒一下，首席執行官。」他說著指了指窗子，那幅全息影像顯現了仍在鼓掌歡呼的群眾。「不過，我們這位藝術家朋友所提出的這些要點，都已經充分檢視評估過了。」

柯爾契夫參議員清了下嗓子。「我實在不想提起，但看來我們全都想忽略此事：這位先生……在機密層級上有沒有資格參與這種討論呢？」

葛萊史東點了點頭，露出許多諷刺漫畫家想要捕捉的淺淺笑容。「席維倫先生受藝術部的委請，要在接下來的幾天或幾週裡為我畫一系列的畫像。我相信這樣做是因為這些畫像具有歷史價值，而很可能最後會畫一幅正式的肖像畫。無論如何，席維倫先生的機密層級是T級金證，我們可以在他面前暢所欲言。而且，我也很欣賞他的坦白直率，也許他的到來正好可以看作是我們的會議已經達成了結論。明天八時，也就是在艦隊傳送往海柏利昂之前，我們在戰情室見。」

一群人馬上就散了。莫普戈將軍在離開時狠狠瞪了我一眼，柯爾契夫參議員經過我面前時好奇地看著我，艾爾必杜資政就那樣消失於無形。除了葛萊史東和我之外，只剩下里·杭特一個人。他往那張珍貴的前聖遷時期椅子裡坐得更舒服一點，把一條腿跨在扶手上。「坐吧。」杭特說。

我看了首席執行官一眼，她已經坐在她那張大辦公桌後面。她點了點頭，我在莫普戈將軍剛才坐的那張直背椅子上落了座。首席執行官說：「你真的認為保衛海柏利昂是件蠢事嗎？」

「是的。」

葛萊史東將十指對在一起，輕觸著她的下唇。在她背後的窗子上顯現艦隊盛宴仍在無聲的激動情緒中進行。「如果你還希望能和你的……呃……另外一半結合，那我們執行對海柏利昂的行動對你會有利吧。」她說。

我沒有說話，窗景轉而顯現仍被凝結尾照得通亮的夜空。

「你帶畫具來了嗎？」葛萊史東問道。

我把我對黛安娜·費洛梅爾說沒帶著的鉛筆和小素描簿拿了出來。

「一面談一面畫吧。」梅娜．葛萊史東說。

我開始素描，潦草地勾勒出那放鬆得近似癱坐在那裡的身形，然後描畫臉部細節。那對眼睛引起了我的興趣。

我微微感覺到里．杭特正盯著我看。「約瑟夫．席維倫，會選這樣一個名字真是有意思。」他說。

我用快速、大膽的線條來傳達她高聳顴骨和結實鼻梁的感覺。

「你知道一般人為什麼對模控人抱持懷疑的態度嗎？」杭特問道。

「知道，科學怪人症候群，害怕所有具有人形而又不完全是人類的東西。我猜，這正是生化人不合法的真正原因。」我說。

杭特同意道：「嗯哼，可是模控人的確是完完全全的人類，對吧？」

「由基因遺傳學來看的確是這樣。」我說。我發現自己想起了母親，回想起她生病時我念書給她聽的情形，我也想到我弟弟湯姆。「可是他們也是智核的一部分，而這一點就符合了『不完全是人類』的說法。」我說。

「你也是智核的一部分嗎？」梅娜．葛萊史東問道。她轉身正對著我，我開始一張新素描。

「並不盡然，我可以自由穿梭他們准許我去的那些區域，可是那像是有人在操作數據圈，而不是真正智核人格的能力。」我說。她的臉在四分之三側面時較有意思，但那對眼睛在正視之下卻更為有力。我描畫著由那對眼角散出的細紋，梅娜．葛萊史東似乎從來沒有使用過波森延壽療程。

葛萊史東說：「要是能對智核保密，那讓你自由進入政府的政務會議是滿愚蠢的。以現在的情況看來……」她把兩手放下，坐直了身子。

我翻到新的一頁。

「就目前的狀況來說，你有我需要的資訊。你真的能讀你的另一半，也就是你前一個身分的心思嗎？」葛萊史東說。

「不能。」我說。她嘴角部位皺紋和肌理的錯綜線條很難捕捉。我盡量勾畫，接著畫她結實的下巴和下唇下的陰影部分。

杭特皺起眉頭看了首席執行官一眼。

葛萊史東女士又將她的指尖合了起來。「說明白點。」她說。

我將視線從畫紙上抬了起來。「我作夢。夢的內容似乎就是發生在植入原先濟慈人格的那個人四周的真實情況。」我說：

「就是那個叫布瑯．拉蜜亞的女人？」里．杭特說。

「是的。」

葛萊史東點了點頭。「那原先的濟慈人格，那個大家都以為在盧瑟斯被殺死的，現在仍然活著？」

我頓了一下說道：「它……他現在還有知覺。你知道那原始的人格基礎是由智核萃取來的，很可能是那個模控人自己取得的，然後植入拉蜜亞小姐身上的史隆迴路生物分流器。」

「對，對，可是事實是，你的確能和那個濟慈的人格接觸，而透過他，又能接觸到荊魔神朝聖團。」里・杭特說。

很快的幾筆黑色畫出黑色的背景，使葛萊史東的素描像更有深度。「我並沒有真正接觸到。我夢到海柏利昂的情形，而由你們的超光速通訊廣播證實了和實際發生的事情相符。我並不能和那潛在的濟慈人格，或他的宿主，或是其他的朝聖者溝通。」

葛萊史東首席執行官眨了下眼睛。「你怎麼知道超光速通訊廣播的事？」我說。

「領事對其他朝聖者說過，他的通訊紀錄器能透過他船上的超光速通訊傳輸器來收發。他是在太空船要降落在山谷之前對他們說的。」

葛萊史東的口氣透露出她在進入政壇之前有過多年的律師經驗。「那其他人對領事透露這樣的消息又有什麼反應呢？」

我把鉛筆放回口袋。「他們知道他們之間有個間諜。妳跟他們每一個人都說過這事。」

葛萊史東看了她的助理一眼，杭特面無表情。「要是你現在還和他們接觸，你想必知道在他們離開時光堡，準備降落在時塚之前，我們就沒有接到任何消息了。」她說。

我搖了搖頭。「昨晚的夢在他們往山谷裡去的時候就結束了。」

梅娜・葛萊史東站起身來，走到窗口，舉起一隻手，影像成了一片漆黑。「所以你現在不知道他們之中是不是還有人活著？」

「不知道。」

「在你上一次的……夢裡，他們的情況如何？」

杭特還像先前一樣專注地盯著我，梅娜．葛萊史東則瞪著漆黑的螢幕，背對著我們兩個。「所有的朝聖者都還活著，可能除了世界之樹真言者海特．瑪斯亭。」我回答。

「他死了？」杭特問道。

「兩晚前，他從草海上的風車船裡失蹤了，就在驅逐者的斥候艇把樹船『世界之樹號』搗毀的幾個小時之後。可是就在這些朝聖者從時光堡降落之前，他們看到一個穿著袍子的身影穿過沙地向那些時塚走去。」

「是海特．瑪斯亭嗎？」葛萊史東問道。

我舉起了一隻手。「他們假設是他，可是並不確定。」

「把其他人的情形告訴我。」首席執行官說道。

我深吸了一口氣。我由夢裡知道葛萊史東至少認識這最後的荊魔神朝聖團裡的兩名成員，布瑯．拉蜜亞的父親原先也是參議員，而霸聯領事則曾經是葛萊史東和驅逐者祕密交涉的私人代表。「霍依特神父很痛苦，他說了十字形的故事。領事知道霍依特也附有一……實際上是兩個。杜黑神父的，和他自己的。」我說。

葛萊史東點了點頭。「所以他還帶著復活寄生物？」

「是的。」

「在他接近荊魔神的地盤時，那會對他更形困擾嗎？」

「我相信是這樣。」我說。

「請繼續。」

「詩人賽倫諾斯大部分的時間都在喝酒。他深信他那首未完成的詩能預言並決定事件的走向。」

「在海柏利昂上的事嗎？」葛萊史東問道，她仍然背對著我們。

「在所有的地方。」我說。

杭特看了首席執行官一眼，然後又把視線轉回我身上。「賽倫諾斯瘋了嗎？」

我回望著他，但沒有說話。說老實話，我不知道。

「繼續。」葛萊史東又說道。

「卡薩德上校仍然執著於兩件事：找到那個叫莫妮塔的女人，殺了荊魔神。他認為他們可能就是同一個人。」

「他有武器嗎？」葛萊史東的聲音很柔和。

「有。」

「請繼續。」

「索爾．溫朝博，那位從巴納德世界來的學者希望能盡快進入那座叫人面獅身像的時塚……」

「抱歉，他的女兒還和他在一起嗎？」葛萊史東說。

「是的。」

「蕾秋現在多大了？」

「我想是五天吧。」我閉起眼睛回想前一晚夢境的細節。「對，是五天。」

「仍然隨著時間越長越小？」

「是的。」

「繼續吧，席維倫先生，請告訴我關於布瑯．拉蜜亞和領事的情形。」

「拉蜜亞小姐要達成她前任委託人……也是她情人的願望。濟慈的人格覺得他必須面對荊魔神，而拉蜜亞小姐要代他去做這件事。」我說。

「席維倫先生，你說起『濟慈的人格』，好像他和你毫無牽扯或關聯……」里．杭特開口說道。

「拜託，里，等下再說。」梅娜．葛萊史東說。她轉過身來看著我：「我對領事很好奇，他有沒有和別人一樣談到他參加朝聖團的原因呢？」

「說了。」我說。

葛萊史東和杭特等著我的下文。

「領事說了他祖母的事，那位名叫西麗在半個多世紀前發起茂宜—聖約星叛變的女人。他和他們說到他自己家人在布列西亞之戰中慘死的經過，也揭露了他和驅逐者密會的內幕。」我說。

「如此而已？」葛萊史東問道，她那對棕色的眼睛表情專注。

「不止，領事還讓他們知道是他啟動了一個驅逐者的裝置，使得時塚加快開啟。」我說。

杭特坐直了身子，把跨在扶手上的腿移了下來。葛萊史東很明顯地吸了口氣：「還有嗎？」

「沒有了。」

「其他人對他坦承……背叛有什麼反應呢？」她問道。

我停頓了一下，盡量把記憶中的夢境情景按時序弄清楚。「有些人非常憤怒，可是在那一刻並沒有人特別覺得必須對霸聯效忠。他們決定繼續下去。我相信每個朝聖者都覺得懲罰應該是來自荊魔神，而不是由人來代理。」

杭特一拳打在椅子扶手，叱喝道：「要是領事現在在這裡，他很快就會發現不是那麼回事了。」

「里，別說了。」葛萊史東走回她辦公桌前，碰了碰桌上的一些文件。電話上所有線路的指示燈都不耐煩地閃著，在這時候她還能花那麼多時間和我談話，令我相當意外。「謝謝你，席維倫先生，我要你接下來幾天都留在我們這裡，會有人帶你到執政院住宿部的專屬套房去。」她說。

我站了起來。「我先回希望星去取我的東西。」我說。

「不需要，你還沒走下月臺，東西就已經送到這裡來了。里會送你出去。」葛萊史東說。

我點了點頭，跟著那個比我高的男人向門口走去。

「哦，席維倫先生……」梅娜．葛萊史東叫道。

「什麼事？」

首席執行官微微一笑。「我先前的確很欣賞你的坦白和率直，不過從現在開始，我們就假設你是位宮廷畫家，也只是位宮廷畫家，沒有意見、不引人注目、沒有嘴，了解嗎？」她說。

「了解，首席執行官。」我說。

葛萊史東點了點頭，已經把注意力轉到閃爍的電話線路指示燈上。「很好。請你帶著素描簿在八時到戰情室。」

一名安全警衛在接待室和我們碰頭，開始帶我走向如迷宮般的走廊和檢查哨。杭特出聲叫他停下，然後橫跨寬廣大廳大步走來，他的腳步聲在瓷磚地上回響。他抓住我的手臂。「別犯錯了。我們知道……她知道……你是誰，也知道你是做什麼的，又代表了誰。」他說。

我正視著他的兩眼，不動聲色地把手臂抽回來。「那很好，因為就此而言，我肯定是一無所知。」我說。

H

3

六個成人和一個嬰兒在窮山惡水中。在黑夜籠罩下，他們所生的火似乎很微弱。在他們頭上和四周，環繞山谷的群山矗立宛如高牆圍合，更近的山谷陰影中那些時塚巨大的形體有如大洪水以前的蜥蜴幽靈般偷偷爬來。

布瑯．拉蜜亞疲憊不已，全身痠痛，而且非常暴躁。索爾．溫朝博的嬰兒哭得令她咬牙切齒。她知道其他人也都很疲倦，過去三天夜裡，沒有一個人能睡到三、四個小時，而正要結束的這一天裡又充滿了緊張和懸而未決的恐懼。她把最後一塊木柴放進火堆裡。

「木柴已經一根不剩了。」馬汀．賽倫諾斯叱道。火光由底下照亮了詩人如賽蹄般的面孔。

「我知道。」布瑯．拉蜜亞說，她已經疲倦得沒辦法在語氣中表達憤怒或其他情緒，這些柴火是多年前的朝聖團帶來放在一個貯藏室裡的。他們的三頂小帳篷就立在傳統上朝聖者在見荊魔神前一天紮營的地方。他們的營地靠近那座名為人面獅身像的時塚，看似翅膀的黑色巨物遮擋了部分的天空。

「柴火燒完之後，我們用燈籠。」領事說。外交官看起來比其他人更為疲憊。閃動的火光染紅了他悲傷的面容。他特別為這一天穿上外交官的華服，可是現在披風和三角帽看來都和領事本人一樣汙穢而委靡。

卡薩德上校回到火邊，把夜視鏡往上推到他頭盔的頂上。卡薩德全副戰鬥裝備，已啟動的變色聚合物表層讓他看起來只露出面孔，飄浮在離地兩公尺的空中。「什麼也沒有，沒有動靜，沒有熱影，除了風聲之外，也沒有聲音。」他說。卡薩德把霸軍的多功能步槍靠在一塊岩石上，坐在其他人旁邊，他把緊身盔甲的纖維轉回到暗黑色，和先前一樣仍不可見。

「你們認為荊魔神今晚會來嗎？」霍依特神父問道。教士用黑色斗篷裹住身子，看來和卡薩德上校一樣融入夜色。這名瘦削男人的聲音很緊張。

卡薩德俯身向前，用他的短杖撥了下火。「誰也不曉得。我會站哨，以防萬一。」

突然之間，六個人全都仰頭望天。滿布星斗的天空閃爍著五顏六色，一朵朵橘紅色的花朵無聲地散開，遮沒了星空。

「過去幾個鐘頭裡沒有這麼多。」索爾．溫朝博搖著嬰兒說。蕾秋已經停止哭鬧，現在正想辦法抓她父親的短鬚。溫朝博親吻了下她小小的手。

「他們又在測試霸聯的防線了。」卡薩德說。火星由戳動的火堆裡升起，紅光飄進空中，好像要加入天上那些明亮的花火。

「誰贏了？」拉蜜亞問道，她指的是前一夜和今天大部分時間使天空中充滿暴力的無聲太空戰爭。

「有誰他媽的在乎？」馬汀．賽倫諾斯說。他搜索著他那件毛皮大衣的幾個口袋，看是不是還能找到一滿瓶的酒，但沒找到。「有誰他媽的在乎？」他又咕噜了一句。

「我在乎。要是驅逐者能突破，就可能在我們找到荊魔神之前先毀了海柏利昂。」領事疲憊地說。

賽倫諾斯嘲弄地笑道：「哦，那就可怕了，是吧？在我們找到死亡之前就先死亡，在我們預計被殺害的時間之前就先被殺害，那樣迅速而毫無痛苦地走了，而不是永遠在荊魔神的刺上受苦？哦，那真是個可怕的想法。」

「閉嘴。」布瑯．拉蜜亞說。她的聲音還是一樣毫無感情，但這回卻並不見得沒有威脅意味，她看了看領事。「荊魔神在哪裡？我們為什麼找不到呢？」

外交官瞪著火堆。「我不知道，為什麼我應該知道？」

「說不定荊魔神已經走了。說不定因為崩解反熵場而讓荊魔神得到自由。說不定已經把它的天譴帶到別處去了。」霍依特神父說。

領事搖了搖頭，沒有說話。

「不對，它會來的，我感覺得到。」索爾．溫朝博說，嬰兒現在靠在他肩膀上睡著了。

布瑯．拉蜜亞點了點頭。「我也感覺得到。它正在等著。」她從她的背包裡取出幾份口糧，拉開加熱片，把口糧分給大家。

「我知道這個世界的基礎是反高潮。可是這也太荒謬了，大家盛裝打扮卻無死所。」賽倫諾斯說。布瑯．拉蜜亞怒目而視，但一言未發，有一陣子，大家只默默地吃著口糧，天上的紅光消失了，密集的繁星重現。但火星仍不斷升起，像要尋求脫逃。

我被纏繞在布瑯．拉蜜亞如迷離夢境而兩度移轉的混亂思緒裡。我試著重組上次我夢到他們人生以來所發生的事件。

這批朝聖者在黎明前走下山谷，他們唱著歌，上方千萬公里高處的戰火將他們的影子投射在跟前，他們整天都在勘察時塚，每分每秒都可能死亡，經過了幾個小時，太陽升起，而沙漠的嚴寒變成了酷熱，他們的恐懼和欣喜都消褪了。

漫長的一天很寂靜，只有沙子的摩擦聲、偶爾發出的叫聲，還有始終存在、幾近下意識呻吟般在岩石和時塚間穿過的風聲。卡薩德和領事各帶了一具可以度量反熵場強度的儀器。可是拉蜜亞最先發現不需要那些儀器，因為時潮的漲退會引起輕微的噁心，還有一種不會稍減的似曾相識之感。

最靠近山谷入口的就是人面獅身像，然後是玉塚，其牆壁只在黎明和暮色中才呈現透明，再往裡走不到一百公尺，矗立著稱為方尖碑的塚。然後這條朝聖之路往上通過漸寬的峽谷到了其中最大的一座塚：坐落在中央的水晶獨石巨碑，表面沒有任何花紋或開口，平頂映照著岩壁的上端，再來是那三座穴塚，這幾處的入口之所以可見，只因為通往入口的幾條小徑已經都踩爛了。最後，從谷口深入幾乎達一公里的地方就是所謂的荊魔神殿，鋒利的邊緣和外伸的尖塔完全就像傳說中在谷裡作祟的那個怪物身上的尖刺。

一整天，他們從一個時塚走到另一個時塚，沒有一個人敢冒險落單，這一小群人在進入那些可進入的時塚前都會遲疑。索爾・溫朝博在看到與進入人面獅身像時情緒非常激動，二十六年前，他的女兒就是在這座時塚裡感染了梅林症。當年她那個大學團隊安放的儀器依然架在時塚外的三角架上，不過這群人裡沒有人知道那些儀器還有沒有作用，是否還在執行它們監控的責任。人面獅身像裡的通道，就像蕾秋的通訊記錄器上所說的一樣狹窄而有如迷宮。之前多個不同研究團隊所留下來的串串光球和電燈，現在都用盡能源而漆黑無光。他們用手電筒和卡薩德的夜視鏡探測，完全找不到當年蕾秋在時那個四壁合攏、使她患病的那個房間。那裡只有一度威力強大的時潮所留下的遺跡，但也沒有荊魔神的蹤影。

每一座時塚都讓人感受到其恐怖、希望和激切期盼的時刻，最後卻都只換得一個多鐘頭的失望，因為那裡只有骯髒而空蕩蕩的房間，就跟幾世紀以來的遊客和荊魔神朝聖者所看到的一樣。

這一天最後在失望和疲憊中結束，東邊谷壁的影子像一場不成功的戲演完後落下的大簾幕般，遮沒了那些時塚和山谷。白天的暑熱消失，沙漠的嚴寒很快被一陣風吹回來，還帶著雪，以及西南方二十公里外馬轡山脈高處的氣味。卡薩德建議他們紮營。領事帶路到傳統的營區，也就是荊魔神朝聖者在見到他們所尋找的怪物前最後過夜的地方。那塊平地靠近人面獅身像，還看得到一些研究團隊或朝聖者留下來的痕跡。索爾・溫朝博很高興，他認為他女兒就曾在這裡紮營。其他的人也都不反對。

現在，在全然的黑暗中，只剩下最後一塊木頭在燒著時，我感覺到那六個人擠得更近了，不止是為了取暖，而是更親近彼此。從他們乘飄浮遊艇貝納瑞斯號溯河而上，直至來到時光堡的共同經驗，像一條雖然脆弱卻很結實的繩子，將他們牽繫在一起。除此之外，我也感受到一種比情感上的結合更為明顯的團結力，雖然花了點時間，但我很快就明白了這群人是用共享資料和知覺網的微數據圈相連。在一個原始區域資料傳送途徑已遭戰爭的初步跡象粉碎殆盡的世界，這群人將通訊記錄器和生理監控器相互連結來分享資訊，也盡可能地彼此照應。

雖然阻擋我進入的阻礙又明顯又堅固，我也毫無困難地溜了進去，取得了雖然有限卻為數不少的線索，像是脈搏，表皮溫度，皮層活動，攝取需求，資料檢索……等等，這些都讓我多少能深入了解每個朝聖者的思想、感覺和行為。卡薩德、霍依特和拉蜜亞都植入了晶片，他們的思緒最容易感受。在這一刻，布瑯．拉蜜亞正想著究竟來找荊魔神是不是一個錯誤，她有些不安，某種感覺隱隱浮現，卻又還不到清楚明白的地步。她覺得她忽略了某些極其重要的線索，能夠解決……什麼呢？

布瑯．拉蜜亞一向討厭神祕不可解的謎，這正是她拋開了原先舒適悠閒的生活，成為私家偵探的原因之一。可是會是什麼難解的謎？她已經解決了她那位模控人委託人（和愛人）遭謀殺的案子，也來到了海柏利昂，以完成他的遺願。可是她還是覺得這種隱隱約約的疑問和荊魔神沒有什麼關係，是什麼呢？

拉蜜亞搖了搖頭，挑了下快熄的火堆。她身體強壯，從小就訓練得能擋住盧瑟斯星一．三倍的重力，還訓練得更強大，可是她已經好幾天沒有睡覺，她非常、非常疲倦。她模糊地感覺到有人在說話。

「……只想洗個澡，吃點東西，也許可以用你的通訊器和超光速通訊連結弄清楚是誰打贏了。」馬汀．賽倫諾斯說。

領事搖了搖頭。「不行，那船是緊急狀況時使用的。」

賽倫諾斯朝黑夜、人面獅身像、越颳越強的風比了個手勢。「你覺得這樣還不算緊急狀況嗎？」

布瑯．拉蜜亞明白了，他們在談把領事的太空船由濟慈市呼叫到這裡來的事。她問：「你確定你所謂的緊急情況不是沒了酒嗎？」

賽倫諾斯瞪著她。「喝點酒會死人嗎？」

「不是。」領事說。他揉了下眼睛，拉蜜亞記起他也是個好酒之徒，不過他的意思是不會把他的太空船召來。「我們要等到非用不可的時候。」

「那超光速通訊器呢？」卡薩德說。

領事點了點頭，把他那具古董通訊記錄器從背包裡取了出來。那件東西原先是他祖母西麗的，而她又是由她的祖父母傳下來的。領事摸了一下顯示鍵。「我能用這傳送，可是不能用來接收。」

索爾・溫朝博把他熟睡的嬰兒放在最近一個帳篷的門口，轉身向著火堆。「而你最後一次發送消息是在我們到達時光堡的時候？」

「是的。」

馬汀・賽倫諾斯語帶挖苦道：「而我們應該相信一個認罪的叛徒所說的話？」

「是的。」領事的語氣充滿全然的疲憊。

卡薩德瘦削的面孔飄浮在黑暗中，他的身體、兩腿和兩臂都只是漆黑背景前的黑影。「不過，要是我們有需要，還是可以用這個把船召來吧？」

「是的。」

霍依特神父把身上的斗篷裹得更緊些，免得在越來越大的風裡飄動。沙子在羊毛料和帳篷上刮出聲音。「難道你不怕霸軍的港口官員把那艘船移走或動手腳嗎？」他問領事。

「不會，我們的通行證是由葛萊史東本人簽發的，而且，現任總督是我的朋友……以前是朋友。」領事的頭只微微動了一下，彷彿累得連搖頭的力氣都沒有。

其餘人在他們降落後不久，就見到了這位最近才升任的霸聯總督。在布瑯．拉蜜亞看來，以席奧．連恩的才能，他簡直是身不由己被拋進一連串大得過頭的事件裡。

「起風了。」索爾．溫朝博說，他轉過身去替嬰兒擋住飛沙。學者瞪著暴風說：「不知道海特．瑪斯亭是不是在那邊？」

「我們所有的地方全搜過了。」霍依特神父說。他聲音含糊，因為他把頭埋在他的斗篷裡。

馬汀．賽倫諾斯笑了起來，說道：「對不起啊，神父，可是你真是滿口胡言。」詩人站了起來，走到火光邊上，風吹動他大衣上的毛皮，也把他的話語吹進黑夜裡。「這裡的懸崖峭壁上有上千個藏身的地方。水晶獨石巨碑讓我們找不到入口……可是對聖堂武士會嗎？再說，你也看到了通往玉塚最深房間裡迷宮的樓梯。」

霍依特抬起頭來，在狂風沙中瞇起兩眼。「你認為他會在那裡？在那個迷宮裡嗎？」

賽倫諾斯笑著高舉兩手。寬大的絲綢罩衫被風吹得鼓動起來。「我他媽的怎麼曉得，神父？我只知道海特．瑪斯亭現在很可能就在那邊看著我們，等著回來取他的行李。」詩人指著他們那一小堆東西中間的莫比烏斯方塊。「他也可能已經死了，或者是更壞的情況。」

「更壞的情況？」霍依特說。神父的臉在過去幾個鐘頭老了很多。他的雙眼像兩面充滿痛苦而深陷的鏡子，笑容像是齜牙咧嘴。

馬汀．賽倫諾斯走回快熄的火堆前。「更壞的情況是，他可能正在荊魔神的鐵樹上痛苦扭動。也就是不久之後我們也會碰上……」他說。

布瑯．拉蜜亞突然站了起來，一把抓住詩人罩衫前襟。她把他舉離了地面搖晃，再把他放到與她四目齊平相對的位置。「再說一次，我就會讓你痛不欲生。我不會殺了你，可是你會希望我殺了你得好。」她柔聲說道。

詩人露出他賽蹄般的笑容。拉蜜亞把他丟下地，背過身去。

卡薩德說：「我們都累了。大家睡吧，我來站哨。」

我夢見拉蜜亞的夢境和拉蜜亞本人的夢境混雜在一起。分享一個女人的夢境，一個女人的思緒，並不是一件不愉快的事，哪怕那個女人和我之前有著時間的鴻溝，還有比性別差距更大得多的文化差距。她以一種如照鏡子般稀奇古怪的方式，夢到她那已死的情人強尼，夢到他太小的鼻子和太執拗的下巴，他太長的頭髮捲曲在衣領上，還有他的眼睛，那對表情太豐富、也太坦誠的眼睛，要不是這對太過靈活的眼睛，那張臉就可能屬於倫敦一天內出生的一千個農夫當中的任何一人。

她夢見的那張臉就是我的臉。她在夢中所聽見的聲音就是我的聲音。可是她夢見的做愛（我現在回想起來了），我卻不曾一起經歷過。我想要逃出她的夢境，要是能找到我自己的夢就好了。如果我是偷窺狂，也許不如留在這些製造出來的混亂記憶中，就把這當作是我自己的夢。

可是我不許有我自己的夢。現在還不行。我懷疑我的出生，以及由我的死亡中重生，只是為了作這些我那已死分身的夢。

我放棄了，不再掙扎著想醒過來，而沉入夢鄉。

因為某種聲音還是動靜將布瑯．拉蜜亞從美夢中吵醒，她很快驚醒了過來，一時之間不知所以。那裡很黑，有種聲音，不是機械的，比她所住的盧瑟斯蜂巢裡的各種聲音都大得多，她已經疲累不堪，但知道自己才沒睡多久就給吵醒了，她獨自在一個很小的密閉空間裡，在一個像是特大號屍袋的東西裡。

雖然在她生長的那個世界，一個密閉空間代表可以安全地躲開有害的空氣、狂風和野獸，在那個世界，很多人在接觸到少有的空曠地方時會有廣場恐懼症，卻很少有人知道什麼是幽閉恐懼症，但是布瑯．拉蜜亞還是有著幽閉恐懼症患者的反應：兩手亂抓、大口吸氣，掀開鋪蓋和推開帳篷，以兩手、前臂及雙肘連爬帶滾地拖著身子，驚惶地逃離那個塑膠纖維小繭，直到手掌下是沙地，頭上是天空。

她發現那並不是真正的天空，也才看清也記起自己身在何處。沙子。一陣狂亂吹來、旋轉不止的沙塵暴，沙子如針頭般刺痛了她的臉。營火已熄，被沙子蓋住，沙子堆積在三座帳篷的迎風面，帳篷的側邊鼓動，在風中發出如槍響般的聲音，營地四周形成了新的沙丘，在帳篷和裝備的下風處留下一條條痕跡。其他帳篷裡沒有動靜，她和霍依特神父共用的那頂帳篷已經半坍塌了，被越來越高的沙丘掩埋。

霍依特。

因為他不在才驚醒了她。即使是在夢中，她的部分意識一直注意著神父熟睡中柔和的呼吸聲，以及他因疼痛而發出的隱約呻吟。他在半小時內的某一刻離開了，很可能就在幾分鐘之前。布瑯·拉蜜亞知道她即使在夢見強尼的時候，也模糊地感覺到在沙子的刮擦聲和風的怒號之外，還有一種窸窣聲。

拉蜜亞站了起來，在沙塵暴中遮住眼睛。外面很黑，星星都被烏雲和沙塵遮沒。但有一種微弱、如電光般的光充滿空中，由岩石和沙堆表面反射出來，拉蜜亞知道那就是電，空氣中充滿了靜電，使她的頭髮捲曲飛揚，就像蛇髮魔女一樣。靜電的電流爬上她的袍袖，也在帳篷表面閃動，一如聖艾爾莫之火❹。等到眼睛可以適應，拉蜜亞發現移動的沙丘上都燃著白色的火焰。東邊四十公尺外那座名為人面獅身像的時塚在夜色中呈現出開裂而波動的輪廓。一波波電流在那稱為雙翼、向外伸展的附屬物上流動。

布瑯·拉蜜亞四下張望，絲毫不見霍依特神父的蹤影，她考慮呼救，但也明白在怒吼的風中，沒人會聽得見她的聲音。她也猜想過，教士或許只是到另一頂帳篷裡，或是到西邊二十公尺外簡陋的廁所去了，可是她感覺不是這麼回事。她望向人面獅身像，在一瞬間，她似乎看到一個人影，黑色斗篷像翅膀似地飛飄著，肩膀在風中拱起，讓時塚中發出的靜電光映照出輪廓。

一隻手搭上她的肩膀。

布瑯・拉蜜亞扭身閃開，蹲低身軀、伸出左拳、豎起右掌，準備迎戰，然後才認出站在那裡的是卡薩德。

上校比拉蜜亞高出半個身子，體型卻只有她一半寬，精瘦的身上有好多小光點閃動。他俯身在她耳邊大聲叫道：「他往那邊去了！」那隻既長又黑、稻草人似的手臂指向人面獅身像。

拉蜜亞點了點頭，也大叫著回答，在風聲中，她的聲音幾乎連自己也聽不到：「要不要叫醒其他人？」她忘了是卡薩德站哨。這個人難道從來不睡覺嗎？

費德曼・卡薩德搖了搖頭，他的護目鏡拉了起來，而頭盔分解開來，在他的戰鬥連身甲冑後面形成一個帽兜。在他衣服的亮光中，卡薩德的臉看來非常蒼白。他朝人面獅身像那邊指了一下，那把多功能霸軍突擊步槍斜擱在他左臂的臂彎裡。手榴彈、望遠鏡盒及其他更神祕的裝備，懸吊在他戰鬥甲冑的鉤子和網帶上。他又朝人面獅身像指了一下。

拉蜜亞傾身向前叫道：「荊魔神抓了他嗎？」

卡薩德搖了搖頭。

---

❹ St. Elmo's Fire，亦稱 St. Elmo's Light，暴風雨中桅頂或塔尖等出現的電擊發光，也稱天電光球，聖艾爾莫是義大利主教，殉道者，地中海水手奉為保護神，認為那種電光是他所發。

「你看得到他嗎？」她指了指他的夜視鏡和望遠鏡。

「看不到，這場風暴把熱影像搞亂了。」卡薩德說。

布瑯．拉蜜亞背對著風，感覺到沙粒猶如箭彈槍❺射出的針一般刺在她脖子上。她檢視了一下她的通訊記錄器，只知道霍依特還活著，正在走動，共聯網路上就再也沒有其他資料。她移到卡薩德身邊，兩個人的背部組成一道抵擋暴風的牆。「我們要不要跟著他去？」她大聲叫道。

卡薩德搖了搖頭。「我們不能讓這裡毫無警戒，我布下了警報器，但……」他朝暴風比了比手勢。

布瑯．拉蜜亞鑽回帳篷裡，穿上靴子和全天候斗篷，拿著她父親的自動手槍出來。另外有件更傳統的武器，一支電擊棒，放在她斗篷的胸前口袋裡。「那我去。」她說。

她起先以為上校沒有聽見她的話，一看到他那對蒼白眼睛中的神色，就知道他聽到了。他拍了拍掛在腰間的軍用通訊記錄器。

拉蜜亞點了點頭，確定她自己的植入晶片和通訊記錄器都設定在最大範圍。「我會回來的。」她說完就奮力爬上閃亮的沙丘。她穿著長褲的雙腿因靜電而閃亮，沙子也因為有銀白色電流閃動流過斑駁的表面而彷如活物。

走出二十公尺，就看不見營地了，再向前走十公尺，人面獅身像就矗然聳立在她面前。到處都看不見霍依特神父的蹤跡，腳印在風暴中留不到十秒鐘。

人面獅身像的寬大入口敞開著，自人類知道這個地方以來就一直敞開著。現在像一塊黑色的長方形嵌在一道發著微光的牆上。照邏輯看來，哪怕只是為了躲避風暴，霍依特也該走到那裡面去了，可是卻有邏輯以外的原因讓她覺得這裡並不是那位教士的目的地。

布瑯·拉蜜亞蹣跚走過人面獅身像，在背風面稍微休息，好把臉上的沙塵清掉，讓自己能再自由地呼吸。然後她繼續前行，一直走在沙丘之間一條依稀可辨的小徑上。在她前方，玉塚在黑夜中發出一種柔和的綠光，整個光滑的曲線和突出之處都像泛著一層不祥的光亮。

拉蜜亞瞇起眼睛再細看了一會，看見有人或某種東西的輪廓瞬間出現在那層光亮之前，然後那道影子就消失了，不知是進入時塚，還是因為襯在黑色半圓形的入口前而看不見蹤影。

拉蜜亞低下頭，繼續往前走去，狂風在後面推送著她，好像要催她盡快走向某件重要的東西。

H

4

軍方簡報一直延續到十點多鐘。我懷疑這類會議大概都是這個樣子：精神抖擻的獨白成為持續不

❺ Flechette Gun，第一次世界大戰中使用的一種武器。

斷的嗡嗡背景聲、喝了太多咖啡造成一股發酸的味道、空中瀰漫著香菸的煙霧、一疊疊實體文件、植入存取裝置的表皮覆蓋暈眩感……幾百年來始終如一。我猜想在我還小的時候，事情應該會簡單得多，威靈頓只把他漠然而準確地稱之為「人渣」的人召集起來，也不跟他們多說就讓他們去送死。

我把注意力轉回這群人身上，我們置身在一個大房間裡，灰色的四壁上有長方形的白光稍示調劑，灰色地毯，鐵灰色馬蹄形的桌上有黑色顯示鍵和一些水瓶。梅娜．葛萊史東首席執行官坐在桌子弧邊的正中央，高階的參議員和內閣部長級人士坐在她附近，軍事將領和其他次級官員依序順著弧線往下坐。在他們背後，坐在會議桌之外的，是那群不可或缺的助理，沒有任何一名霸軍人員的軍階低於上校，而在他們後面，坐在看來沒那麼舒服的椅子上的，是那些助理的助理。

那裡沒有我的位置。我和其他一群同樣受邀而來但顯然無所事事的人一起，坐在房間後面角落裡的高腳凳上，離首席執行官大約二十公尺，離那名作簡報的軍官就更遠了。他是個年輕上校，手裡拿了支雷射筆，說話的聲音篤定不遲疑。在那位上校背後，是一塊金灰相間的圖表板，在他前方則是投影室中經常可見的全像投影球體，略高於地面。一些取用的資料不時清楚躍現，其他時候則是瀰漫著複雜的全像。這些圖表資料的縮版出現在每一塊顯示面板上，也浮現在若干通訊記錄器上方。

我坐在我的高凳子上，望著葛萊史東，偶爾畫張速寫。

早上在執政院的客房裡醒來時，天崙五明亮的陽光從我設定起床時間六時三十分時自動開啟的桃色窗簾之間流瀉進來，我一時之間不知置身何處，仍然在追尋雷納．霍依特，在害怕荊魔神和海特．瑪斯亭。然後，彷彿有股力量實現了我的願望，讓我能作自己的夢，有一分鐘的時間我陷入一片混亂，我喘著氣坐了起來，警覺地四下環顧，以為那檸檬色的地毯和桃色的光會像夢一般消失，只留下痛楚、黏痰、可怕的出血，和床單上的血跡，充滿光亮的房間化為位於西班牙廣場的陰暗公寓，籠罩於上的是約瑟夫．席維倫那張敏感的面孔向下靠近再靠近，看著、等著我死。

我洗了兩次澡，第一次用水，第二次用音波，從浴室出來時，剛鋪好的床上放了一套灰色新西裝，我穿上，照著留在我新裝旁邊的訊息所指示，動身去找東庭，執政院的客人要在那裡用早餐。

橘子汁是鮮榨的，培根是真正的豬肉，煎得很脆。報上說，葛萊史東首席執行官會在萬星網標準時間十時三十分時透過萬事網和媒體，向全萬星網發表演說。各版都充斥著戰爭的消息。星際艦隊的彩色平面照片光彩熠熠。第三版上莫普戈將軍的照片表情嚴肅，報上稱他為「弭平第二次海特叛變的英雄」。在鄰近桌子和她那原始人似的丈夫共餐的黛安娜．費洛梅爾朝我看了過來。她今早的深藍色服裝更加正式，裸露的程度也少得多，但一側的開衩卻讓人想起昨夜的表演。她兩眼盯著我，一面用搽了蔻丹的手指拈起一條培根，小心地咬了一口。赫墨德．費洛梅爾翻頁看到財經版上有好消息，哼了一聲。

「大約在略多於三個標準年前，坎姆星系的霍金變形感應裝置偵測到大批驅逐者移民團……也就是一般所稱的『船群』。」年輕的簡報官正說道：「一得知偵測結果，為疏散海柏利昂星系而預編的霸軍第四十二特遣部隊，立即帶著密令，以超光速狀態從帕爾瓦蒂星系前往海柏利昂，在海柏利昂出入隘口附近建造傳送門。同時，第八十七之二特遣部隊也由坎姆三號附近的索爾可夫—提卡塔待命區出發，受命和海柏利昂星系的後撤部隊會合，並找出驅逐者移民群，與之交戰，摧毀他們的軍備……」艦隊的影像出現在圖表板上和年輕上校面前，他揮舞雷射筆，一道紅光穿過較大的全像，點出艦隊中一艘3C級船艦。「第八十七之二特遣部隊由納西塔海軍上將指揮，乘坐赫布里底號……」

「對，對，這些我們都知道了，亞尼。說重點。」莫普戈將軍不高興地說道。

年輕上校勉強笑了笑，朝將軍和葛萊史東首席執行官微一點頭，以自信稍減了幾分的聲音繼續說道：「在過去標準時間七十二小時內，第四十二特遣部隊以超光速通訊傳回的加密訊息，報告了後撤部隊的偵查單位與驅逐者移民團的先遣部隊之間有零星戰鬥……」

「是驅逐者船群。」里．杭特插嘴道。

「是。」亞尼說，他轉向圖表板，高達五公尺的霧玻璃亮了起來。對我來說，圖表板展示的只是一堆由神祕符號、彩色線條、簡寫代碼和更添混亂的軍事縮寫用語等等所組成的迷宮，令人難以理解。也許對這個房間裡的大官和高階政界人士來說同樣難以理解，可是沒有人表現出來。我開始幫葛萊史東畫一張新的畫像，背景則是莫普戈像拳師狗似的側臉。

「雖然初步的報告顯示霍金空間跳躍推進器大約在四千具左右，這卻是個引起誤導的數字。」那個叫亞尼的上校繼續說道。不知道那是他的名字還是姓氏。「各位都知道，驅逐者……呃，船群很可能有高達一萬艘船艦，可是其中絕大多數都是小型船艇，而且往往沒有武裝，不然就是弱得微不足道。微波、超光速通訊和其他發射訊號評估則顯示……」

「抱歉，你能不能告訴我們，驅逐者的船艦中武力夠強的有多少？」梅娜．葛萊史東說道，她沙啞的嗓音和簡報官如糖蜜般的聲音形成強烈的對比。

「啊……」上校望向他的眾上司。

莫普戈將軍清了清嗓子回答：「我們認為最多六……七百艘。沒啥好擔心的。」

葛萊史東首席執行官挑起一邊眉毛。「我們的戰鬥隊伍大小呢？」

莫普戈向年輕上校點了點頭，讓他稍息。莫普戈回答道：「首席執行官，第四十二特遣部隊大約有六十艘戰艦，另一支特遣部隊……」

「第四十二特遣部隊就是負責疏散的後撤部隊吧？」葛萊史東說。

莫普戈將軍點了點頭，我覺得他的笑容中帶著一絲優越的神氣。「是的，長官。第八十七之二特遣部隊，也就是戰鬥部隊，在一小時前轉入星系，會……」

「六十艘船艦足夠應付六、七百艘敵艦嗎？」葛萊史東問道。

莫普戈朝他的同僚軍官看了一眼，好像要他們耐心一點。「是的，綽綽有餘。首席執行官，您必須了解，六百具霍金推進器聽起來好像很多，可是用在單船，或是斥候船，或是那些他們稱為矛艇的小型五人攻擊機上，就根本不值一提了。第四十二特遣部隊有將近二十三、四艘主要的空間跳躍船，包括奧林帕斯之影號和海神基地號兩艘航空母艦，每一艘都能發射一百多架戰鬥機或魚雷艦。」莫普戈說著，一邊在口袋裡摸索，掏出一根雪茄大小的人造香菸，彷彿想起葛萊史東不贊成吸食這種東西，就又塞回口袋裡。他皺起眉頭。「等到第八十七之二特遣部隊完成布署，我們的火力就算對付一打驅逐者船群也輕而易舉。」他仍然皺著眉，向亞尼點了點頭，讓他繼續簡報。

上校咳嗽一聲，用雷射筆指向圖表板。「各位可以看到，第四十二特遣部隊已順利清理出必要的空間來開始建造傳送門。這項工程已經在萬星網標準時間六週前開始，於昨日標準時間十六時廿四分完成。第四十二特遣部隊也都擊退了驅逐者發動的騷擾攻擊，沒有傷亡，而在過去四十八小時內，特遣部隊的先頭部隊與驅逐者主力部隊已展開一場大戰。這次衝突點集中在這裡。」亞尼又指了指，一區資料在雷射筆的光點下閃動著藍光。「在黃道面仰角二十九度，距海柏利昂的太陽三十天文單位❻，距離該星系的歐特雲假想外緣約〇．三五天文單位。」

「傷亡人數呢？」里．杭特說。

「以這樣長期的交火來說，還算是在可接受的範圍之內。」年輕上校說。他看起來從沒待過火線一光年以內的地區，金髮旁分得整整齊齊，在明亮的光照下閃閃發亮。「二十六架霸軍快速攻擊戰鬥機遭到摧毀或失蹤，還有十二架魚雷艇、三艘炬船、燃料運輸艦艾斯葵司功勳號，以及巡洋艦天龍三號。」

「損失的人數有多少？」葛萊史東首席執行官問道，她的聲音很平靜。

亞尼很快地看了莫普戈一眼，但是他自己回答了這個問題。「兩千三百人左右，不過搜救行動目前正在展開。天龍三號可能還有生還者。」他拉平了制服，很快接著說道：「這個數字必須與敵傷亡數共同評估。已經證實至少擊毀驅逐者一百五十艘戰船。我們突擊移民團……船群，結果額外摧毀了三十至六十艘船，包括一些彗星農場、礦石處理船，以及至少一個指揮群。」

梅娜·葛萊史東把她瘦骨嶙峋的手指揉在一起。「傷亡的數字，我方的傷亡數字有沒有包括被毀的世界之樹號樹船上的乘客和船員？那艘用於疏散的船？」

「沒有，長官。」亞尼很快回答道：「雖然當時正有驅逐者發動突擊，我們的分析卻顯示世界之樹號並不是被敵方摧毀的。」

葛萊史東又挑起了一道眉。「那是什麼原因？」

「就我們目前所知，是破壞行為。」那位上校說著，很快又叫出一張海柏利昂星系圖示。

莫普戈將軍看了下他的通訊記錄器說：「啊，直接講地面防禦，亞尼。首席執行官在三十分鐘後就要發表談話了。」

我完成了葛萊史東和莫普戈的速寫，挺起身子，四下搜尋下一個目標。里·杭特看來是一大挑

❻ AU, Astronomical Unit，天文學上的長度單位，以地球與太陽間的平均距離定義，約為九千三百萬英里，後來固定為絕對距離 149,597,870,700 公尺。

戰，因為他長了一張難以形容、幾乎皺縮在一起的臉。等我再抬起頭來的時候，海柏利昂的全像光球已經停止轉動，展開成一連串的平面投影：斜斜的平行四邊形、彭納投影、正射投影、花瓣形排列、范德格林氏投影、戈爾氏投影、插入式古蒂等面積投影、日晷投影、正弦曲線投影、正方位等距離投影、多圓錐投影、過度修正的庫瓦西投影、電腦再修正、布里斯邁斯特投影、巴克敏斯特投影、米勒圓柱投影、多重轉折投影、標準的定型投影，最後整合為一張標準的羅賓森—貝爾德氏的海柏利昂地圖。

我微微一笑。這可是簡報開始以來我所見過最好看的東西。好幾名葛萊史東的手下不耐煩地移動著，他們希望在首席執行官廣播談話之前，至少能先和她談上十分鐘。

上校開口：「各位都知道，海柏利昂在瑟隆—勞彌爾量表上是元地球標準的九．八九……」

莫普戈咆哮道：「哦，看在老天的份上，直接談軍事布署，趕快報告完。」

「是，長官。」亞尼吞了吞口水，舉起雷射筆，他的聲音不再自信滿滿。「各位都知道……我是說……」他指著最北方的大陸，形狀像隨便畫下的馬頭和脖子，到了胸口和背部突然被不整齊地截斷。「這裡是奔馬大陸，它有個正式名稱，不過大家都這樣稱呼……這裡是奔馬大陸。東南方這條島鏈……這裡和這裡……叫作九尾列島。實際上，這是一座群島，有一百多……總之，第二個主要大陸稱為天鷹大陸，也許各位可以看得出形狀有點像元地球上的老鷹，喙是在這裡……在西北岸，爪子則伸到這裡，在西南……至少有一隻翅膀高舉到這裡，一直到東北岸。這個地區就是所謂的飛羽高原，因為有火焰森林的關係，幾乎不可能去到那裡。不過這裡，還有這裡……靠西南一帶，是塑性纖維農場……」

「軍力布署！」莫普戈又咆哮道。

我畫了亞尼的速寫，發現畫不出他那一臉冷汗。

「是，長官。第三處大陸是牝熊大陸，看來有點像隻熊……可是這裡沒有霸軍部隊登陸，因為這裡是南極，幾乎無法居住。不過海柏利昂自衛軍在這裡設了個監聽哨……」亞尼似乎感覺到自己又離題，於是挺起胸來，用手背抹抹上唇，以更嚴肅的聲音繼續說道：「霸軍主要的地面部隊布署在這裡、這裡和這裡。」他的指示光點標出在奔馬大陸上頸部首都濟慈市附近的幾個地區。「宇宙軍單位護衛首都的主要太空港，還有這裡，以及這裡的幾個次要地區。」他指著安迪米昂和浪漫港，這兩個城市都在天鷹大陸上。「霸軍地面單位在這裡設置了防禦點……」二十幾個紅光點閃爍起來，大多位於奔馬的頸部和馬鬃處，但也有幾處是在天鷹的喙部和浪漫港區。「這些包括了陸戰隊的戰備和地面防衛武力，地對空以及地對太空飛彈，指揮高層認為這回和布列西亞不同，不會在星球上發生戰爭。萬一他們打算入侵，我們也會準備好對付他們。」

梅娜．葛萊史東看了下她的通訊記錄器，距她發表現場談話還有十七分鐘。「疏散計畫呢？」

亞尼好不容易恢復的沉著再度瓦解，他有點絕望地看向他的上級長官。

辛赫上將說：「沒有什麼疏散行動，那是佯攻，給驅逐者的誘餌。」

葛萊史東把十指輕觸在一起。「海柏利昂上有好幾百萬人呢，上將。」

辛赫說：「是的，我們會保衛他們。光撤出六萬名左右的霸聯公民，就已經絕無可能了，要是我們讓三百萬人全進到萬星網來，必定混亂不堪。再說，基於安全和保防，也不可能這麼做。」

「是荊魔神嗎？」里．杭特問道。

「是基於安全和保防。」莫普戈將軍複述，便起身從亞尼手裡拿走雷射筆。那年輕人在那裡呆站片刻，有點不知所措，發現自己沒有坐立之處，便退到房間後面，在我附近稍息站著，兩眼瞪著天花板旁邊的……他軍旅生涯的終點吧。

「八十七之三特遣部隊已經進駐，驅逐者已經退回到船群中心，距離海柏利昂約六十個天文單位。從各方面來看，這個星系都很安全，海柏利昂很安全。我們正在等敵人反擊，可是我們知道我們應付得來。我重申一次，從各方面來看，海柏利昂現在已經是萬星網的一部分。有任何問題嗎？」莫普戈說。

沒有問題。葛萊史東和里．杭特，以及一群參議員，還有她的那些助理一起離開。軍方官員留下來分成幾小群，顯然和階級有關，助理們四散走開，獲准旁聽的少數幾名記者飛奔到外面等著的錄影工作人員那裡。年輕上校亞尼仍然稍息，兩眼空茫，臉色蒼白。

我又坐了一陣子，端詳著海柏利昂地圖。由這麼遠的距離看去，奔馬大陸的形狀更像馬。從我所坐的地方，剛好能看出馬轡山脈的群山，以及在「馬眼」下方橘黃色的沙漠。在山脈東北沒有標注霸軍的防禦位置。除了在可能已成死城的詩人之城位置上有個閃動的紅光，沒有任何標記。時塚也都沒有標示，好似那些時塚毫無軍事上的重要性，和今天這場表演全無關聯。可是，我知道不是這麼一回事。我莫名地懷疑起這整場戰爭、成千上萬人的行動、百萬人甚至可能是千萬人的命運，全操之在沒有標注出來的那一帶橘黃色區域中那六個人的手裡。

我合上素描簿，把鉛筆收進口袋，然後四下找尋出口，打算離開此地。

里．杭特在通往大門的一條長廊裡迎上我。「你要走了？」

我吸了口氣。「我不准走嗎？」

如果薄唇朝上翻也可以算作是微笑，杭特笑了笑說道：「當然可以，席維倫先生。不過，葛萊史東首席執行官要我轉告你，她希望今天下午能再和你談談。」

「什麼時候？」

杭特聳聳肩。「她發表談話之後都可以，看你方便。」

我點了點頭。天下總有幾百萬個說客，謀差事的、未來的傳記作家、商人、首席執行官的崇拜者，還有潛在的殺手，都願意付出一切，只求能和霸聯最受矚目的領袖相處個一分鐘，跟葛萊史東首席執行官見上幾秒鐘的面，而我卻可以「看我方便」再去見她。難怪大家都說整個宇宙都瘋了。

我從里．杭特身邊走過去，走向大門。

根據長久以來的傳統，執政院內沒有公共傳送門出入口，從大門警衛區穿過花園，到那棟用作新聞中心與傳送端點的白色矮房子，要走一小段路。所有人都擠在中央的觀影暫臺周圍，看著有「萬事網之聲」美譽的盧威林．錐克那張熟悉的面孔，正在為葛萊史東首席執行官「對霸聯極端重要的談話」提供背景資料。我向他那邊看了看，發現一道沒有人用的傳送門，就用我的萬用卡，找了間酒吧過去。

群星大廣場是萬星網內可以免費傳送的地方，只要你來到這裡。萬星網的每個世界都至少提供了一處它們最好的都會區，像天崙五就提供了二十三個區，以供購物、娛樂、享受美食美酒，尤其是酒吧。

群星大廣場就像特瑟士河一樣，流動在兩百公尺高的軍用傳送門之間，視野開闊，看來就如一條無止境的大街，綿延一百公里的物質享受。人人可以像我這天早上一樣，站在天崙五耀眼的陽光下，遙望在群星廣場中間天津三霓虹與全像光影綽約的夜景，還可以一瞥層層疊疊近百層的盧瑟斯匯流廣場，也知道再過去就是處處樹蔭的神之谷精品商店街，還有那裡磚砌的大廳和直達「樹頂餐廳」的電梯，那可是萬星網裡最昂貴的餐廳。

我對這些都毫不在乎，只想找間安靜的酒吧。

天崙五的酒吧擠進了太多的官僚、媒體人、生意人，所以我搭上群星廣場的接駁車，在天龍七的大街下車，那裡的重力讓很多人卻步，連我也不想來，但也就意味著這裡的酒吧顧客不會太多，來的人都是來喝酒的。

我選了一間位在一樓的酒吧，幾乎藏身在大柱子和送貨到主要購物樓層去的滑運道下面，屋子裡很黑：深色的牆壁，黑色的木頭，黑皮膚的客人，他們膚色之黝黑，猶如我膚色之蒼白。這是個喝酒的好地方，而我也開懷暢飲，先是一杯雙份的蘇格蘭威士忌，然後越喝越烈。

即使在這裡，我也擺脫不了葛萊史東。房間的另一頭，一架平面電視上映現首席執行官的面孔，還有她發表正式談話時所用的藍金相間背景。幾個酒客湊過去看。我聽到演說中的幾句話：「為確保霸聯公民的安全及……絕不容許危害到萬星網或我們盟友的安全……因此，我已授權以全面武力回應……」

「把那他媽的東西關小聲點！」我訝異地發現吼叫的人竟然是我。那些酒客回頭瞪我，可是他們把聲音轉小了。我看了好一會葛萊史東無聲張合的嘴，然後揮手要酒保再來杯雙份。

過了一段時間，大概有幾個小時吧，我放下酒杯抬起頭來，才發現我這個陰暗的雅座裡還有別人，就坐在我對面。我花了一秒鐘的時間，眨了好幾次眼，才認出在朦朧燈光下的那人是誰。剎那之間，我的心臟狂跳，一面想道：真是滑稽。緊接著我又眨眨眼，說道：「費洛梅爾夫人。」

她仍然穿著早餐時看到的那件深藍色洋裝，可是現在看來胸口開低了些，她的臉和肩膀在黑暗中似乎發著光。「席維倫先生，我是來讓你實踐承諾的。」她說道，聲音輕如耳語。

「承諾？」我揮手要酒保過來，可是他沒有答理，於是我皺起眉頭望著黛安娜．費洛梅爾。「什麼承諾？」

「當然是畫我啦，難道你忘了在宴會上答應過我的事嗎？」

我彈了個響指，可是那無禮的酒保仍然不往我這邊看。「我畫過了。」我說。

「沒錯，可是那不是完整的我。」費洛梅爾夫人說。

我嘆了口氣，喝光杯裡的酒。「我在喝酒。」我說。

費洛梅爾夫人微笑道：「我看得出來。」

我起身想去叫那個酒保，想想還是算了，又慢慢坐回到那張飽經風霜的木頭板凳上。「末日大決戰，他們是在演末日大決戰。」我說。我仔細端詳那女人，微瞇起眼來好把她看得更清楚。「妳知道這個字眼嗎，夫人？」

「我想他不會再給你倒酒了。我家裡有酒，你可以在作畫的時候再喝一杯。」她說。

我又瞇起眼，這回比較機巧。我也許多喝了幾杯蘇格蘭威士忌，但還沒到神智不清的地步。「妳老公。」我說。

黛安娜·費洛梅爾又微微一笑，笑容有點過於閃亮。「會在執政院過好幾天。」她說，這回真的是在輕聲耳語了。「在這樣重要的時刻，他是不可能遠離權力中心的。來吧，我的車就在外面。」

我不記得我付了錢沒有，我想應該付過了，否則就是費洛梅爾夫人付的錢，我不記得她扶我出去，不過我想應該有人扶了我，也許是司機吧。我記得有個穿灰色上裝和長褲的人，還記得我靠在他身上。

那輛電磁車有個圓頂，從外面看不透車內，但是坐在厚軟椅墊上往外看的時候，卻是相當透明。

我數著經過了兩道傳送門，然後我們就離開了群星廣場，高飛在一片黃色天空下的藍色原野上。華麗精美，以烏檀木建造的房舍，坐落在小山丘上，四周是罌粟田和青銅色的湖水。是文藝復興星嗎？這時候要再去想這些實在太困難了，所以我仰頭靠著圓罩，決定小憩一會兒。得養足精神才能畫費洛梅爾夫人的畫像……嘿嘿。

鄉野在我們底下滑過。

H 5

費德曼．卡薩德上校跟在布瑯．拉蜜亞和霍依特神父後面，在沙塵暴中向玉塚走去。他剛才騙了拉蜜亞。雖然周圍確實有電流閃動，可是他的夜視鏡和感應器都作用良好。跟著這兩個人，似乎是找到荊魔神的最好機會。卡薩德回想起在希伯崙獵岩獅的情形，先綁一隻山羊在那裡，然後等著。

他裝設在營地四周的警報器傳來的資料，在他的軍用通訊記錄器上閃動，他的植入晶片也發出訊號。除了幾把自動武器和一個警報器之外，讓馬汀．賽倫諾斯、領事、溫朝博和他女兒別無保護地睡在那裡，是他精算過必須冒的風險。可是話說回來，卡薩德也非常懷疑他能否阻擋得了荊魔神。他們全都是山羊，被綁在那裡，等著。重點是那個女人，那個叫莫妮塔的鬼魂，卡薩德決心要在死前找到她。

風勢不斷增強，現在在卡薩德四周狂嘯，使能見度趨近於零，也猛烈打擊著他的緊身盔甲。沙丘因電流而發亮，小小的閃電在他的靴子和腿邊劈啪亂響，他大步走著，保持著能清楚看見拉蜜亞熱影像的距離，資料由她開著的通訊記錄器不斷傳來。霍依特關閉了頻道，只看得出他還活著，正在移動。

卡薩德經過了人面獅身像外展的翅膀下，感到上方那隱形的壓力，像一隻巨大的靴跟懸在半空。然後他轉向谷裡，只見玉塚呈現一個缺乏熱能的紅外線空缺，一個冷冷的輪廓。霍依特剛走進那道半圓形的開口，拉蜜亞在他後方二十公尺處，谷裡沒有其他動靜。卡薩德背後，營地隱沒於夜色和沙塵暴中，設在營地的警報器顯示索爾和嬰兒正酣睡，領事醒著，但躺在那裡動也不動，此外別無動靜。

卡薩德滑開武器的保險，迅速向前移動，他的兩條長腿邁開大步。這時候他願意不惜代價弄到一具全像偵測器，讓他的戰術頻道得以完整，而不是只能取得零星資訊拼湊出部分圖像。他在緊身盔甲裡聳了下肩膀，繼續往前移動。

布瑯·拉蜜亞差點走不完到玉塚的最後那十五公尺路。風速大到超過時速一百公里的強度，吹得她兩度失足撲倒在沙地裡。現在天上真的有了閃電，強光撕裂天空，照亮了在前方發亮的時塚。她兩度試著呼叫霍依特、卡薩德或其他人，她相信營地裡的人在如此強烈的風暴中不可能還睡得著。可是，她的通訊記錄器和植入晶片只傳來靜電聲，寬頻上也只有雜訊。第二度跌倒之後，拉蜜亞跪在地上向前望去，自上次匆匆瞥見有人影向入口走去之後，就再也沒有霍依特的蹤跡。

拉蜜亞抓緊父親的自動手槍，站了起來，讓風將她吹送過最後的兩、三公尺。她在半圓形的入口前停了下來。

不知是因為風暴和電流還是別的原因，玉塚發出明亮的深綠光芒，照亮了沙丘，也讓她手腕和雙手的皮膚看來彷彿死屍。拉蜜亞最後一次試著用通訊記錄器呼叫，然後走進時塚。

隸屬有一千二百年歷史的耶穌會，住在平安星系新梵諦岡，擔任教宗厄本十六世忠僕的雷納・霍依特神父正在高聲咒罵，口出穢言。

霍依特迷了路，而且非常痛苦。玉塚入口附近的寬大房間變窄了，走廊不斷轉回原處，使得霍依特神父現在迷失在一連串地下洞穴中，遊走在發著綠光的牆壁之間，走進了一個無論是那天的探查還是他忘了帶來的地圖都無法想起的迷宮。自從畢庫拉族把他自己和保羅・杜黑的那兩個十字形植入他身體之後，就一直伴隨著他的劇烈痛楚，已經跟了他許多年，現在那劇痛變得更加猛烈，快讓他發瘋。

走廊又變窄了。雷納・霍依特發出尖叫，但他不知道自己在尖叫，也不知道喊叫出了什麼字句，那些字眼在他懂事之後就不曾說出口。他想要解脫，脫去疼痛，脫去杜黑神父的DNA、人格……杜黑的靈魂……加諸在他背上那十字形寄生物裡的重擔，脫去胸前十字形令他自己邪惡復活的可怕詛咒。

霍依特即使在尖叫的時候，也知道並不是那些早已死去的畢庫拉人令他如此痛苦。那失落的殖民部落被他們自己的十字形一再復活，次數多到讓他們成了一個帶著DNA和寄生物的白痴宿主，也成了祭司……荊魔神的祭司。

耶穌會的霍依特神父帶著一小瓶由教宗賜福過的聖水，一份在大彌撒中領的聖體，還有一份教會古代驅魔儀式的影本。這些東西封存於一個有機玻璃球裡，放在他斗篷口袋內，但神父現在已忘了它們。

霍依特蹣跚地撞上一面牆，又發出尖叫。現在疼痛已成為一股難以形容的迫力，他十五分鐘前才注射的一劑超強嗎啡也無法抑制。霍依特神父一邊尖叫，一邊抓著衣服，扯爛了厚重的斗篷、黑色上衣和領圈、長褲、襯衫和內衣，最後全身赤裸，在玉塚那閃亮的走廊裡因疼痛和寒冷而發抖，一面對著黑夜尖聲叫罵。

他再次踉蹌前行，找到了一個開口，走進一間比他記憶中那天查探過的所有房間都大得多的空間。那裡空蕩蕩的，四面都是三十公尺高的透明牆壁。霍依特四肢跪地，低頭往下看，發現地板也變得幾近透明。他透過那一層薄薄的地板，直望進一個垂直的坑洞，約莫一公里多深，底端是熊熊烈焰。地底深處的火焰發出跳動的橘紅色火光，照亮整個房間。

霍依特翻滾在地，側躺著大笑起來。如果這就是為他顯示的地獄景象，那還真沒效。霍依特對地獄的看法是很實在的，就是那種宛如彎曲的鐵絲在他血管和內臟裡拉扯的疼痛。地獄也是他記憶中亞瑪迦斯特貧民窟裡飢餓的孩子們，以及把孩子送進殖民戰爭中當砲兵的政客的笑臉。地獄是他想到在他有生之年，在杜黑的有生之年，教會逐漸消亡，最後的信徒只是很少數幾名老人，在平安星的大教堂裡還坐不滿兩、三排。地獄就是虛偽地主持晨間彌撒，而邪惡的十字形卻溫暖而淫猥地在他心口搏動。

一陣熱氣衝來，霍依特看著一塊地板向後滑去，打開一扇通往下方坑洞的暗門。房間裡充滿硫磺的臭味。霍依特嘲笑這種陳腔濫調，幾秒鐘不到，笑聲就轉成啜泣。他跪在地上，用沾滿鮮血的指甲抓摳著他胸前和背後的十字形。那兩處十字形狀的痕跡似乎在紅光中發亮，霍依特能聽到底下火焰的聲音。

「霍依特！」

他一面啜泣，一面轉頭去看站在門口的那個女人，拉蜜亞。她的眼光越過了他，看著他背後，同時舉起一把古董手槍。她的兩眼睜得好大。

霍依特神父感到他背後的熱，聽到如遠處熔爐發出的轟響，除此之外，他突然聽見有金屬在石頭上刮磨的聲音，以及腳步聲。霍依特抓著他胸前鮮血淋漓的痕跡，轉過身去，膝蓋在地上磨破了。

他起先看到那個黑影：十公尺長的尖角，銳刺，刀鋒……雙腿像鋼管，膝蓋和腳踝處都有彎刃，如花瓣般圍成一圈圈。然後，在脈動的熱光和黑影中，霍依特看到了那對眼睛。有一百個琢面……一千面……發出紅光，像雷射光透過一對紅寶石射了出來，下面就是鋼刺的項圈和水銀的前胸，反映著火光和黑影……

布瑯．拉蜜亞用她父親的手槍射擊，槍聲在熔爐的轟鳴上方四散回彈。

雷納．霍依特神父轉身向她，舉起一隻手尖叫道：「不要，別開槍！它會應許一個願望！我必須要許一個……」

荊魔神，原先在五公尺之外的地方，現在突然到了身邊，離霍依特只有一臂之遙。拉蜜亞不再開槍。霍依特抬眼往上看，看到他自己的身影反映在那個東西被火燒紅的鉻殼上……在那一瞬間也看到荊魔神的兩眼中顯現別的……然後那東西不見了，荊魔神不見了，霍依特慢慢抬起手來，幾乎像感到困惑似地摸了下喉嚨，看著一道紅色瀑布淹沒了他的手，他的胸口，那個十字形，他的腹部……

他轉向門口，看見拉蜜亞仍然恐懼而震驚地瞪著，不是望著荊魔神，而是看著他，看著耶穌會的雷納·霍依特神父。那一瞬間，他發現疼痛消失了，他張嘴要說話，卻只有更多紅色物體出來，湧出紅色。霍依特又往下看了一眼，這才注意到他赤身裸體，看到血自他下巴和胸前滴落，滴流到此刻一片暗黑的地上，看到血流得彷彿有人倒翻了一桶紅漆，然後他什麼也看不見，一頭栽向深深的下方。

H 6

黛安娜·費洛梅爾的身材是化妝品和生物藝術技藝的完美結合。我醒來之後，在床上躺了幾分鐘，欣賞她的胴體：她背對著我，背部、臀部和腰部那古典美的曲線，比歐幾里得所有的發現都更具有幾何的美感和力量。後腰部下方那兩個淺窩，就在那令人心動的乳白色臀部上方，柔和的角度交錯，大腿後側更是比男性肉體的任何一部分都更肉感而堅實。

黛安娜夫人熟睡著，或是看來如此。我們的衣物散置在一大片綠色地毯上。帶著洋紅色和藍色的光線映滿大大的窗子，窗外可見灰金交錯的樹梢。大張的畫紙四散，有的在我們脫下的衣服底下，有的在上面。我俯身向左，拿起一張紙來，看到匆忙勾勒的乳房、大腿、一隻匆匆修改過的手臂，還有一張沒有五官的臉。在醉醺醺又受誘惑的情況下，是很難生出佳作的。

我呻吟一聲，翻身仰臥，看著近四公尺高天花板上的渦狀雕飾。要是我身邊那個女人是芬妮❼，我大概永遠不會想要起來。既然不是，我就從被單下溜下床，找到我的通訊記錄器，看到現在約是天崙五的清晨時分，比我和首席執行官約定的時間遲了十四個小時。我走向浴室去找治宿醉的藥。

在黛安娜夫人的藥櫃裡有各種不同的藥可以選擇，除了常見的阿司匹靈和腦內啡之外，我還看到了各種興奮劑、鎮靜劑、逆時針、催情藥、分流劑、大麻吸入器、無尼古丁的菸草捲菸，以及近百種叫不出名字來的藥品。我找了杯子倒水，勉強吞下兩顆「宿醉消」，不到幾秒鐘，噁心和頭痛都消退了。

我從浴室出來時，黛安娜夫人已經醒了，正坐在床上，仍然赤裸著身子。我正要微笑，卻看到有兩個男人站在東邊的門口。沒有一個是她丈夫，可是兩個人都像赫墨德‧費洛梅爾一樣高大、沒脖子、

---

❼ 指法蘭西絲（芬妮）‧布瑯（Frances [Fanny] Brawne, 1800-1865），詩人約翰‧濟慈的最後一個愛人。

粗手大拳、滿面鬍碴。

我相信在漫長可觀的人類歷史裡，一定有過一些渾身赤裸的男人，錯愕地站在兩名來意不善且衣裝完整的陌生男性面前時，還能毫不畏縮、沒有半點想遮住下體、彎下身子的念頭，也絲毫沒有全然無助和身處劣勢的感覺……不過我可不是那樣的男人。

我彎下身子、遮住下體、退回浴室，說道：「怎麼……是什麼人？」我望著黛安娜．費洛梅爾，向她求助，卻看到她臉上的笑容……那笑容正和我第一次在她眼中所看到的殘忍兩相吻合。

「抓住他，快！」我前不久的情人命令道。

我衝進浴室，正要找手動開關來關門，離我較近的男人已經追上來，抓住我，把我拉回臥室，推向他的搭檔。兩人要麼是從盧瑟斯或其他同樣有強大重力的星系來的，不然就是完全靠類固醇和力士素維生，因為他們毫不費力地把我拋來拋去。這和他們有多高大無關。除了在學校裡打過架之外，我一生中，在我對一生的記憶中，幾乎沒有什麼暴力行為，更沒在哪次扭打中贏過人。只要看到那兩人以修理我為樂，我就知道他們是那種我耳聞過卻不相信真有其人的類型——那種會打斷別人骨頭、打爛別人鼻子、打折別人膝蓋，如同我丟掉一支用壞的筆那樣滿不在乎的人。

「趕快！」黛安娜再次喝道。

我清查了一下數據圈，這棟房子的過去，黛安娜的通訊記錄器連接狀態，還有那兩個打手和萬事網的連結。雖然我現在知道了我置身在費洛梅爾的鄉間宅第，距離培爾的首都六百公里，位於已環境地球化的小文藝復興星上的農耕帶，也知道那兩個打手的確實身分：狄賓・法拉斯和漢密特・戈島，是受僱於天堂之門清潔伕公會的工廠保全人員，卻不知道為什麼有一個人坐在我身上，膝蓋頂住我的腰窩，而另一人一腳踩爛我的通訊記錄器，將一副滲透鐐銬套住我的手腕，往手臂上拉……

我聽到一陣嘶嘶響，全身鬆弛。

「你是誰？」

「約瑟夫・席維倫。」

「這是你的真名嗎？」

「不是。」我感受到吐實血清的效力，知道我能應付的方法只有退離這裡，回到數據圈或完全撤回到智核去。可是那樣一來，等於是把我的身體交由拷問者處置。所以我留了下來。我兩眼緊閉，但聽得出接下來的那個聲音是誰。

「你是誰呢？」黛安娜・費洛梅爾問道。

我嘆了口氣，這還真是個很難誠實作答的問題。「約翰・濟慈。」我最後終於說道。他們的沉默表示這個名字對他們毫無意義。他們怎麼會知道呢？我問自己，我以前曾經預言過這會是一個「寫在水上」的名字。我雖然不能動彈或張開眼睛，清查數據圈、循著他們的存取向量卻毫無困難。這位詩人的姓名存在於公用檔案所提供的八百個約翰・濟慈之中，可是他們似乎對一個死了九百年的人不感興趣。

「你為誰工作？」這是赫墨德．費洛梅爾的聲音，我感到有點意外。
「不為誰。」
聲波的頻率變了，他們在互相討論。「他能抗拒藥力嗎？」
黛安娜說：「沒有人能抗拒得了，藥效發作之後，他們可能會死，卻無法抗拒。」
「那到底是怎麼回事？葛萊史東為什麼會在開戰前夕把一個無名小卒找到議會去？」赫墨德問道。
「他聽得見你說話，你知道。」另一個男人的聲音，是兩個打手之一。
「沒關係，反正在審問之後他也活不了。」黛安娜說。她的聲音再度響起，直接問我：「首席執行官為什麼請你到議會呢……約翰？」
「不很確定。大概是要聽朝聖者的事吧。」
「什麼朝聖者，約翰？」
「荊魔神的朝聖者。」
有人發出怪聲。
「噓。」黛安娜制止那個人，接著對我發問：「這些朝聖者現在是在海柏利昂嗎，約翰？」
「是的。」
「現在正在朝聖途中？」
「是的。」

「那葛萊史東為什麼要問你呢，約翰？」

「我夢到他們。」

有人呸了一聲，赫墨德說：「他是個瘋子。連在吐實血清的藥效之下，他都不知道自己是誰，現在又跟我們說這些，我們把他解決掉，然後……」

「閉嘴！葛萊史東可沒瘋。是她把他請來的，記得嗎？」黛安娜・費洛梅爾再轉回來問我：「約翰，你說你夢到他們是什麼意思？」

「我夢到第一個回復濟慈人格的印象。他的身體被謀殺之後，他把自己內建到一位朝聖者身上，現在他可以在他們的微數據圈上漫遊。他接受到的訊息就成了我的夢境。也說不定是我的行為成為他的夢境，我不知道。」我說，聲音有點含糊，像在說夢話。

「瘋言瘋語。」赫墨德說。

「不是，不是。」黛安娜夫人說，她的聲音很緊張，幾近震驚。「約翰，你是個模控人嗎？」

「是的。」

「哦，耶穌和阿拉呀！」黛安娜夫人說。

「模控人是什麼？」一個打手問道。他的聲音很高，幾乎像女人的聲音。

一陣沉寂，然後黛安娜說：「笨蛋，模控人是智核創製的遙控人。到上個世紀為止，資政委員會裡還有幾個模控人，後來判定為非法之後就沒有了。」

「就像是生化人之類的嗎？」另一個打手問道。

「閉嘴。」赫墨德說。

「不是，模控人在遺傳基因上非常完美。是由可以追溯到元地球的ＤＮＡ重組而成的。你只要有一根骨頭、一段頭髮……約翰，你聽得見我說話嗎？約翰？」黛安娜回答道。

「聽得見。」

「約翰，你是個模控人……你知道你的人格模組是什麼人嗎？」

「約翰．濟慈。」

我聽到她深吸了一口氣。「這個約翰．濟慈是……是什麼人呢？」

「是個詩人。」

「他活在哪個時代呀，約翰？」

「從一七九五到一八二一。」我說。

「哪種紀元，約翰？」

「元地球的公元紀元，在前聖遷時期，現代……」我說。

赫墨德的聲音激動地插了進來。「約翰，你現在……你現在是不是和智核連線？」

「是的。」

「你能……即使注射了吐實血清，還是能連絡嗎？」

「是的。」

「哦，我操！」那個聲音很尖的打手說。

「我們得趕快離開這裡。」赫墨德叱喝道。

「再等一分鐘，我們一定得知道……」黛安娜說。

「我們可以帶著他一起走嗎？」聲音低沉的打手說。

「笨蛋，只要他活著，又能跟數據圈和智核連線……媽的，他根本住在智核裡，他的心智在那裡……這樣他就能把消息傳給葛萊史東、執行祕書、霸軍，任何人！」赫墨德說。

「閉嘴！等我問完話就殺了他，還有兩、三個問題。約翰？」黛安娜夫人說。

「嗯。」

「葛萊史東為什麼要知道荊魔神朝聖者的遭遇？這和與驅逐者之間的戰爭有關嗎？」

「我不清楚。」

「媽的，走了啦！」赫墨德低聲說。

「不要吵。約翰，你是從哪裡來的？」

「過去十個月裡，我住在希望星。」

「在那之前呢？」

「在那之前住在地球上。」

「哪一個地球？新地球？第二號地球？地球城？是哪一個？」赫墨德追問道。

「地球，元地球。」我說，然後我想起來了。

「元地球？操他媽的胡說八道，我要走了。」一名打手說。

傳來一陣雷射槍像煎培根似的滋滋聲。我聞到比煎培根更香的味道，然後是重物倒地聲。黛安娜．費洛梅爾說：「約翰，你說的是你的人格模組來源以前生活在元地球上嗎？」

「不是。」

「你，模控人的你，以前在元地球上？」

「是的，我是在那裡從死亡中甦醒過來的，就在西班牙廣場，我去世的同一個房間裡。席維倫當時不在場，可是克拉克醫生和其他一些人都在……」我說。

「他瘋了。元地球遭到摧毀已經有四個多世紀了……還是說模控人可以活四百多歲？」赫墨德說。

「不是，閉嘴，讓我把話問完。約翰，智核為什麼……讓你復活？」黛安娜夫人沒好氣地說。

「我不知道。」

「難道說這和AI之間的內戰有關？」

「也許吧，很有可能。」我說。她還真問了些有意思的問題。

「是哪一個團體創造了你？無上派？持重派？還是躁動派？」

「我不知道。」

我聽到那聲音中有一絲惱怒。「約翰，你通知任何人你在哪裡，或你發生了什麼事情嗎？」

「沒有。」我回答。她等了那麼長一段時間才提出這個問題，顯見她實在不是很聰明。

赫墨德也呼了一大口氣：「太好了！那我們趕快離開這鬼地方……」

「約翰，你知道為什麼葛萊史東要發動這場跟驅逐者的戰爭？」黛安娜問。

「不知道。或者說，有太多可能的原因。最可能的理由是，這是她與智核協商時的一種交涉手法。」我說。

「為什麼？」

「智核中的領導記憶體元素害怕海柏利昂，在銀河系中，所有變數都已經確定了，唯有海柏利昂是一個未知的變數。」我答道。

「誰在害怕，約翰？無上派？持重派？還是躁動派？AI裡哪一派害怕海柏利昂？」

「三個都一樣。」我說。

「媽的，聽我說……約翰……時塚和荊魔神跟這事都有關係嗎？」赫墨德低聲地說。

「是的，大有關係。」

「怎麼說？」黛安娜問道。

「我不知道。沒有人曉得。」

赫墨德或是別人，很用力而又狠毒地一拳打在我胸口。赫墨德咆哮道：「你的意思是說，那操他媽的智核資政委員會都沒預測到會有這次戰爭，這些事件？你以為我會相信葛萊史東和參議院在沒作可能評估的情況下就去打仗嗎？」

「不是，幾百年前就預測到了。」我說。

黛安娜．費洛梅爾發出一個聲音，就好像小孩看見一大堆糖果似的。「預測到什麼，約翰？把所有的事都告訴我們。」

我的嘴很乾，吐實血清讓我的口水全都乾了。「預測到這場戰爭、荊魔神朝聖團成員的身分、霸聯領事背叛，他使用了一種東西，能夠也已經開啟了時塚。荊魔神的天譴迫近。戰爭與天譴的結果……」

「約翰，結果是什麼？」幾小時前才和我做愛的女人低聲問道。

「霸聯終結，萬星網毀滅。」我說。我想舔嘴唇，可是我的舌頭也是乾的。「人類的絕滅。」

「哦，耶穌阿拉，這個預測有可能錯嗎？」黛安娜低聲說道。

「不會，或者不如說，問題只在海柏利昂對結果的影響。其他的變數都已經考慮進去了。」我說。

「殺了他，殺了這東西……我們好離開這裡，通知哈布雷特和其他人。」赫墨德．費洛梅爾大叫。

「好吧。」黛安娜夫人說著，不一會兒又改口：「不行，不能用雷射槍，你這個笨蛋。我們要照計畫給他注射致命的酒精。來，抓住滲透鐐銬，讓我把滴管接上。」

我感到右臂上有陣壓力，一秒後，響起了爆炸聲、撞擊聲和叫聲。我聞到煙味和空氣電離後的味道。一個女人發出尖叫。

「把他的鐐銬解開。」里・杭特說。我能看見他站在那裡，仍然穿著他那套保守的灰色西裝。四周全是保安突擊隊員，穿著全副緊身盔甲，外覆變色聚合膜。一個比杭特高一倍的突擊隊員點頭，把武器背在肩上，趕過來執行杭特的命令。

在一個我已經遙控了一段時間的軍用頻道上，我可以看到我自己的影像。渾身赤裸，四仰八叉地躺在床上，那副滲透鐐銬銬住我的手臂，我的胸口瘀青。黛安娜・費洛梅爾，她的丈夫，還有一個打手，全都失去知覺，但還活著，躺在滿是碎木頭和碎玻璃的房間地上。另外那個打手半躺在門口，上半身不論是顏色或樣子都像烤熟了的牛排。

「你還好吧，席維倫先生？」里・杭特問道，一面把我的頭扶起來，把一個像薄膜似的氧氣罩戴在我的口鼻上。

「嗯呃，還好。」我說。我像一個太快從深海浮上來的潛水伕，一下子浮上了我意識的表層，我的頭很痛，肋骨也痛得要死，我的兩眼還看不清楚，但是經由軍用頻道，我能看到里・杭特薄薄的嘴唇略微牽動了一下，我知道那就算是他在微笑了。

「我們會幫你穿好衣服。在飛回去的路上讓你喝點咖啡，然後再回執政院去。席維倫先生，你和首席執行官的會面已經遲到了。」杭特說。

H 7

老電影和全像電影裡的太空大戰總讓我覺得無聊，但看著真實的情況卻有種迷人的魅力：如同看到連環車禍的現場轉播一樣。事實上，實況轉播的費用比小成本的全像電影製作費用還要低很多，毫無疑問數百年來一向如此。即使花再多的精力，在看到太空中實際的戰爭場面時，最讓人抵擋不住的反應就是：太空是如此遼闊，而人類的艦隊、太空船、大型軍艦與其他一切都是如此渺小。

至少我坐在戰略情報中心，也就是所謂的戰情室，和葛萊史東與她的軍方將領一起觀看戰況時，是這樣想的。那裡的四面牆壁變成了二十公尺大的光幕，連成一氣，四面巨大的立體全像環繞著我們，擴音器也讓整個房間充滿了由超光速通訊傳送來的聲音：戰鬥人員之間的無線電通話、作戰指揮系統的命令、船艦之間由寬頻傳遞的訊息、雷射頻道，以及加密的超光速通訊，再加上所有的喊聲、尖叫聲、哭聲，還有除了空氣和人聲之外，比任何媒介都要早先出現的戰鬥的可憎。

那是一場戲劇化的混沌，一場混亂的實用定義，一場未經編排的悲傷暴力之舞。這就是戰爭。

葛萊史東和她的一小撮人馬坐在這些聲光影像中間，整間戰情室有如一個鋪了灰色地毯的長方形，飄浮在群星和爆炸之間，海柏利昂彷彿一塊琉璃色的亮光充塞了北邊的半面光牆，瀕死男女的尖叫聲由每個頻道傳到每個人的耳朵裡。我也是很倒楣地有那種特權在場的葛萊史東手下之一。

首席執行官在她的高背椅上轉來轉去，合成尖塔形的指尖輕觸下唇，然後轉向她的軍事將領。「你們覺得怎麼樣？」

在場七個戴著勳章的人彼此互望，然後六個人一起看著莫普戈將軍。他咬著一根沒點燃的雪茄。「情勢不好。我們把他們擋在傳送門站區之外……我們在那裡的防衛還擋得住，但是他們在星系範圍內推進得太多了。」他說。

「上將？」葛萊史東問道，她把頭微側向那穿著霸聯宇宙軍黑色軍服的瘦高男人。

辛赫上將摸了下修得很短的鬍子。「莫普戈將軍說得對，戰況和預期的不一樣。」他朝第四面牆點了下頭。大部分是橢圓體、卵形和弧形的圖表，落在一張海柏利昂星系的靜態圖上，有些弧線在我們眼前變化。亮藍色的線條代表海柏利昂的軍力，紅色的是驅逐者，圖上的紅線比藍線多得太多了。「兩艘派給第四十二特遣部隊的攻擊母艦都退出了戰事。其中奧林帕斯之影號遭到摧毀，全員陣亡。海神基地號受到重創，不過目前正由五艘炬船護送返回地月間船塢區整修。」辛赫上將說。

葛萊史東首席執行官緩緩點頭，將嘴唇往下湊向合成尖塔形的指尖。「上將，在奧林帕斯之影號上有多少人？」

辛赫那對棕色眼睛與首席執行官的雙眼一樣大，但沒有流露出同樣深沉的悲傷。他正視著她幾秒鐘。「四千兩百人，還不包括搭載的六百名陸戰隊員。因為其中有一部分在海柏利昂傳送門站下了船，所以我們並不知道還有多少人在船上的確實資料。」他說。

葛萊史東點頭，把視線移回莫普戈將軍：「為什麼突然這麼艱難，將軍？」

莫普戈表情鎮定，卻把那根咬在牙齒中間的雪茄給咬穿了。「戰鬥單位比我們預期的多，首席執行官。再加上他們的矛艇……五人小艇，事實上是小型炬船，比我們的長程戰鬥機更迅捷，火力更強……像致命的小黃蜂。我們成百成百地加以摧毀，可是只要有一艘躲過攻擊，就可以直接衝進艦隊的防線，造成大破壞。」莫普戈聳肩。「闖進來的不止一艘。」

柯爾契夫參議員和他的八個同僚坐在桌子對面。柯爾契夫轉過身看軍事圖。「看起來好像他們已經幾乎到了海柏利昂。」他說，那出名的聲音是沙啞的。

辛赫開口：「參議員，請記住比例。事實上，我們還守住了該星系的大部分區域。距海柏利昂星十個天文單位以內的一切都還是我們的。戰事是在歐特雲之外，而我們的部隊正在重新集結。」

「那麼那些紅色的小點……在黃道面上方的那些呢？」雷巧參議員問道。這位參議員穿著紅衣，那一直是她在參議院裡的注冊商標。

辛赫點了點頭說道：「那是很有意思的戰略，驅逐者船群發動了一次將近三千艘矛艇的攻擊，來完成對八十七之二特遣部隊電子周邊陣地的鉗形攻勢。這次攻擊遭到擊退，可是也讓人不得不佩服那種聰明的……」

「三千艘矛艇？」葛萊史東柔聲地插嘴問道。

「是的，長官。」

葛萊史東微笑。我停止素描，心中暗想幸好她這特別的笑臉不是對著我來的。

「昨天簡報的時候，我們不是聽到驅逐者會派出六……七百個戰鬥單位，最多如此嗎？」莫普戈開了口。

葛萊史東首席執行官轉過身去面對將軍。她右邊的眉毛挑了起來。

莫普戈將軍把雪茄拿下來，皺起眉頭看著雪茄，又從他下排牙齒後面摳出一小截。「那是我們情報單位說的。消息錯誤。」

葛萊史東點了點頭：「人工智慧資政委員會參與了這次情資評估嗎？」

所有的目光都轉向艾爾必杜資政。那是個很完美的投影，他坐在其他人之間的座位上，兩手輕鬆地擱在扶手上面，他完全不像一般可動投影的影像那樣有模糊不清或穿透的地方。他的臉很長，顴骨很高，那張會動的嘴即使是在最嚴肅的時刻也帶著一抹冷笑，而現在正是極為嚴肅的一刻。

「沒有，首席執行官，並沒有人請資政委員會評估驅逐者的軍力。」艾爾必杜資政說。

葛萊史東點了點頭。她仍然對著莫普戈說：「我假定，霸軍情報單位的軍力評估進來的時候，會結合資政委員會的推測吧？」

霸軍的陸軍元帥怒瞪了艾爾必杜一眼。「沒有，首席執行官。因為智核表示和驅逐者沒有接觸，所以我們覺得他們的推測不會比我們的好。我們是運用奧林帕斯指揮學院歷史戰術網路結合人工智慧網來執行我們的推測。」他說。他把那給咬掉了一截的雪茄塞回嘴裡，下巴抬著。等他再開口說話時，仍然咬著雪茄。「資政委員會能做得更好嗎？」

葛萊史東看著艾爾必杜。

資政用他右手修長的手指比畫了一下。「我們估算這批驅逐者船群數量在四到六千個戰鬥單位。」

「你……」莫普戈開口說道，他的臉脹得通紅。

「簡報的時候你並沒有提起這點，在先前討論時也沒說。」葛萊史東首席執行官說。

艾爾必杜資政聳聳肩，說道：「將軍說得對，我們和驅逐者沒有接觸。我們的估算也不比霸軍的可靠，只是……根據的前提不同。奧林帕斯指揮學院歷史戰術網路成就非凡。要是那裡的人工智慧在圖靈—狄姆勒量表上能再高一級，我們就會將之納入智核了。」他又比了下那個優雅的手勢。「就目前而言，委員會所依據的前提可能在未來的計畫上有用。當然，我們會隨時把所有預測結果交給小組。」

葛萊史東點了點頭：「馬上就做。」

她回頭去看螢幕，其他人也一樣。感應到這份寂靜，房間裡的監控將音量調回原樣。於是我們又能聽見勝利的呼號、求救的叫聲，以及平靜複誦所在位置、火力控制指令和其他命令的聲音。

最靠近的一面牆上顯示炬船賈米納號即時傳送過來的資料，這艘船正在Ｂ５艦隊四散飛舞的殘骸中搜尋倖存者，它漸漸接近的那艘損毀炬船（影像被放大了一千倍），看來像一顆由內爆裂開來的石榴，籽和紅色果皮以慢動作炸開，翻滾進一團粒子、氣體、凍結的燃油、由裝置上脫離的百萬個微電子零件、存糧、纏在一起的機件，還有不時可以由他們如木偶般扯動的手腳認得出來的無數具屍體。賈米納號的探照燈光在飛躍三萬多公里後，以幅寬約十公尺的光柱掃過在星光下凝住的殘骸，讓人看清楚了每一樣物件、器械和人臉，有一種極其恐怖的美感。反射光讓葛萊史東的臉看來更老了許多。

「上將，看起來驅逐者船群是等到第八十七之二部隊進入星系之後才攻擊的說法中肯嗎？」她說。

辛赫摸了下鬍子。「妳是問那是不是個陷阱嗎，首席執行官？」

「是的。」

海軍上將看了他的同僚一眼，然後望著葛萊史東。「我認為不是。我們相信……我相信驅逐者是看到我們的強大軍力，才有這樣的因應。不過，這也表示他們下定了決心，要攻下海柏利昂星系。」

「他們做得到嗎？」葛萊史東問道。她兩眼仍然望著在她頭上翻滾的殘骸。一個年輕人的屍體，一半在太空衣裡，一半袒露在外，正向攝影機的鏡頭翻滾而來，他爆裂的雙眼和肺清晰可見。

「辦不到。他們能重創我們，甚至可以把我們趕回到海柏利昂本身的周邊全面防衛區。但他們不能打敗我們，或把我們趕出去。」辛赫上將說。

「或是摧毀傳送門？」雷巧參議員的聲音很緊張。

「也不能摧毀傳送門。」辛赫說。

「他說得對！我可以拿我的專業前途來背書。」莫普戈將軍說。

葛萊史東微微一笑，站了起來。其他人，包括我在內，也都趕快站起身來。葛萊史東溫和地對莫普戈說：「的確，的確。」她環顧四周。「事情有變化的時候，我們再到這裡碰頭。杭特先生是我和你們之間的連絡人。同時，各位先生、各位女士，政府的工作要繼續下去。再會。」

在其他人相繼離開時，我又坐回原位，一直等到最後只剩下我一個人。擴音器又恢復了原有的音量，在一個頻道上，有個男人在嘶喊。靜電的雜音中傳來瘋狂的笑聲。在我頭頂上、在我背後、在我兩側，星空在漆黑中緩緩移動，星光冷冷地照著殘骸和廢墟。

執政院建成大衛之星的六芒星形，星形中央有一座花園，就位在矮牆和特別設計栽植的樹木遮蔽之下，比鹿圈中那正式的花壇小得多，美麗程度卻毫不遜色。暮色降臨時，天崙五明亮的藍白光芒漸漸褪成金色，我正在那裡散步，梅娜．葛萊史東朝我走了過來。

好一會兒，我們只是默默地一道散步。我注意到她換了衣服，穿著一件帕塔法星中年貴婦人穿的袍子，袍子十分寬大，鑲嵌了深藍和金色的精細圖案，幾乎與漸暗的天色相呼應。葛萊史東的兩手插在暗袋裡，寬大的袖子在微風中飄動，下襬拖曳在小徑的乳白色鋪石上。

「妳讓他們審問我，我很好奇究竟是為什麼。」我說。

葛萊史東的聲音很疲憊。「他們並沒有傳送資料。那些資訊讓他們知道也沒有危險。」

我微笑。「不管怎麼說，妳讓他們折磨了我。」

「安全部希望盡量多知道一些他們可能洩漏的事情。」

「利用我……讓我吃點苦頭……」我說。

「是的。」

「現在安全部知道他們替誰工作了嗎？」

「那個男的提到哈布雷特，安全部相當確定他們指的是安琳・哈布雷特。」首席執行官說。

「在艾斯葵司星的那個貿易掮客？」

「是的。她和黛安娜・費洛梅爾跟舊葛藍儂—海特保皇派很有關係。」

「他們都是外行人。」我這樣說，是因為想到赫墨德說出哈布雷特的名字，還有黛安娜毫無章法的盤問。

「當然。」

「保皇派是不是和什麼重要的團體組織有關聯？」

「只有荊魔神教會。」葛萊史東說。小徑被一條小溪截斷，她在跨越小溪的石橋前停住腳步。首席執行官撩起袍子在一張鑄鐵長椅上坐了下來。「你知道，還沒有一個主教從藏身處出來。」

「有那些暴動和抵制，我倒也不怪他們。」我說。我仍然站著，雖然看不見守衛和監視器，可是我知道只要有任何威脅葛萊史東的意思，我醒來時就會發現自己是在執行祕書處的禁閉室裡。在我們上方，雲朵的金邊已經消失，開始映照出天崙五無數高塔城市所發出的銀光。「安全部怎麼處置黛安娜和她的丈夫？」

「他們經過徹底的審訊，現在正在扣押中。」

我點了點頭。徹底審訊的意思就是他們的腦子現在還正漂浮在完全分流的水箱中，而他們的身體則暫置在低溫箱裡，等祕密審判決定他們是否有反叛行為。審判之後，身體就會毀棄，而黛安娜和赫墨德會始終處於「扣押中」，所有的感應和傳輸頻道全都關閉。霸聯已有幾百年沒動用過死刑，可是別種選擇也並不舒服。我也在長椅上坐了下來，離葛萊史東有兩公尺遠。

「你還寫詩嗎？」

她的問題讓我吃了一驚。我朝花園小徑那頭看了一眼，飄浮的日本燈籠和隱藏的光球剛開始發亮。「沒有，有時候我會夢到，或者不如說是以前會……」我說。

梅娜·葛萊史東看著交握在腿上的雙手。她說：「要是你把現在發生的事寫下來，會寫出什麼樣的詩呢？」

我笑了起來。「我早已開始寫，又放棄過兩回了，或者不如說是他這麼做過。詩寫的是諸神之死，以及祂們難以接受祂們易位的事。寫的是轉化、苦難和不公。寫的也是那個詩人，他認為那個人在那樣不公的情況下受苦最深。」

葛萊史東看著我。在黯淡的燈光下，她的臉上布滿皺紋和陰影。「這次易位的是哪些神呢，席維倫先生？是人，還是我們為了矮化自己而創造出來的偽神呢？」

「我他媽的怎麼曉得？」我沒好氣地說著，轉頭去看小溪。

「你屬於兩個世界，不是嗎？人類的世界和智核的世界。」

我又笑了。「我不屬於這兩個世界，在這裡是個模控怪物，在那裡是個研究目標。」

「沒錯，可是是誰的研究？又為了什麼目的？」

我聳聳肩。

葛萊史東站了起來，我也跟著起身。我們越過小溪，聽著溪水淙淙流過石頭。小徑在高大的圓石間蜿蜒，石頭上長滿了苔蘚，在燈籠光下閃亮。

葛萊史東在那短短幾級石階頂上停了下來。「你認為智核的無上派能成功建構出他們的無上智慧嗎，席維倫先生？」

「他們能造神嗎？有一些AI並不想造神。他們由人類的經驗學習到，在意識裡建構下一步，就算沒帶來真正的滅亡，也會帶來奴役。」我說。

「可是一個真神會讓祂所創造出來的一切滅絕嗎？」

「以智核和假設性的無上智慧來說，神是造物，而不是造物者。也許神必須創造出較次等的生命來與祂接觸，以便能感到對他們有些責任。」我說道。

「可是看來智核從AI自主之後幾世紀以來，一直為人類負責呀。」葛萊史東說，她緊盯著我，好像在用我的表情來評估什麼事情。

我望向花園，小徑白亮亮的，在黑暗中顯得有些陰森。「智核是為求取他們的目的。」我話一出口，就知道沒有一個人類比梅娜．葛萊史東首席執行官更清楚這件事實。

「而你覺得人類不再是他們為達目的所需的手段了？」

我揮揮右手。「我不是這兩種文化創造出來的。」我又說了一遍。「我沒有因無心插柳的造物者天真無邪而蒙受恩典，更不曾因其造物的深切關注而遭受詛咒。」

「就遺傳上來說，你完全是個人類。」葛萊史東說。

這不是問句，所以我沒有回應。

「以前的人也說耶穌基督完全是個人類，也完全是個神。是人和神的交會。」她說。

聽到她提起那古老的宗教讓我很感吃驚。基督教起先為基督禪教所取代，後來又成為諾斯替禪教，之後又有一百多種重要的神學和哲學取而代之。葛萊史東的家鄉並不是已廢宗教的寶庫，而我認為，也希望首席執行官也不是。「如果他既完全是人，又完全是神，那我就是他的反面形象。」我說。

「不對，我倒認為你那些朝聖者朋友面對的荊魔神才是。」葛萊史東說。

我瞪大了眼睛。這還是她第一次向我提起荊魔神，雖然我明知道，而她也曉得我知道，正是她的計畫使得領事打開了時塚，放出那個東西。

「也許你應該加入朝聖團，席維倫先生。」首席執行官說道。

「在某方面，我是加入了。」我說。

葛萊史東比了個手勢，通往她私人住所的一扇門打了開來。「不錯，就某方面來說你是在其中，可是如果帶有你分身的那位女性被釘在荊魔神那傳說中的刺樹上，你在夢裡也會感受到那種永恆之苦嗎？」她說。

我沒有答案，所以我只站在那裡，什麼也沒說。

「明早開過會之後，我們再談吧，晚安，席維倫先生，祝你好夢。」梅娜．葛萊史東說。

H

8

布瑯．拉蜜亞和費德曼．卡薩德帶著霍依特神父的屍首返回營地時，馬汀．賽倫諾斯、索爾．溫朝博和領事正蹣跚爬上沙丘，朝人面獅身像走來。溫朝博將斗篷緊裹在身上，想為嬰兒擋住狂風沙和閃電。他望著卡薩德走下沙丘，沙丘表面電光閃爍，襯得他那兩條長腿又黑又細，有如漫畫人物。霍依特雙臂垂落，隨著每一步微微擺動。

賽倫諾斯大叫著，可是狂風吹散了他的聲音。布瑯．拉蜜亞指了指僅存的一座帳篷，其餘都給狂風吹塌或吹走了。他們一起擠進賽倫諾斯的帳篷，卡薩德上校殿後，溫柔地抱著那具屍體。到了裡面，他們的喊叫聲才能蓋過塑性纖維帆布的劈啪響聲和撕裂似的雷電轟隆聲。

「死了？」領事叫著，拉開卡薩德裹在霍依特赤裸屍身上的斗篷。兩個十字形發出粉紅色的微光。上校指著由霸軍配給、附著在神父胸口的醫療掃描儀，面板上的警示燈號閃動。所有的燈都亮起紅色，只有系統本身的指示燈是黃色。霍依特的頭向後仰倒，溫朝博這才看到將割斷的喉嚨勉強連在一起的細密縫線。

索爾．溫朝博用手探了探卻沒找到脈搏，於是他俯身向前，將耳朵貼在神父的胸口。沒有心跳，但是索爾的臉碰觸到十字形瘢痕，很熱。他看了看布瑯．拉蜜亞，問道：「荊魔神？」

「是的，我想是的……我不知道。我把子彈全打光了。一共十二發，打在那個不知道是什麼的東西上。」她揚了揚仍然握在手裡的古董手槍。

「你看到那個東西了嗎？」領事問卡薩德。

「沒有。我只比布瑯晚了十秒鐘走進那個房間，可是我什麼也沒有看到。」

「你那些他媽的軍用配備呢？所有那些霸軍的狗屁東西上沒顯示點什麼嗎？」馬汀．賽倫諾斯說。他被擠在帳篷後端，整個人蜷縮成一團。

「沒有。」

醫療掃描儀發出小小的警報聲，卡薩德由皮帶上解下一個電漿匣，插入掃描儀。他跪坐在地上，把夜視鏡拉下來，由帳篷口向外望。他的聲音被頭盔的擴音器弄得有些變調。「他失血過多，我們現在無法輸血，有誰帶著急救箱什麼的嗎？」

溫朝博摸索著他的背包。「我有一個最基本的急救包，不過這種情況用不上。不知道是什麼東西割了他的喉嚨，整個割斷了。」

「荊魔神。」馬汀·賽倫諾斯輕輕地說。

「沒有關係，我們一定得救他。」拉蜜亞說，她抱緊自己的身子想止住顫抖，一邊望著領事。

「他已經死了，就連太空船上的醫療系統也沒辦法讓他起死回生。」領事說。

「我們非得試一下不可！」拉蜜亞叫著，向前抓住了領事的前襟。「我們不能把他留給那些……東西。」她指了指在死者胸前皮膚下閃亮的十字形。

領事揉了下眼睛。「我們可以毀了他的屍體，用上校的槍……」

「要是我們不趕快躲開這場他媽的風暴，我們就一定會死！」賽倫諾斯叫道。帳篷在搖晃，每次風吹過來，塑性纖維帆布就拍打著詩人的頭，沙子吹打在布上的聲音就像是外面發射了火箭一樣。「把那艘他媽的船給召來，快點！」

領事把他的背包拉得更近，好像在護著裡頭那具古老的通訊記錄器，他的額頭和臉上閃著汗水。

「我們可以到某一個時塚裡去躲風暴，也許可以到人面獅身像去。」索爾·溫朝博說。

「去你媽的。」馬汀·賽倫諾斯說。

學者在擁擠的空間裡挪了挪身子，瞪著詩人。「你千里迢迢來找荊魔神，現在又要告訴我們，既然它好像出現了，你就改變了心意嗎？」

在那頂壓低的貝雷帽下，賽倫諾斯兩眼閃亮著。「我沒有告訴你們什麼，只說我希望他那艘該死的太空船在這裡，而且我現在就要。」

「這可能是個好主意。」卡薩德上校說。

領事望著他。

「要是有機會救霍依特的性命，我們就該把握。」卡薩德說。

領事內心也痛苦不已。「我們不能離開，現在不能。」他說。

「不錯，我們不用那艘船來離開這裡，可是船上的醫療系統也許可以救霍依特。而且我們可以在船裡躲沙塵暴。」卡薩德同意道。

「而且說不定可以搞清楚那裡的情形如何。」布瑯．拉蜜亞用大拇指朝帳篷頂上比了比。

嬰兒蕾秋尖聲哭了起來。溫朝博搖著她，用他的大手托著她的頭。「我同意，要是荊魔神想找我們，在船上和在這裡一樣容易找得到。我們可以注意不讓任何人離開。」他說，碰了下霍依特的胸口。「即使聽起來很可怕，可是醫療系統若取得這個寄生物的運作資料，對萬星網來說也是再珍貴不過。」

「好吧。」領事說，便從背包裡拿出古老的通訊記錄器，並把手放在顯示鍵上，低聲說了幾句話。

「船會來嗎？」馬汀．賽倫諾斯問道。

「已經確認了指令，我們得收拾東西準備傳送。我叫船降落在山谷入口上方。」

拉蜜亞沒想到自己剛剛在哭。她擦了下臉，微微一笑。

「有什麼好笑的事？」領事問道。

「這一切，而我現在一心只想著要是能沖個澡多好。」她說，一面用手背按著臉頰。

「能有杯酒。」賽倫諾斯說。

「可以躲沙塵暴。」溫朝博說。嬰兒正用哺乳包喝著奶。

卡薩德向前傾，頭肩都伸到帳篷外面。他將武器舉起，打開保險。「警報器。有東西在沙丘後面移動。」他說，夜視鏡轉向他們，映出蒼白而擠在一起的一群人，還有霍依特那具更為蒼白的屍體。「我要去查看一下，你們在這裡等太空船到。」他說。

賽倫諾斯說：「不要走，這就像操他媽的那些老恐怖電影，所有人一個接一個……嘿！」詩人閉了嘴。帳篷口只剩一個充滿亮光和噪音的長方形。費德曼．卡薩德已經離開。

帳篷開始倒塌，支桿和鐵絲鉤錨在周圍的沙子移動後都鬆脫了。他們擠在一起，在呼號的狂風中彼此喊叫著交談，領事和拉蜜亞把霍依特的屍身包在他的斗篷裡。醫療掃描儀上的閃燈仍然是紅色。血已經不再由簡陋的細密縫線之間淌流而出。

索爾．溫朝博把他只有四天大的孩子放在胸前的背帶裡，把他的斗篷摺好圍著她，蹲在入口。「沒看到上校的蹤影！」他叫道。就在他查看時，一道閃電打在人面獅身像開展的翅膀上。

布瑯．拉蜜亞移到入口處，抱起神父的屍體，輕得令她意外。「我們把霍依特神父送上太空船交給船上的醫療設備，再派幾個人回來找卡薩德。」

領事把他那頂三角帽往下拉低，將衣領豎高。「那艘船有深層雷達和運動感應器，能告訴我們上校去了哪裡。」

「還有荊魔神，不能忘了我們的東道主。」賽倫諾斯說。

「我們走吧。」拉蜜亞說著站了起來。她得彎下身子才能頂著風前進。霍依特的斗篷鬆開的衣角在她身旁翻動作響。她自己的斗篷則飛飄在背後，她在間歇的閃電光亮中找到了那條小路，朝山谷前方走去，只回了一次頭，看其他人有沒有跟上來。

馬汀·賽倫諾斯走出帳篷，扛起海特·瑪斯亭的莫比烏斯方塊，他那頂紫色的貝雷帽被風吹掉了，越飛越高。賽倫諾斯站在那裡大聲咒罵，直到他嘴裡開始塞滿沙子才住嘴。

「來吧，不趕快的話，就會看不見布瑯了。」溫朝博叫著，伸手搭在詩人肩上。索爾感到沙子打在他臉上，弄髒了他的短鬍子，他另一隻手擋在胸前，好像在保護著珍貴無比的東西。他們兩人彼此扶持，頂著風前進。賽諾倫斯看到他的貝雷帽落在一座沙丘的背風處，連忙跑過去撿，身上的毛皮大衣亂舞著。

領事最後一個離開，帶著他和卡薩德的背包。他才離開帳篷一分鐘，帳篷支柱就倒了，帆布裂開來，整頂帳篷飛進黑夜中，周圍還閃著靜電光。他蹣跚走過那三百公尺的小路，偶爾看一眼前面兩名男子的身影，更多的時候卻是找不到路而必須繞著小圈子走，直到再走回小路上。狂風沙稍微減弱了些，閃電一個接著一個來時，可以看見他背後的幾座時塚。領事看到人面獅身像，仍在接連不斷的電擊下閃亮著，再過去是玉塚，四壁透亮，在這兩座時塚之後是方尖碑，那裡沒有光亮，只是一條垂直的純黑色襯在懸崖前。然後是水晶獨石巨碑。完全沒有卡薩德的蹤跡，雖然變化的沙丘、吹起的沙子、還有突來的閃電都使得那裡彷若有很多東西在移動。

領事抬頭望去，現在看得到寬大的谷口，還有其上低飛的雲，他半帶期望能看見他的太空船從中降落所發出的藍光。風暴固然可怕，但他的船曾在更惡劣的狀況下降落過。他不知道船是不是已經降落，其他人都在太空船下等著他到來。

但等他到了谷口兩側懸崖之間的鞍形山地時，強風又再吹襲著他，他看見其餘四人擠成一團，蹲在那一大片廣闊平原的起點，但沒有太空船。

「現在不是應該到了嗎？」拉蜜亞在領事向他們走過去時叫道。

他點了點頭，彎下身去將通訊記錄器從背包裡取出來。溫朝博和賽倫諾斯站在他背後，幫他擋掉一些飛沙。領事取出儀器，停了下來，四下環顧。風沙讓他們看起來像是置身在一個瘋狂的房間裡，天花板和四壁不停變幻，一時擠近到只有幾公尺遠，一時又退到了遠處，天花板向上飄升，就像柴可夫斯基的芭蕾舞劇《胡桃鉗》中，房間和耶誕樹為了克拉拉而變大的場景一般。

領事以掌觸碰顯示鍵，彎腰向前，對著方形的語音接受器輕聲說話。那古老的儀器也輕聲回答，話語聲在飛沙聲中恰可聽見。他直起身來，面對其他人。「太空船未能獲准離開。」

眾人紛紛抗議。「你說『未能獲准』是什麼意思？」等其他人都安靜下來，拉蜜亞問道。

領事聳了聳肩，朝天望去，好像一道藍色的焰尾仍然可能出現，宣告太空船到來。「濟慈市的太空港不發啟航許可。」

「你不是說已經從那個操他媽的女皇手裡拿到許可證了嗎？」馬汀．賽倫諾斯叫道：「不就是老葛萊史東本人嗎？」

「葛萊史東的許可貯存在太空船的記憶體裡，霸軍和太空港當局都知道。」領事說。

「那到底是出了什麼鬼事？」拉蜜亞擦了擦臉，她在帳篷裡所流的眼淚在她覆滿沙塵的臉上留下了行行汗漬。

領事聳聳肩。「葛萊史東撤銷了原先的許可。這裡有她傳來的訊息，你們要聽嗎？」

有一分鐘的時間，誰也沒回應。經過一個禮拜的旅程，誰也想不到會再和他們這群以外的人連絡，一時間根本會意不過來，就好像除了在夜空中的爆炸之外，朝聖團之外的世界已經不存在了。「好吧，讓我們聽聽吧。」索爾．溫朝博說。風暴突然暫停，使這句話聽來非常響亮。

他們圍了過來，蹲在古老的通訊記錄器附近，把霍依特神父放在他們那一圈人中間。在剛才他們丟下他，沒有照顧的短短時間裡，他屍體四周已有小沙丘形成了。現在所有的燈號全都成了紅色，只有極限控制燈是琥珀色。拉蜜亞插入另一個電漿匣，再確定滲透罩確實罩住了霍依特的口鼻，把純氧濾入，將沙子隔絕在外。「好了。」她說。

領事啟動了通訊記錄器。

訊息由超光速通訊傳來，是船在大約十分鐘前錄下來的。空氣中的資料欄和膠狀球面映像有些模糊，正是聖遷時期通訊記錄器的特色。葛萊史東的影像抖動著，臉孔扭曲得很怪異，然後甚至變得很可笑，因為無數飛沙穿透了影像。即使把音量開到最大，她的聲音也幾乎被暴風吹散。

熟悉的影像說道：「很抱歉，目前還不能讓你的太空船接近時塚。想要離開的誘惑會太大，而你們任務的重要性卻必須凌駕在一切因素之上。請了解多個世界的命運都可能繫於你們。請相信我的希望和祈禱都與你們同在。葛萊史東結束通話。」

影像收摺，淡出。領事、溫朝博和拉蜜亞仍然默默凝視。

馬汀．賽倫諾斯站了起來，將一把沙丟向幾秒鐘前葛萊史東的臉孔所在的虛空中，尖叫道：「他媽的操她老爹的屁蛋政客道德麻痺的狗屎人妖賤婊子！」他踢著空中的沙子。其他人把視線轉到他身上。

「嗯，這還真有幫助。」布瑯．拉蜜亞溫和地說。

賽倫諾斯不屑地揮了下手，走了開去，還一路踢著沙。

「還有別的嗎？」溫朝博向領事問道。

「沒有了。」

布瑯．拉蜜亞兩手抱胸，皺眉看著通訊記錄器。「我忘了你說這玩意是怎麼作用的？你怎麼能避過干擾呢？」

「在我們從世界之樹號下來的時候，用聚焦連上我埋設的一個口袋通訊衛星。」領事說。

拉蜜亞點了點頭。「所以碰到你要回報的時候，只要發短訊到船上，就會由超光速通訊轉給葛萊史東，以及你的驅逐者連絡人。」

「是的。」

「太空船能不經許可就起飛嗎？」溫朝博問道。這個老人坐在地上，兩膝豎起，兩臂攤直擱在膝蓋上，是很典型疲累不堪的姿勢。他的聲音也很疲倦。「不理會葛萊史東的禁制？」

「不行，葛萊史東說不行之後，霸軍就在我們泊船的升空處加了一個三級阻絕力場。」領事說。

「和她連絡，把事情解釋清楚。」布瑯·拉蜜亞說。

「我試過了。沒有回應。而且我在最早發出的訊息裡也提到霍依特受了重傷，還說我們需要醫療協助。我也照會了船上的醫療系統為他作好準備。」領事把通訊記錄器拿起來，放回背包中。

馬汀·賽倫諾斯走回他們聚集的地方說道：「重傷？狗屁。我們這位神父朋友可是死得跟葛藍儂—海特的狗一樣了。」他翹起大拇指朝用斗篷裹著的屍體一比，所有的燈號全是紅色。

布瑯·拉蜜亞彎下身去，摸了摸霍依特的臉頰，冰涼涼的。他通訊記錄器上的生理感應器和醫療掃描儀全都亮起了腦死的警訊。滲透罩繼續將純氧強行送入他的肺，醫療掃描儀仍然維持他的心肺運作。但警訊聲已升高成尖叫，然後成為穩定而可怕的音調。

「他失血太多了。」索爾·溫朝博說。他摸著故世神父的臉，閉著眼，垂下頭。

賽倫諾斯說：「了不起，真操他媽的了不起。根據他自己的說法，霍依特會先分解，再重生，多虧有那他媽的十字形……那種該死的東西還有兩個呢！這傢伙在復活保險上可闊得很……然後他會再爬起來，像哈姆雷特老爹鬼魂的腦部受損版本，到時候我們該怎麼辦？」

「閉嘴。」布瑯・拉蜜亞說。她正用一塊由帳篷裡拿來的防水布裹住霍依特的屍體。

「妳才閉嘴！我們附近還有個怪物在逡巡。老格蘭戴爾本人就在外面某個地方磨著爪子，準備吃他的下一餐，你們真的要讓霍依特的殭屍加入我們這快樂的小組嗎？你們記不記得他怎麼形容畢庫拉族的？他們用那些十字形讓他們活回來過了好幾世紀了，跟他們說話就像跟一塊會動的海綿說話沒兩樣。你們真的想要霍依特的屍體跟我們一起走來走去嗎？」賽倫諾斯嘶吼道。

「兩個。」領事說。

「什麼？你說什麼？」馬汀・賽倫諾斯一個旋身，沒站穩，跪倒在屍體旁邊，他靠向老學者。

「兩個十字形，他的和保羅・杜黑神父的。如果他所說關於畢庫拉族的事是真的，那他們兩個都會……復活。」領事說。

「哦，他媽的天老爺啊！」賽倫諾斯說著坐在沙子裡。

布瑯・拉蜜亞已經把神父的屍身包好了。她望著遺體。「我記得杜黑神父說過一個叫阿法的畢庫拉人的事，可是我還是不了解。其中想必會牽涉到質量不滅定律吧。」她說。

「他們會是矮殭屍。」馬汀・賽倫諾斯說。他把毛皮大衣裹得更緊一點，用拳頭打著沙地。

領事說：「要是太空船能來，我們就可以知道好多事了。自動診斷系統就可以……」他停了下來，比了比手勢。「唉，飛沙少了，說不定風暴……」

電光閃現，雨開始落下。冰冷的雨箭比狂風沙更狂暴地射在他們臉上。

馬汀．賽倫諾斯大笑起來。「這裡是個操他媽的沙漠！而我們卻可能被洪水淹死。」他朝天大喊。

「我們必須離開這裡。」索爾．溫朝博說。他的嬰兒在他斗篷的縫隙間露出小臉。蕾秋正在哭著，小臉脹得通紅。看起來就像是個新生兒。

「時光堡如何？離這裡只有兩三個小時……」拉蜜亞說。

「太遠了，我們躲到哪座時塚裡去吧。」領事說……。

賽倫諾斯又笑了，他說：

誰是來此獻祭的？

到哪個綠色祭壇，哦，神祕的祭司，

引領汝這隻小牛向天低頭，

而她光滑的腰窩有花環裝飾❽

「這意思是答應了嗎？」拉蜜亞問道。

「這意思是說操他媽的『有何不可？』為什麼要讓我們冰冷的繆思女神難找呢？我們在等待的時

候可以看著我們的朋友腐爛分解。杜黑說一個畢庫拉人翹辮子之後，要花多少時間才會再回到他們的族群裡？」賽倫諾斯大笑道。

「三天。」領事說。

馬汀・賽倫諾斯用手掌根拍了下前額。「對嘛，我怎麼會忘了呢？真是配合得太美妙了，新約的智慧。❾在此同時，也許我們的荊魔神能再從我們這群羊裡帶走幾隻。你們認為神父會不會在意我向他借一個十字形來以防萬一呢？我是說，他有個備用的……」

「走吧，我們先到人面獅身像裡躲到天亮再說，我來帶著卡薩德的配備和莫比烏斯方塊。布瑯，妳帶著霍依特的東西和索爾的背包。索爾，你注意讓嬰兒保持暖和乾燥。」領事說，雨水由他的三角帽上一路流下來。

「神父怎麼辦？」詩人問道，一面伸出大拇指朝屍體那邊比了下。

「由你來背霍依特神父。」布瑯・拉蜜亞溫柔地說著，轉過身來。

馬汀・賽倫諾斯張開嘴，一看到拉蜜亞手裡的手槍，只好聳了聳肩，然後彎下身去，把屍體扛在

---

❽ 此為英國詩人約翰・濟慈《頌賦一八一九・希臘甕頌》中第四段起始的句子。

❾ 新約記載，耶穌被釘上十字架死亡，三天後復活。

肩上。「等我們找到卡薩德之後，由誰來背他呢？當然啦，也許他已經大卸八塊，這樣可以由我們所有的人……」他問道。

「拜託你閉嘴。如果我被逼得非開槍殺你不可，又會多一樣東西要我們背了。走吧。」布瑯・拉蜜亞疲累地說。

領事率先走在前面，溫朝博緊隨在後，馬汀・賽倫諾斯踉蹌地跟在幾公尺遠處，布瑯・拉蜜亞殿後，這一群人再度走下山坡，進入時塚谷內。

H

9

葛萊史東首席執行官那天早上的行程非常緊湊。天崙五中心的一天是二十三個小時，所以能讓政府依霸聯標準時間運作，而不致完全干擾當地日常生活的節奏。五點四十五分，葛萊史東和她的軍事顧問開會。六點三十分，她和二十來個最重要的參議員，以及萬事議會與智核的代表們共進早餐。七點十五分，首席執行官傳送到文藝復興星，當地時間正是傍晚，她主持卡杜亞的神使醫療中心正式開幕式，七點四十分，她傳送回執政院會見她的高階助理群，包括里・杭特，審訂她要在十點整向參議院且透過萬事網播送的演講內容。八點三十分，葛萊史東再次和莫普戈將軍與辛赫上將開會，了解在海柏利昂星系上的最新情況。八點四十五分，她接見了我。

「早安，席維倫先生。」首席執行官說。她坐在三天前我第一次見到她的那個辦公室裡的辦公桌後面，用手朝靠牆擺放的小桌比了比，桌上擺著的閃亮銀壺分別裝有熱咖啡、茶和米茶等飲料。

我搖了搖頭，坐了下來。有三面全像窗亮著白光，但在我左手邊的那面則顯示一幅海柏利昂星系的立體地圖，正是我先前在戰情室試著解碼的那幅。在我看來，驅逐者的紅色現在似乎覆蓋並滲進了整個星系，如同溶混進藍色溶液的紅顏料一樣。

「我想聽聽你的夢境。」葛萊史東首席執行官說道。

「我想聽聽妳拋棄他們的原因。為什麼妳任憑霍依特神父死掉。」我語氣平板地說。

葛萊史東不可能習慣有人這樣對她說話，尤其是她在參議院前後有四十八年之久，而擔任首席執行官也有十五年了。可是她唯一的反應只是稍微挑高一邊眉毛。「原來你的確能夢到真實的狀況。」

「妳原先還有點懷疑嗎？」

她放下手裡的電腦，按了關閉鍵，然後搖了搖頭。「不盡然，可是聽到一些全萬星網無人知曉的事，還是會感到震驚。」

「妳為什麼不准他們用領事的船？」

葛萊史東轉過身去看那張地圖，圖上不斷在變動，新的資料改變了紅色的流向，藍色的撤退，星球和衛星的移動，但就算軍方情勢是她理由的一部分，她也決定放棄這方面的說法。她回過身來。「我為什麼必須向你解釋高層的決策呢，席維倫先生？你的選區在哪裡？你代表的是誰？」

「我代表的是被妳困在海柏利昂的那五個人和一個嬰兒。本來可以救得了霍依特的。」我說。

葛萊史東握著拳，用彎曲的食指輕叩著下唇。「也許吧，也說不定他早已經死了。可是這不是問題所在，對吧？」她說。

我靠坐在椅子上。這回我沒有隨身帶著素描簿，而我的手很想握住什麼。「那，是什麼呢？」

「你還記得霍依特神父的故事嗎，在他們去時塚的路上所說的故事？」葛萊史東問道。

「記得。」

「每個朝聖者都能向荊魔神提出一個要求。依慣例它會答應一個人的願望，而拒絕其他人的願望，還會殺掉它拒絕的那些人。你還記得霍依特的願望是什麼嗎？」

我遲疑了。要回想起這些朝聖者過去的某些事情，就像要回想起上個禮拜夢境中的細節一樣。

「他希望能將兩個十字形移走，他希望能從杜黑神父的靈魂、ＤＮＡ，其他不管什麼……還有從他自己之中解脫。」我說。

「並不盡然。霍依特神父想死。」葛萊史東說。

我站了起來，差點把椅子打翻，我大步走到那幅悸動的地圖前。「一派胡言。就算他想死，其他人也有義務救他，妳也一樣，妳卻就讓他死了。」我說。

「是的。」

「就好像妳準備犧牲其餘人的生命一樣？」

「不一定，那要看他們的想法，還有荊魔神的想法，如果那樣的東西真正存在。目前我只知道他們的朝聖行動太重要了，在這個決定性的關鍵時刻，不能讓他們有任何……撤退的方法。」梅娜・葛萊史東首席執行官說。

「誰的決定？他們的嗎？六、七個人，加上一個嬰兒，他們的生命怎麼可能影響到一千五百億人的未來？」我當然知道這個問題的答案，ＡＩ資政委員會和霸聯其他預知力較弱的預測專家當初在朝聖團人選上非常慎重。可是為了什麼呢？無法預測性。他們只是在整個海柏利昂等式中與終極謎題相合的數碼而已。葛萊史東知道這一點嗎？還是她只知道艾爾必杜資政和她自己的間諜跟她說的那些？我嘆了口氣，坐回椅子。

「你的夢境告訴你卡薩德上校的命運如何嗎？」首席執行官問道。

「沒有，我在他們回到人面獅身像去躲風暴之前就醒過來了。」

葛萊史東淺淺一笑。「你知道，席維倫先生，為了達到我們的目的，更方便的作法是給你下藥，用你的朋友費洛梅爾所用的吐實血清，再把你連接在揚聲器上，隨時可取得海柏利昂那邊情形的報告。」

我報以微笑。「不錯，那樣方便得多，可是萬一我經由數據圈溜回智核，只把我的身體留下來，對妳可大為不便了。如果再給我下藥，我就絕對會那樣做。」我說。

「當然，那也正是我在那種情況下會有的作法。告訴我，席維倫先生，在智核裡是什麼感覺？你的意識真正駐留在那個遙遠的地方是什麼感覺？」葛萊史東說。

「忙碌。妳今天見我還有什麼別的事嗎？」我說。

葛萊史東又微微一笑，我感受到這是真心的笑容，而不是她運用純熟的政客武器。「不錯，我的確還有別的事。你願意去海柏利昂嗎？真正的海柏利昂？」她說。

「真正的海柏利昂？」我愣愣地重複。一陣奇異的興奮之情在體內升起，讓我覺得手指和腳趾都癢了起來。我的意識或許真的留駐在智核，但我的身體和頭腦全都太人類化了，也都對腎上腺素和其他隨機的化學物質太敏感。

葛萊史東點頭。「數以百萬計的人想要去那裡，想傳送到一個新的地方，就近看著戰爭進行。」她嘆了口氣，移動電腦。「那些蠢人。可是我希望有人到那裡去，親自向我報告。里今早要使用一道新的軍用傳送端點，我想你也許可以和他一起去。你可能沒有時間在海柏利昂上停留，可是會在那個星系裡。」她抬頭看著我，那對棕色眼睛中的神情十分認真。

我想到好幾個問題，第一個問出口的卻讓我相當尷尬。「那會很危險嗎？」

葛萊史東的表情和語氣都沒有變。「可能。不過，你會在離火線很遠的大後方，而里也奉明確指令，不得讓他自己或你，暴露在任何明顯的危險情況之中。」

明顯的危險情況，我想道。可是在戰場上，又接近一個有荊魔神之類怪物出沒的世界，會有多少不那麼明顯的危險情況呢？「好的，我會去，不過有一件事……」我說。

「什麼？」

「我需要知道妳要我去的原因。如果妳只因為我和朝聖團之間的關聯才需要我，把我派出去可是在冒不必要的險。」

葛萊史東點了點頭。「席維倫先生，你和朝聖團的關聯儘管相當貧乏，卻讓我很感興趣，而我同樣對你的觀察和評估感到興趣，你的觀察。」

「可是我對妳來說什麼也不是，妳不知道我可能還會向誰報告，不管是有意還是無意。我是智核製造出來的。」我說。

「不錯，可是你也可能是目前在天崙五中心，甚至在整個萬星網裡，最中立的一個。此外，你擁有的是一個訓練有素的詩人的觀察力，那位詩人的才氣我相當尊重。」葛萊史東說。

我大笑了一聲。「他是天才，我是贗品，是模控人，是冒牌貨。」我說。

「你真的這麼確定嗎？」梅娜．葛萊史東問道。

我舉起空空的兩手。「在我這次奇怪的再世生活中，我已經有十個月連一行詩也沒有寫過。我也沒有『詩想』。這難道還不足以證明智核的這個重生計畫是個騙局嗎？就連我的假名也是對一個絕對比我有才華得多的人的侮辱。約瑟夫．席維倫和真正的濟慈比起來，不過是個影子，可是我用他的名字卻是玷汙了他的姓名。」我說。

葛萊史東說：「這話可能是真的，也可能不是。無論如何，我都還是要求你隨杭特先生到海柏利昂走一趟。」她頓了頓。「你並沒有非去不可的職責。嚴格說來，你甚至不是霸聯公民。可是如果你真的肯去，我會很感激的。」

「我會去。」我又說了一遍，聽著我自己的聲音好似從遠處傳來。

「很好。你需要保暖的衣物。不要穿任何在自由落體狀態下會鬆脫或引發尷尬的衣服，雖然大概不會遇上這樣的狀況。你就和杭特先生在執政院傳送接點碰頭。時間是……十二分鐘後。」她看了看通訊記錄器。

我點了下頭，轉身離開。

「啊，席維倫先生……」

我在門口停了下來。坐在辦公桌後那位年邁的女人這時看起來既小又疲累。

「謝謝你，席維倫先生。」她說。

的確有好幾百萬人想傳送到戰區去。萬事議會網上塞滿了請願書、是否將平民傳送到海柏利昂的辯論、開闢短程遊覽航線的申請，還有各星球的政界人士和霸聯代表強烈要求准予到該星系一遊，以達成「尋求事實的任務」。所有要求都遭到拒絕。萬星網公民，尤其是有權力和影響力的萬星網公民，很不習慣在追求新經驗的事物上遭拒，而對霸聯來說，這樣的大戰仍是少數未曾嘗試過的經驗之一。

但是首席執行官辦公室和霸軍當局始終立場堅定：不得有平民或未經授權的人士傳送到海柏利昂

星系，不得發布未經審查的新聞。在這樣一個資訊信手拈來、旅行不受管制的時代，這樣的規定真是既惱人，又迷人。

在出示過特許證，得到十幾位安全人員的首肯之後，我和杭特先生在高階傳送接點會合。杭特一身羊毛料的素淨黑衣，讓人聯想到執政院這區隨處可見的霸軍制服。我沒有多少時間換衣服，回到住處後，只抓了一件有很多口袋可以放畫具的寬大背心，以及一架三十五釐米的攝影機。

「準備好了嗎？」杭特說，那張獵犬似的臉看起來不怎麼高興見到我。他帶著一個很平常的黑色手提箱。

我點頭。

杭特向一名霸軍傳送技師比了個手勢。一道限用一次的門漸漸浮現。我知道這東西已經根據我們的ＤＮＡ特徵調整好，別人是進不去的。杭特深吸了一口氣，踏了進去。我望著那如水銀般的門面在他經過後揚起一陣漣漪，有如一絲微風吹動小溪，接著恢復平靜，然後我自己也走了進去。

謠傳說最初的傳送門原型在傳送過程不會讓人有任何感覺，是後來ＡＩ和人類設計師將其中機制加以修改，加上了輕微的刺痛如臭氧刺激的感覺，給旅行者一種旅行過的感覺。不論真相如何，在我舉步跨出那道門、止步四顧時，我的皮膚還緊繃著。

這話聽來奇怪，卻是真的：參戰的太空船出現在小說、電影、全像劇和刺激模擬中，已有八百多年的歷史了，甚至早在人類尚未離開元地球之前，只用改造的飛機在大氣層內掠行時，他們的平面電影就演過壯烈的宇宙戰爭——巨大的星際戰艦裝配著令人難以置信的武器，彷若流線形的城市般穿越太空。即使是布列西亞戰爭之後的最新戰爭全像劇風潮裡，也有大型艦隊開戰的場面，在狹隘得讓雙方步兵感到幽閉恐懼的近距離大戰，船艦撞擊開砲，起火燃燒，就像古希臘的三列槳戰船艦隊擠進阿特密西姆海峽❿那般。

所以也難怪我一腳踏上艦隊旗艦時，心跳得厲害，手掌心有點汗濕，以為會走進像全像劇中戰艦上的寬廣艦橋，有巨大的銀幕顯示著敵艦，高音警報器響著，指揮官彎身俯在作戰指揮臺上，而船正先往右衝，再轉折向左。

杭特和我站在一處就像是發電廠裡狹窄走道的地方。到處纏繞著以顏色標號的管線，偶爾有規律排列的扶手和氣密艙門，證明我們確實是在一艘太空船裡，最新型的顯示鍵和互動面板則顯示，這條走道除了是通道之外，還有別的用途。但整體仍給人一種幽閉恐懼和原始科技的印象，我還以為會看到電線從迴路板裡伸出來。有一道豎坑和我們的走道相交，而由別的艙門可以看到其他狹窄而凌亂的走廊。

杭特看看我，微微聳肩。不知道是不是把我們送錯了地方。

我們兩個還沒來得及開口，一名穿著黑色戰鬥服的霸軍宇宙軍年輕少尉從一條岔道出現，向杭特敬禮，說道：「兩位，歡迎登上赫布里底號。納西塔海軍上將要我代他致意，請兩位到作戰指揮中心。勞駕兩位隨我來。」說完之後，年輕少尉迅速轉身，伸手抓住一根橫梯級，爬進了狹小的豎坑。

我們盡力跟上。我們往上爬時，杭特一直忙著顧他的手提箱，我則一直留意把手避開杭特的腳。

才爬不過幾碼，我就發現這裡的重力遠低於一標準值，事實上，根本沒有重力，但感覺上卻像有好幾隻小手堅持在把我向「下」壓。我知道太空船會使用一級阻絕力場在整艘船內製造重力，但這還是我第一次直接體驗到。實在不是舒服的感覺，持續不斷的壓力反而讓人覺得像是頂著風前進，而且這種效果還加強了狹仄走道、窄小艙門、裝滿配備的艙壁所帶來的幽閉感。

赫布里底號是一艘3C級船艦，集通訊、管制和指揮於一身，而作戰指揮中心等於是它的心臟和腦子，只不過不是很亮眼的心和腦。那位年輕少尉帶我們穿過三道氣密艙門，走過最後一段由陸戰隊士兵守衛的走廊，敬了個禮，把我們領進一間大約二十碼見方的房間，裡頭充斥著聲音、人員和設備，一踏進來第一個直覺反應就是退出門外去吸一口空氣。

房間裡沒有巨大的銀幕，只有十來位霸聯宇宙軍的軍官，或俯首看著隱祕的顯示幕，或坐在環繞刺激模擬器之中，或站在脈動全像投影前，那道投影似乎是從全部六面艙壁延展出來的。男男女女都被綁在座位上或感應座裡，只有少數幾名軍官例外，大部分看來像是忙碌的官僚，而不像奮勇的戰士。他們在狹窄過道中走動，拍拍下屬的背，大聲叱喝著要更多情報，將自己的植入晶片連結控制臺。其中一

---

⑩ 此為波希戰爭中波斯第二次入侵希臘（西元前480-479）時，在希臘阿特密西姆海峽（straits of Artemisium）發生的海戰。此戰役與著名的溫泉關戰役（Battle of Thermopylae）同時開戰，希臘聯軍希望分別從這兩個海陸關隘阻擋波斯軍的進攻，只是寡不敵眾，在溫泉關陷落之後，希臘海軍也自海峽撤離。但最後在薩拉米海戰（Battle of Salamis）中希臘反敗為勝，扭轉局勢。

位匆匆地趕了過來，看看我們兩個，向我敬禮道：「杭特先生嗎？」

我朝我的同伴點了下頭。

「杭特先生，納西塔上將現在要見兩位。」那位過胖的年輕中校說。

在海柏利昂星系掌理所有霸聯軍力的總指揮官個子很小，一頭短短的白髮，皮膚比他這個年齡的人光滑得多，更顯得他那皺起的眉頭好似鐫刻在臉上一般。納西塔上將穿著黑色的高領制服，沒有佩戴軍階章，只在領子上別了一個紅矮星章。他兩手粗大，看來頗為有力，指甲剛修整過。上將坐在一張小高臺上，四周全是各種設備和靜默無聲的全像投影。現場的混亂與瘋狂的感覺在他四周流動，恍如急流沖過一塊不為所動的岩石。

「你是葛萊史東派來的信差，那這人是誰？」他對杭特說。

「我的助理。」里·杭特說。

我忍住了挑眉的衝動。

「你要幹什麼？你看得到我們很忙。」納西塔說。

里·杭特點了點頭，四下看了一眼。「我帶了些東西來給你，上將，有什麼隱祕一點的地方嗎？」

納西塔上將哼了一聲，把手掌壓在一個流變感應器上，我背後的空氣變得濃厚起來，形成一道半實體的霧，將那塊地方隔了開來。作戰指揮中心的嘈雜聲消失了。我們三人置身在一個寂靜的小隔間裡。

「快。」納西塔上將說。

杭特打開手提箱，拿出一個背後印有執政院標誌的小信封。「這是首席執行官給你的私人信件，等你有空時看看，上將。」杭特說。

納西塔哼了一聲，把信封放在一邊。

杭特把一個大些的信封放在檯上。「呃……這是一份參議院就目前這個軍事行動所作提案的副本。你也知道，參議院的想法是希望這次行動迅速，以達到有限的目標，盡量減少傷亡。接著是標準的提案，要協助和保護我們新的殖民資產。」

納西塔緊皺的眉頭抽動了一下。他一動也不動，既沒碰，也沒看那封內有參議院決議的信函。

「沒有別的事了？」

杭特不疾不徐回答道：「沒別的事了，上將，除非你要透過我回信給首席執行官。」

納西塔瞪著，他那雙小小的黑眼中並不含敵意，只有不耐煩，我想這份不耐大概是至死方休吧。

「我和首席執行官有私人超光速通訊連絡頻道，非常謝謝你，杭特先生。目前沒有回答，現在，勞駕你回到船中間的傳送接點去，讓我能繼續忙這次軍事行動。」上將說。

霧牆在我們四周散落，噪音有如漫過融化了的冰壩一樣地沖了進來。

「還有一件事。」里．杭特說，他那柔和的聲音幾乎被作戰指揮中心的嘈雜蓋沒。

納西塔上將把椅子轉過來，等著下文。

「我們想傳送到那個星球上，到海柏利昂去。」杭特說。

上將的眉頭似乎皺得更緊了。「葛萊史東首席執行官的人沒有提到要安排接駁船。」

杭特連眼睛都不眨一下。「連恩總督知道我們可能會去。」

納西塔看了其中一個投影一眼，打響手指，大聲向趕過來的陸戰隊少校說了幾句。「你們得趕快。有一名傳令正準備由二十號艙口啟程。英福納斯少校會帶你們過去，回來時會回到原先的瞬間傳送艦上。赫布里底號再過二十三分鐘就要離開這個位置了。」上將對杭特說。

杭特點了點頭，轉身跟著那位少校，我也緊跟上去。上將的聲音又讓我們停了下來。

「杭特先生，請告訴葛萊史東首席執行官，從現在開始，這艘旗艦會忙得沒時間再接受任何政治性的訪問。」納西塔叫道，然後回過身去面對那些閃亮的投影和一排在等候在旁的屬下。

我跟著杭特和少校回到迷陣中。

「應該有窗子的。」

「什麼？」我在想著別的事，沒有注意。

里・杭特把頭轉向我。「我從來沒搭過沒有窗子或顯示幕的接駁船。真奇怪。」

我點了點頭，四下看看，這才注意到狹窄擁擠的內艙。的確只有空白的艙壁，還有成堆的補給品，還有一名年輕的中尉和我們一起坐在接駁船的乘客區，看起來和那艘指揮艦的幽閉氣氛還相當一致。

我轉開目光，回到自從離開納西塔之後一直在想著的事。在跟著那兩個人往第二十號艙口走去的時候，我突然想到我沒有少掉原先我以為會消失的東西。我對這次旅程所懷有的不安，部分是因為想到會離開數據圈，我當時就好像一條在考慮離開大海的魚。我的部分意識潛藏在海洋的某處，兩百個世界和智核的資料和訊息形成的海洋，全都藉由那一度稱之為資訊平面，現在只稱為巨型數據圈的隱形媒介連結起來。

在我們離開納西塔時，我突然發現自己仍能聽見那個特殊海洋的波動，雖然遙遠，卻始終存在，有如離岸半哩外的浪濤聲，而在趕到接駁船，登船就座和啟程，以及那十分鐘由月球躍進海柏利昂大氣層的整個過程中，我一直想要弄清楚這點。

霸軍一向引以為傲的是使用他們自己的人工智慧、自己的數據圈與計算源。表面的原因似乎是需要能在萬星網各世界之間的巨大太空中、星系之間及萬星網巨型數據圈之外黑暗又寂靜的空間中運作，但真正的原因多半是基於霸軍數百年來想要從智核獨立出來的強烈需求。然而，置身在一艘霸軍太空船裡，在霸軍的艦隊中心，又是在一個非屬於萬星網，又非保護區的星系內，我卻仍然如同在萬星網內任何地方一般接收到由同樣的資料與能量所構成、令人安心的背景音。真有意思。

我想到傳送門帶進海柏利昂星系來的各種連結：不只是像晶亮新月般浮現在海柏利昂Ｌ３點的瞬間傳送艦和傳送門阻絕力場，還有數以哩計的超寬頻光纖纜線蜿蜒經過永駐的瞬間傳送艦傳送港站，微波重複裝置機械化地來回於幾吋之間，幾近即時地重複訊息，指揮船順應人工智慧的要求，架設新的連結到與火星奧林帕斯最高指揮部和其他地方。數據圈就在其中某個地方偷溜了進來，而霸軍的機器和操作者以及盟友全都毫無所悉。智核的人工智慧對海柏利昂星系內所發生的一切瞭如指掌。就算我的肉體現在死亡，我也仍然會有如同以往的逃生路線，順著脈動的連結，如經過祕密通道般，逃到萬星網之外，逃到人類所知的所有資訊平臺之外，經由資訊連結管道到智核本身去。並不算智核本身，我想道，因為智核圍繞、包覆了其他一切，就像大海容留了不同的洋流，那些自以為是別的海洋的巨大灣流。

「我只希望這裡有窗子。」里．杭特低聲說道。

「對，我也一樣。」我說。

當我們進入了海柏利昂大氣層的表層，接駁船跳動又振動。海柏利昂，我想道，荊魔神。我的厚襯衫和背心似乎又濕又黏，外面傳來微弱的沙沙聲響顯示我們正在飛行，以大於音速好幾倍的速度橫過琉璃色的天空。

那位年輕中尉隔著走道欠身過來。「兩位第一次來嗎？」

杭特點了點頭。

中尉正在嚼著口香糖，表示他有多輕鬆自在。「你們兩位是赫布里底號上的民間技術人員嗎？」

「是的，我們剛從那裡來。」杭特說。

「我想也是，我呢，要送文件到濟慈市附近的陸戰隊基地去。我來第五次了。」中尉咧嘴一笑。

這個首都的名字讓我全身一陣微顫。海柏利昂是因為哀王比利和他那群詩人、藝術家及其他不適應環境的人逃難到此，才再蓬勃起來的。他們逃離家鄉是因為受到霍瑞斯．葛藍儂—海特的侵略，但其實侵略並未真正發生。目前在朝聖團裡的詩人馬汀．賽倫諾斯，於近兩世紀前在哀王比利為首都命名時，建議了「濟慈」這個名字。當地人稱舊城區叫傑克鎮。

「你們不會相信有這種地方，那真是個鳥不生蛋的地方。我是說，沒有數據圈、沒有電磁車、沒有傳送門、沒有刺激模擬酒吧，什麼都沒有，難怪有好幾千個他媽的不滿分子在太空港附近搭起帳篷來，想拉倒圍牆離開那裡。」中尉說。

「他們真的攻擊了太空港嗎？」杭特問道。

「沒，可是他們打算要那麼幹，你知道我的意思吧。所以陸戰隊第二營才會在那裡設陣地，護衛進城的路，而且，那些鄉巴佬以為我們現在隨時都可能會設好傳送門，好讓他們脫離他們自找的狗屎困境。」中尉說著，一邊咬得口香糖劈啪作響。

「他們自找的？」我說。

中尉聳了下肩。「想必是他們幹了什麼才惹得驅逐者來找他們麻煩吧，對不對？我們只是到這裡來幫他們火中取蠔的。」

「是火中取栗。」里．杭特說。

口香糖又劈啪一響：「隨便啦。」

沙沙的風聲變成尖嘯，清楚地由船殼外傳來，接駁船跳動兩下，然後很平順、順得令人提心吊膽地滑行，好似滑行在離地十幾公里高的一大片冰坡上。

「我希望能有扇窗子。」里・杭特輕輕地說道。

接駁船裡非常悶熱。船身的跳動卻很奇怪地讓人感到寬心，倒有些像一艘小帆船隨著緩緩的浪頭上下起伏。我把眼睛閉上了幾分鐘。

10

索爾、布瑯、馬汀・賽倫諾斯，還有領事，帶著裝備和海特・瑪斯亭的莫比烏斯方塊，還有雷納・霍依特的遺體，走下長長的斜坡，前往人面獅身像的入口。現在大雪紛疾，吹過已經風化的沙丘表面，在風中各種顆粒交錯複雜翻騰飛舞。儘管他們的通訊記錄器上顯示長夜將盡，但東方卻不見一絲曙光。他們使用通訊記錄器上的無線電再三呼叫，也沒有卡薩德上校的回音。

索爾・溫朝博在人面獅身像的時塚入口停了下來。他感受到女兒在斗篷下溫暖地靠在他胸口，小嬰兒溫暖的呼吸在他的喉嚨邊起伏。他伸起一隻手，摸了摸包在裡面的身體，希望能想像出蕾秋是個二十六歲年輕女子的模樣，當時她是個研究人員，也正停在這個入口，準備進去探測這座時塚內反熵場的祕密。索爾搖了搖頭，從那時候到現在已過了二十六個漫長的年頭和一輩子了。再過四天就是他女兒的生日，除非索爾能想出辦法，找到荊魔神，和它達成交易，想出什麼辦法，否則蕾秋還有四天就死了。

「你來嗎，索爾？」布瑯·拉蜜亞叫道。其他人已經把東西放在第一個房間裡，大約在石壁間那條狹窄走道往下六、七公尺處。

「來了。」他叫道，然後進了時塚。隧道裡原先有光球和電燈，但現在都已熄滅，布滿灰塵。只剩索爾的手電筒和卡薩德的一個小燈籠傳出來的光照亮了路。

第一個房間很小，最多四公尺寬，六公尺長。另三名朝聖者已經把他們的行李靠放在後面牆上，將防水布和鋪蓋捲攤開在冰冷的地板中央。兩盞燈籠發出滋滋輕響和冷光，索爾停下腳步，四下張望。

「霍依特神父的遺體在隔壁房間，那裡更冷。」布瑯·拉蜜亞回答了他那沒有問出口的問題。

索爾來到同伴身旁。即使在這深處，他仍能聽見雪和沙被風吹打在石頭上的聲音。

「領事打算等會再試一下通訊記錄器，把情況告訴葛萊史東。」布瑯說。

馬汀·賽倫諾斯大笑道：「沒有用的，操他媽的屁用也沒有，她很清楚她在幹些什麼，她絕對不會讓我們離開這裡。」

「日出之後我會再試。」領事說。他的聲音十分疲倦。

「我來守夜吧，我反正要餵孩子的。」索爾說。蕾秋動了動，微弱無力地哭了起來。

其他人似乎倦得無力回答，布瑯靠在一個背包上，閉起眼睛，不出幾秒就只聽見她沉重的呼吸聲。領事把三角帽拉下來遮住眼睛，馬汀・賽倫諾斯兩手抱在胸前，瞪著門口，等著。

索爾・溫朝博翻弄著一個哺乳包，他那冰冷又患關節炎的手指搞不定加熱片。他看了看背包裡，發現他只剩下十小包和一些尿布。

嬰兒在吃奶，索爾點著頭幾乎睡著時，有個聲音將他們全都驚醒。

「什麼聲音？」布瑯叫道，一面摸索著她父親的手槍。

「噓！」詩人叱喝著，伸出手來要大家安靜。

從時塚之外的某個地方又傳來聲音，在風沙聲中聽得非常清楚。

「卡薩德的步槍。」布瑯・拉蜜亞說。

「也許是別人的。」馬汀・賽倫諾斯輕輕地說。

他們默默地坐著，仔細傾聽。有好一陣子完全沒有聲息。然後，突然之間，黑夜裡迸發出各種聲響……他們每個人都畏縮得摀住了耳朵。蕾秋嚇得哭了起來，但在塚外的爆炸和撕裂聲下，沒有人聽得見她的哭聲。

11

我剛好在接駁船降落時醒來。海柏利昂，我想道，仍然把我的思緒和殘留的夢境區分開來。

年輕中尉向我們道過再見，一等艙門打開，清涼而稀薄的空氣取代了加壓的艙內悶熱之後，就率先走了出去。我跟在杭特背後，經過一道標準的碼頭，穿過防護牆，到了柏油路上。

時值夜晚，我不知道當地時間是幾點，不知道這個星球上此時是剛入夜還是等著迎接黎明，但在感覺和氣味上好像都很晚了。天上下著微雨，雨中帶著海水的鹹味和潮濕植物的清香。場燈在遠處的陣地周圍亮著，還有幾座亮著的高塔把光幕投向低低的雲層。六名穿著陸戰隊野戰服的年輕人正在很快地將船上的貨卸下來，我還看見那個年輕中尉在我右邊三十碼處和一名軍官匆匆交談。這個小小的太空港看來像是由歷史書裡出來的，是聖遷初期的一個殖民口岸。原始的炸坑和起降場向北方矗立的黑色山丘延伸有一哩多，裝設信號機的跨軌架和塔臺在指引我們周遭十來架軍用連絡船和小軍機，而起降場周圍是制式的軍用建築，設有層層的天線，紫色的阻絕力場，還有一些浮掠機和飛機。

我隨著杭特的視線望去，注意到有一架浮掠機朝我們開了過來。側邊上霸聯那藍金兩色的曲面幾何標誌在閃動的燈光中清晰可見，雨水打在向前移動的泡形罩上，又被風扇吹開成一道強力的水簾。浮掠機停了下來，一道有機玻璃圓罩從中打開收攏，有個人走出來，匆匆地橫過柏油路走向我們。

他向杭特伸出手。「杭特先生嗎？我是席奧．連恩。」

杭特和他握了握手，朝我點了下頭。「幸會，總督。這位是約瑟夫·席維倫。」

我和連恩握了下手，接觸之下，一陣熟悉的感覺突然襲來。我是由領事的回憶中那種似曾相識的迷霧裡想起了席奧·連恩，回想起這個年輕人擔任副領事的歲月，也想起一個禮拜前的短暫相見，當時他在朝聖團搭乘飄浮遊艇貝納瑞斯號逆河上行前迎接過他們。他現在看起來似乎比六天前要老了很多，但搭在前額上那一綹不聽話的頭髮仍和以前一樣，還有他那副古色古香的眼鏡及匆忙卻有力的握手方式也沒變。

「我很高興你能撥空到這裡來，我有好幾件事需要和首席執行官連絡。」連恩總督對杭特說。

「這正是我們到這裡來的原因。我們大約有一個小時的時間，有什麼地方是乾爽的嗎？」杭特說。他瞇起眼睛來看了看雨勢。

總督露出很年輕的笑容。「這裡簡直像個瘋人院，就連清晨五點二十的時候也是一樣，領事館受到了包圍，不過我知道一個地方。」他朝浮掠機比了比手勢。

在我們升空之後，我注意到有兩架陸戰隊浮掠機如影隨形地跟著我們，更令我意外的是，一個保護區星球的總督竟會親自駕駛他的交通工具，而且沒帶隨身保鏢。然後，我想起領事對其他朝聖者說過有關席奧·連恩的事，談到這個年輕人的做事效率和自謙態度，知道這種低調行事正是這位年輕外交官的作風。

我們自太空港起飛之後，太陽也升起來，炙熱陽光直射下來。低空雲層呈現一片淺綠、紫色與褐色的斑斕，那是往北一帶山丘反射上來的光。往東，雲層底下那一長條的天空則是令人屏息的綠色和天青色，一如我夢中印象。海柏利昂，我心想，只覺得一陣強烈的緊張和興奮梗在喉間。

我把頭靠在流著雨水的座艙罩上，發現我在這一刻所感到的懼高和迷惑，有部分來自於和數據圈之間的背景聯繫變弱了。聯繫並沒有中斷，目前主要還是靠微波和超光速通訊頻道，但卻從來沒覺得如此微弱，如果說數據圈一直是我優游其中的大海，那我現在真的有如置身淺水之中。也許用退潮之後留下的水灘來比喻更為恰當。而在我們離開太空港的範圍和那裡的微波之後，水甚至變得更淺了。我強迫自己把注意力放在杭特和連恩總督正在討論的事情上。

「你可以看到那些簡陋的小屋和棚子。」連恩說著將機身稍微傾斜一點，讓我們能看清楚隔在太空港和首都郊區之間的丘壑。

說是小屋和棚子還太客氣了，在山丘和深谷裡的全是塑性纖維板、破帆布、紙箱以及破碎的泡沫乳膠等材料拼湊在一起，原本從市區開車穿過樹叢茂密的山丘到太空港那條風景優美的七、八哩路，現在為了柴火和造小屋的木料，樹木全遭砍伐，只餘光禿禿的土地，草原被踐踏成爛泥地，還有七、八十萬難民躺在視線所及的每一小塊平地上。成千上萬道早飯的炊煙飄向雲端，我也能看見到處都有動靜：孩子們打著赤腳跑來跑去，女人從必定嚴重汙染的溪裡打水，男人蹲在空地裡，排隊等著上臨時搭成的廁所。我注意到有高高的刺鐵絲網和放了紫色阻絕力場的圍欄立在公路的兩側，每隔半哩路就有一道軍方崗哨。在公路上和低空飛航線上，都有排成一長列的霸軍偽裝地面機具和浮掠機雙向來往。

「大部分的難民都是原住民，雖然其中也有好幾千名從南部城市和天鷹大陸的塑性纖維農場來的地主。」連恩總督說。

「他們之所以到這裡來，是因為他們認為驅逐者會侵略此地嗎？」杭特問道。

席奧・連恩看了葛萊史東的助理一眼。「最初是因為聽說時塚開啟而恐慌，大家都深信荊魔神會來殺他們。」他說。

「是不是呢？」我問道。

那年輕人在座位上轉過身來，看著我。「自衛隊第三軍團在七個月前開往北方，結果沒有回來。」他說。

「你說最初他們是為了要躲荊魔神，其他人為什麼也來了？」抗特說。

「他們在等撤離，每個人都知道驅逐者……還有霸軍部隊……對布列西亞做了什麼。要是這種事發生在海柏利昂，他們可不想留在這裡。」連恩說。

「你知道疏散撤離是霸軍的最後手段吧？」杭特說。

「知道，可是我們並沒有向難民宣布這件事。現在已經發生過幾次很可怕的暴動了。荊魔神廟摧毀了……暴民圍攻，還有人用從牝熊大陸的礦場偷來的定向成形電漿砲。上個禮拜有幾次攻擊領事館和太空港的行動，在傑克鎮也有劫掠糧食的暴動。」

杭特點了點頭，看著漸漸接近的城市。那裡的建築都很低矮，很少超過五層樓，而白色和粉色的牆在斜射的晨光下閃亮著。我越過杭特的肩膀看到矮矮的山脈刻著哀王比利陰鬱的面孔，庇蔭著山谷，胡黎河曲折地從中穿過那座古老城鎮，然後河道變直，向西北流向看不見的馬轡山脈，於視野不及之處蜿蜒流到東南方的堰木沼澤，我知道河流到了那裡會變寬，一直流到馬鬃海岸的三角洲。在歷經令人悲哀的難民群集的貧民區之後，這個城市看來既不擁擠，也很平靜。就在我們開始朝著河降落的時候，我看到了軍方的車輛，坦克車、裝甲運兵車和武裝吉普車停在十字路口和公園裡，故意不啟動偽裝護罩，使這些機具看來更具威脅。然後我看到了城裡的難民：在廣場和巷弄裡有簡陋的帳篷，人行道上有成千的人睡臥，就像是這麼大量色彩黯淡的髒衣服，等著人來收取。

「濟慈市兩年前的人口數是三十萬，現在，包括那些棚舍組成的市鎮在內，已經將近三百五十萬人了。」連恩總督說。

「我以為這個星球上還不到五百萬人，包括原住民在內。」杭特說。

「一點也不錯，現在你明白為什麼一切都瓦解了吧。另外兩個大城市，浪漫港和安迪米昂市，住著其餘大部分難民，天鷹大陸上的塑性纖維農場都走空了，重新被叢林和火焰森林盤據，沿著馬鬃海岸線和九尾島上的農業帶也沒有生產，就算還在生產，也無法把糧食運到市場銷售，因為民間交通網已經完全斷了。」連恩說。

杭特望著那條河越來越近。「政府有什麼因應措施呢？」

席奧．連恩微微一笑。「你是說我在做什麼吧？呃，這個危機已經持續將近三年了。第一步是解散了自治議會，正式將海柏利昂劃歸為霸聯保護區。一旦我有行政權之後，就將剩餘的交通運輸公司和可用的路線收歸國有，現在只有軍方在這裡使用浮掠機，再來就是解散了自衛軍。」

「解散了？我還覺得你會想要用他們呢。」杭特說。

連恩總督搖了搖頭。他很輕但很有自信地碰了下全控鈕，浮掠機就朝舊濟慈市中央盤旋降落。「他們比沒用還不如，他們很危險。『第三戰鬥』軍團北上失蹤的時候，我並不怎麼懊惱。一等霸軍地面部隊和陸戰隊到了之後，我就把剩下的自衛軍給繳了械。他們根本是大部分搶劫案的亂源。我們可以在這裡吃個早飯，談一談。」他說。

浮掠機低飛到河上，最後再轉了一圈，然後輕巧地降落在一座以石頭和木頭建成的老房子的院子裡，那棟房子的窗子設計都很富想像力：是「西塞羅的店」。連恩還沒向里．杭特介紹這個地方，我已經由朝聖團的經歷中認出來。西塞羅的店位於傑克鎮中心，集餐廳、酒館與旅舍於一身的老房子共有四棟九層，那裡的陽臺、柱子、還有發黑的堰木走道一側臨著緩緩流過的胡黎河，另一邊則是傑克鎮裡狹窄的小路和巷弄。西塞羅的店比石刻哀王比利的臉還老，其中陰暗的包廂和深邃的酒窖都是領事流亡此地時真正的家。

史坦．魯維斯基在院子門口迎接我們。個子高大，臉隨著歲月像他店裡石牆一般越來越黑也裂得越多的魯維斯基，和他的父親、祖父、曾祖父一樣，就是「西塞羅的店」。

「該死的！」那個巨人叫著，一面拍著這位總督兼背離這個世界的獨裁者的肩膀，力道大得讓席奧踉蹌了一下。「你居然會早起，啊？帶你的朋友來吃早飯嗎？歡迎光臨西塞羅的店！」史坦・魯維斯基的巨靈之掌包住了杭特的手，再包住我的手，熱情歡迎之下，讓我檢查了下手指和關節有沒有受傷。「還是，以萬星網的時間來說，已經很晚了？也許你們要來杯酒或吃晚飯吧！」他大聲說道。

里・杭特斜眼看著這個酒館老闆。「你怎麼知道我們是萬星網來的？」

魯維斯基哈哈大笑，震得屋頂上的風標都轉了起來。「哈！很難推斷嗎？你在太陽才升起的時候和席奧一起到這裡，你以為席奧會送隨便哪個人來嗎？而且你穿的是羊毛料的衣服，我們這裡可是沒有羊的，你既不是霸軍的人，也不是塑性纖維農場的大頭……這些我都知道！據此推論，你們是由萬星網傳送到太空船上，再坐接駁船來吃好吃的東西。唉，你們現在是要吃早飯，還是要大喝一番？」

席奧・連恩嘆了口氣。「給我們一個安靜的角落，史坦。我要鹹肉和蛋，還有鹽漬鯡魚。兩位想要什麼？」

「只要咖啡。」杭特說。

「我也是。」我說。我們跟著老闆穿過走廊，上了一段短短的樓梯，再走下鑄鐵旋梯，經過好幾條走廊。這個地方比我在夢境中所記得的要更低矮陰暗，充滿煙霧，也更有魅力。有幾個常客在我們經過時抬頭看了看，可是這地方不像我記憶中那麼熱鬧。顯然連恩曾經派兵來把最後一些霸占這裡的自衛軍蠻子給趕了出去。我們經過一扇高窄的窗子，我看了一眼停在巷子裡的霸軍裝甲運兵車，證實了我的假設，的確有部隊鎮守在這裡和附近，而且顯然荷槍實彈。

「這邊請。」魯維斯基說著，一面揮手讓我們進到一個懸在胡黎河上的小陽臺，從那裡可以看見傑克鎮的山形屋頂和石塔。「唐米兩分鐘後會把你們的早餐和咖啡送來。」以一個巨人來說，他消失得還真快。

杭特看了一眼他的通訊記錄器。「我們再過四十五分鐘就要搭接駁船回去了，我們開始談吧。」

連恩點了點頭，把眼鏡取下來，揉了下眼睛。我發現他整夜沒睡……說不定已經好幾晚沒闔眼了。「好的，首席執行官想要知道些什麼？」他說著把眼鏡重新戴好。

杭特打住，等一個白皮膚黃眼睛的矮小男子送上裝在又深又厚馬克杯中的咖啡，再把連恩叫的一盤食物放在他面前。「首席執行官想知道你在事件處理上的先後順序如何。她也必須知道，要是戰事延續下去，你這裡是不是還能撐得住。」杭特說。

連恩先吃了些東西才回答，他喝了一大口咖啡，然後定視著杭特。從口感就知道這是真正的咖啡，比大部分萬星網種的咖啡要好多了。「第一個問題最後再說。你說延續是多久？」連恩說。

「幾個禮拜。」

「幾個禮拜，大概可以。幾個月，就不可能了。」總督嘗了嘗鹽漬鯡魚。「你知道我們的經濟狀況。要不是有霸軍送來的補給，我們每天都有搶糧暴動，而不是一週一次。封鎖之下沒有輸出。有一半難民想找出荊魔神廟的教士來殺掉，另一半則想在荊魔神找到他們之前先皈依。」

「你有沒有找到那些教士？」杭特問道。

「沒有。我們相信他們在神廟炸毀的時候都逃出去了，可是有關單位找不到他們的下落。謠傳他們往北去了時光堡，也就是時塚所在的那座高陡山頂上的石砌城堡。」

我知道不是這麼回事。至少，我知道朝聖團在堡內暫留的那一段時間裡，並沒有見到任何荊魔神廟的教士，可是那裡有屠殺的痕跡。

「至於我們所排的優先順序，首先是疏散撤離，其次是消滅驅逐者的威脅，第三是平息對荊魔神的懼怕。」席奧．連恩說。

里．杭特向後靠回油亮的木椅背上，熱氣自他手裡沉重的馬克杯中升起。「這種時候疏散撤離是不可能的事……」

「為什麼？」連恩這問題問得就像猛抽一鞭似的。

「葛萊史東目前沒有政治力量去……說服參議院與萬事議會網，說萬星網能接受五百萬難民……」

「鬼扯，茂宜—聖約星成為保護區的第一年，就湧進了原居民人數兩倍多的觀光客，還因此毀了星球特有的生態。先把我們安置在亞瑪迦斯特或是哪個荒涼的世界上，等到戰爭的恐慌過去。」總督說。

杭特搖了搖頭。他那對獵犬似的眼睛看來比平常更為哀傷。「這不只是一個邏輯問題，也不是政治問題，而是……」

「荊魔神，真正的原因在荊魔神。」連恩說，他切開一片鹹肉。

「是的，此外也怕驅逐者會滲透到萬星網。」

總督大笑起來。「原來是害怕如果你們在這裡設置了傳送門讓我們撤出去，會有一大群三公尺高的驅逐者到這裡來，混進隊伍裡，而沒有一個人會注意到嗎？」

杭特喝了口咖啡。「不是，可是那的確是個入侵的機會。每一個傳送門都是通到萬星網的一個開口。資政委員會已經警告過這種事。」他說。

「好吧，那就用太空船來疏散我們。這不是原先派特遣部隊來的原因嗎？」那年輕點的男人嘴裡還咬著食物說。

「那是表面上的原因，我們現在真正的目的是擊潰驅逐者，然後把海柏利昂完全收入萬星網。」杭特說。

「到時候荊魔神的威脅怎麼辦？」

「會……消除了。」杭特說。他停了下來，等一小群男女從陽臺前走過。

我抬頭看了一眼，正要把注意力拉回桌上，又突然把頭轉過去。那群人已經消失在走廊盡頭。

「剛才那個不是米立歐．阿讓德茲嗎？」我打斷了連恩總督的話說道。

「什麼？哦，阿讓德茲博士。是的，你認得他嗎，席維倫先生？」

里．杭特怒瞪著我，但我沒有理會。「是的。他到海柏利昂來做什麼？」我對連恩說，雖然我並沒有真正見過阿讓德茲。

「他那一組人是本地時間六個月前到這裡來的，執行自由洲的帝國大學所提的計畫，對時塚作進一步的研究。」

「可是時塚已經禁止研究或遊覽了。」我說。

「是的。在我們允許資料每週一次經由領事館的超光速通訊傳輸機傳送之下，他們在時塚的儀器已經顯示時塚附近的反熵場有了變化。帝國大學知道時塚在開啟，如果說那種變化確實就是代表這件事……所以他們派了萬星網裡頂尖的研究人員來研究這件事。」

「可是你並沒有批准他們？」我說。

席奧．連恩冷冷地笑了笑。「葛萊史東首席執行官沒有批准他們，封鎖時塚是由天崙五直接下達的命令。如果由我來決定，我就會否決朝聖團的行程，讓阿讓德茲的工作小組取得優先權。」他回頭去和杭特交談。

「我先告退一下。」我說著溜出了包廂。

我在隔了兩座陽臺的地方找到阿讓德茲和他的小組成員。三女四男，由他們的衣著和外形就看得出他們分別來自萬星網中的不同世界。他們低頭吃著早飯，看著他們的科學用通訊記錄器，一面用各種術語辯論，深奧難懂得會讓一個塔木德經學者也為之妒羨不已。

「阿讓德茲博士嗎？」我說。

「什麼事？」他抬起頭來，他比我記憶中要老二十年，已經有六十二、三歲了，可是他那英俊得驚人的側臉還和以前一樣，以及同樣的古銅色皮膚，堅決的下巴，鬈曲的黑髮，只在鬢邊有幾絲灰色，還有那對銳利的淡褐色眼睛。我能了解為什麼一個年輕的女學生會那麼快就愛上他。

「我叫約瑟夫・席維倫。你並不認識我，可是我認得你的一位朋友……蕾秋・溫朝博。」我說。

阿讓德茲立刻站了起來，向其他人道過歉後，抓住我的手肘就走，一直到我們找到一個小房間裡的空座位，那裡有一扇圓窗，可以看到外面的紅色屋頂。他鬆開了手，仔細打量著我及我那身萬星網的衣服。他把我的手腕翻過來，想找出波森延壽療程必然會留下的藍色痕跡。「你年紀太輕了，除非你認得的蕾秋是個孩子。」他說。

「其實，我和她父親比較熟。」我說。

阿讓德茲博士吐了一口氣，點點頭。「當然。索爾現在在哪裡？幾個月來我一直想透過領事館追查他的下落，希伯崙當局只說他搬走了。」他又打量著我。「你知道蕾秋的……病嗎？」

「知道。」我說。梅林症使她的年齡倒退，隨著一天天，時時刻刻過去，她的記憶逐漸消失。米立歐・阿讓德茲也曾經是這些記憶的一部分。「我知道你在標準時間十五年前到巴納德星去看過她。」

阿讓德茲皺起了眉頭。「我錯了，我以為我能和索爾還有莎瑞談談。等我看到她……」他搖了搖頭。「你是誰？你知道索爾和蕾秋現在在哪裡嗎？離她生日只有三天了。」

我點了點頭。「她的第一個，也是最後一個生日。」我四下看了看，除了從下層傳來輕微的笑語聲外，走廊上空無一人，也寂靜無聲。「我是由首席執行官辦公室派到這裡來尋找真相的。我得到的消息是索爾．溫朝博和他的女兒到時塚去了。」我說。

阿讓德茲像是太陽穴上挨了我一拳。「在這裡？在海柏利昂？」他朝外面的屋頂看了一陣。「我應該想得到的，雖然索爾一直拒絕回到這裡，可是莎瑞死了之後……你和他有連絡嗎？她，他們還好嗎？」他看著我。

我搖了搖頭。「目前沒有無線電或數據圈和他們連絡。我知道他們這一趟還很安全，問題是，你知道些什麼？你的小組又知道些什麼？在時塚發生了什麼情況的資料，可能對他們的生死存亡有很重要的影響。」我說。

米立歐．阿讓德茲用手梳理了下頭髮。「要是他們肯讓我們去到那裡就好了！那該死、愚蠢、官僚主義的短視……你說你是葛萊史東辦公室派來的人，你能不能向他們解釋讓我們到那裡去有多重要？」

「我只是個信差，可以告訴我為什麼這件事那麼重要，我會想辦法把這個消息轉達給相關的人。」我說。

阿讓德茲一雙大手高舉在半空中，像個隱形的杯子。他的緊張和憤怒溢於言表。「三年來，資料一直不停地傳送到領事館裡，他們那珍貴的超光速通訊傳輸機一禮拜只准用一次。資料顯示在時塚之內和周邊的反熵場，也就是時潮，正緩慢無情地蝕退。這種作用很詭異，不合邏輯，卻很穩定。在蝕退開始不久，我們小組就奉命來到這裡。大約是六個月前到的，看到資料顯示時塚正在開啟，進入現時面……可是在我們抵達這裡四天之後，儀器不再傳送資料，所有的儀器都停頓了。我們求那個混蛋連恩讓我們到那裡去重新校正儀器，裝置新的感應器，就算不讓我們親自調查也無妨。

「結果什麼也不行。不准去，不准和大學連絡……哪怕因為霸軍的太空船來了之後，事情會更容易得多。我們想不等許可，自己溯河而上，結果連恩手下一些陸戰隊的打手在卡爾拉水閘把我們攔截下來，銬上雙手送回來，我在牢裡關了四個禮拜。現在我們可以在濟慈市一帶走動，可是只要我們再次離開這個城市，就會給無限期地關起來。」阿讓德茲傾向前來。「你能幫忙嗎？」

「我不知道，我希望能救溫朝博父女，也許你能把小組成員帶到現場最好。你知道那些時塚什麼時候開啟嗎？」我說。

這位時間物理學家做了個憤怒的手勢。「只要我們有新的資料就可以！」他嘆了口氣。「不行，我不知道。很可能已經開啟了，也可能還在六個月之後。」

「你所謂的『開啟』，並不是指實際上的打開來吧？」我說。

「當然不是。時塚在標準時間四個世紀之前被人發現而加以查勘的時候，就已經是開著的了。我所謂的開啟，是揭開遮掩了部分的時光帷幕，讓整個複雜結構進入與當地時間流同步的相位。」

「你所謂的『當地』是指？」

「當然是說這個宇宙裡。」

「而你確定時塚在時間上是在往後退，從我們的未來退回來？」我問道。

「在時間上倒退，是的，至於是不是從我們的未來退回，我們就不能說了。我們甚至還不確定所謂的『未來』在時間或實質上的定義究竟是什麼。那可能是一連串正弦波或然率或一個因果分支宇宙，或者甚至……」阿讓德茲說。

「不過不論是什麼，時塚和荊魔神都是從那裡來的嗎？」我說。

「時塚確定是，我對荊魔神卻一無所知。我個人的想法是，那是一個神話，是由我們各種宗教對作為基本動力的迷信渴求而來的。」物理學家說。

「即使在蕾秋發生了那樣的事之後，你還是不相信有荊魔神嗎？」我說。

米立歐‧阿讓德茲對我怒目而視。「蕾秋感染了梅林症。那是一種反熵的老化疾病，不是被神祕怪物給咬了一口。」

「時間的咬齧向來就沒什麼神祕可言。問題是，荊魔神或不管什麼盤據時塚的力量，會把蕾秋歸還到『當地』的時間流嗎？」我說，對自己居然有這種自以為是的哲學思想也覺得驚訝。

阿讓德茲點了點頭，又把目光轉向外面那些屋頂。太陽躲進雲裡，晨光黯淡，紅瓦的顏色也褪了，雨又開始下。

「而問題是，你現在還愛她嗎？」我再次讓自己很意外地說道。

物理學家緩緩地轉過頭來，憤怒地瞪著我。我感受到反擊的情緒，興起，達到巔峰，再衰退下去。然後，他伸手到大衣口袋裡，取出一張快照，上面是一個灰白頭髮的美婦人和兩個十來歲的孩子。

「我的妻子和孩子，他們在文藝復興星等著我。」米立歐‧阿讓德茲用一根粗粗的手指指著我。「如果蕾秋能……能在今天痊癒，等她再長到我們初遇時的年齡，我以標準時間來算，就會是八十二歲了。」

他把手放下，將照片收回口袋裡。「是的，我現在還愛她。」他說。

「好了嗎？」那聲音打破了沉寂，我抬起頭來，看到杭特和席奧．連恩站在門口。「接駁船再過十分鐘就要啟程了。」杭特說。

我站了起來，和米立歐．阿讓德茲握了握手。「我會設法。」我說。

連恩總督讓他的一架護衛浮掠機把我們送回太空港，自己則回領事館去。那架軍用浮掠機並不比總督的座機舒服，可是要快得多。等我們在接駁船上就座，杭特問：「你跟那個物理學家談些什麼？」

「只是和一個陌生人重建舊關係而已。」我說。

杭特皺起了眉頭。「你答應他設法做什麼事？」

我感到接駁船振動著，猛地一拉，然後在發射器將我們射向天際時飛躍而起。「我告訴他，我會設法讓他進去探訪一位生病的朋友。」我說。

杭特繼續皺著眉頭，可是我取出素描簿，勾勒著「西塞羅的店」裡的各種場景，一直到十五分鐘之後，我們降落在瞬間傳送艦上。

由傳送門直接回到執政院的高層接點，頗令人震驚，再走一步就到了參議院的大堂裡，梅娜．葛萊史東仍在對座無虛席的聽眾致詞，影像和擴音系統將她的演講傳送到萬事網以及千億等待著的公民。

我看了下我的計時器，現在是十點三十八分，我們只離開了九十分鐘。

12

人類霸聯參議院大廈的設計是模仿八百年前的美國參議院建築，而較不是像北美共和國或第一次世界會議那樣的堂皇建築。主會議廳很大，四周還有許多迴廊，空間足以容納由萬星網各世界來的三百多位參議員，以及七十多位保護區殖民地來的官派代表。地毯是深酒紅色，由中央的席位向外輻射而出。那些席位是給臨時主席、萬事議會議長，還有，像今天，霸聯首席執行官坐的。參議員的會議桌全以神之谷的聖堂武士捐贈的香杉木打造，他們將香杉木視為神聖之物。這種打磨光亮的木頭所散發的亮度和香氣，即使在像今天這樣擠滿了人的日子裡，也充塞了整個空間。

里·杭特和我走進去時，葛萊史東剛結束演講。我按下通訊記錄器的按鍵，很快讀取了她的講稿。和她大部分談話一樣簡短，還算簡單，沒有故作紆尊降貴或誇大，但在原有講稿上加添了些輕快的調子和想像力，使之更為有力。葛萊史東回顧了過往一些事件和衝突，導致目前與驅逐者之間的交戰狀態，呼籲未來的和平，這點仍然是對海柏利昂政策的最高原則，也號召萬星網內及各保護區的團結一致，以度過目前的危機。我注意聽她最後的結論。

「各位公民，這就是目前的狀況：在經歷過一個多世紀的和平之後，我們又再度要努力維持我們這個社會在地球母星毀滅之前就賦與了的權利。經歷過一百多年的和平之後，不論多麼不甘願，也不論多麼心懷厭惡，我們現在都必須重新拿起盾牌和寶劍，用以維護我們與生俱來的權利，確保我們的安樂，這樣才能重獲和平。

「我們不應該，也不能夠因為號召作戰時必然會有的騷動和激情而遭到誤導。凡是不能從戰爭的愚蠢中汲取歷史教訓的人，必然會被迫做出超過解救他們的事，可能會被迫送命。我們全體都可能面對巨大的犧牲。我們之中有些人會面臨巨大的悲慟。可是不論無可避免的是成功或潰敗，我現在都要告訴大家，我們首先都必須記得兩件事：第一，我們是為了和平而戰，也知道戰爭絕不能是必要條件，而只是暫時性的災禍，是我們必須承受的，就像小孩子會發燒一樣，知道經過一夜的痛苦之後，就會恢復健康，而和平就是健康。第二，我們絕不投降。絕不投降，或動搖，或屈服於少數的聲音或更稱意的衝動。直到勝利屬於我們、侵略遭到擊潰而獲得和平之前，絕不動搖。謝謝各位。」

里．杭特傾身向前，專注地看著大部分的參議員起立向葛萊史東致敬，歡呼聲由高高的天花板上轟然回響而下，如巨浪般一波波向在迴廊上的我們襲來。大部分的參議員。我可以看出杭特在數著那些仍然坐在原位的人，有些兩手抱在胸前，很多人明顯地皺起眉頭。戰爭開始才兩天，卻已經產生了對立。首先是那些殖民世界，在霸軍集中於海柏利昂的情形下擔心他們自身的安全，其次是葛萊史東的對手，這方面人數不少，因為像她那樣掌權了那麼久，絕不可能沒有一大批敵人，最後則是來自於她自己的聯盟成員，他們認為戰爭是會使前所未有的繁榮受到摧毀的愚蠢行為。

我望著她走下講壇，和年老的主席及年輕的議長握手，然後由中央走道出去，一路和很多人握手寒暄，臉上露出熟悉的笑容。萬事議會網的攝影機跟著她，而我可以感受到辯論網上壓力激增，因為有數十億人在巨型數據圈的互動層面上說出了他們的意見。

「我現在得去見她了，你知道你也受邀出席今晚在樹頂餐廳舉行的國宴嗎？」杭特說。

「知道。」

杭特微微搖頭，好像無法了解首席執行官為什麼老要我在身邊。「宴會會到很晚，接著是和霸軍指揮部開會，她希望你兩者都要參加。」

「我會到。」我說。

杭特走到門口又停了下來。「在晚宴之前，你有什麼事要回執政院去做的嗎？」

我對他微微一笑。「我會先處理我那些肖像畫的素描稿，然後可能會到鹿園裡去散散步。然後嘛，我不知道，也許小睡一下吧。」我說。

杭特又搖了搖頭，然後就匆匆地走了。

H 13

第一槍大約偏了一公尺，沒有打中費德曼・卡薩德，打裂了一塊他正經過的大石頭，在碎石彈中他之前他已有動作：就地一滾，尋找掩護，偽裝聚合膜全開，緊身盔甲繃緊，步槍上膛，夜視鏡設在全面搜尋目標。卡薩德在地上躺了好一陣，感到自己的心跳，他仔細搜索山丘、山谷和那幾處時塚，想找出一點熱量或動靜。但什麼也沒有，他在那如黑色鏡面的夜視鏡後面咧嘴笑了起來。

不管開槍打他的是誰，存了心不打中他，這點他很肯定。他們用的是標準脈衝彈，以十八毫米子彈引發，除非槍手是在十公里以外，否則不可能失準。

卡薩德站起來，跑向玉塚尋找掩蔽，第二槍擊中他的胸口，使他踉蹌後退。

這次他悶哼一聲，滾了開去，啟動所有的感應器，匆匆趕向玉塚的入口。第二槍是一顆步槍子彈。在耍弄他的這個傢伙使用的是一支霸軍的多功能突擊武器，跟他自己那把很相似。他猜想這個殺手知道他穿著護甲，步槍子彈無論在任何距離都沒有效用。可是這種多功能武器有其他的設定，要是下個階段的遊戲用到死光雷射，卡薩德就死定了。他投身躍進玉塚入口。

但他的感應器上仍然沒有任何熱量或動靜，只有代表他朝聖夥伴腳步的紅黃兩色影像，正很快地冷卻，因為他們在幾分鐘前進入了人面獅身像。

卡薩德以軍用植入晶片調整顯示幕，很快檢視特高頻和光學通訊頻道。什麼也沒有。他將山谷放大一百倍，將風沙計算在內，啟動了移動目標指示器。沒有任何比蟲子大的東西在移動。他送出雷達、聲納和洛孚脈衝波，看那個狙擊手敢不敢現身。什麼也沒有。他調出那兩槍的詳細資料，藍色的彈道顯現而出。

第一槍來自詩人之城，在西南方四公里多以外。不到十秒鐘之後的第二槍，則來自水晶獨石巨碑，在東北方山谷裡整整一公里處，邏輯上說來想必是有兩名狙擊手。卡薩德卻確定只有一人。他讓顯示的資料更為精確，第二槍來自獨石巨碑上部，至少在那垂直的壁上三十公尺高處。

卡薩德閃身出去，提高放大倍率，從夜色和沙塵暴與暴風雪最後的痕跡中望向那巨大的建築，什麼也沒有。沒有窗子，沒有縫隙，沒有任何一種開口。

只有幾十億由風暴留在空中的懸浮粒子讓那道雷射光顯現了短短一秒鐘。卡薩德在那道綠色的雷射光擊中他胸部之後才看見。他滾回到玉塚的入口裡，不知道綠色的牆壁能不能阻擋綠色的光矛。他緊身盔甲裡的超級導體向四面八方散熱，夜視鏡則顯示出他早已知道的事：這一槍來自水晶獨石巨碑高處。

卡薩德感到胸口刺痛，低下頭來正好看見一塊五公分大小的圓形盔甲燒熔了滴落在地下。只靠最後一層救了他的性命。事實上，他全身在盔甲裡汗如雨下，而時塚的牆壁在他盔甲所散發出去的熱量中真的亮了起來。生理監控儀以響聲喚起注意，但並沒有很嚴重的消息。他盔甲上的感應器顯示部分線路損壞，但不致無可補救，而他的武器仍然電力充足，子彈上膛，而且隨時可用。

卡薩德想了想。所有的時塚都是考古學上的無價之寶，是保存了幾世紀，留給未來後代的禮物，就算它們在時間上的確是在倒退。如果費德曼．卡薩德上校把他自己的生命看得比保存這種無價的文物更重要，在星際的衡量上就是犯罪。

「哦，操他媽的。」卡薩德低聲說道，然後翻身就射擊位置。

他以雷射光向獨石巨碑開火，打到水晶碎裂四濺，他朝巨碑每隔十公尺發射一枚高爆炸性的脈衝彈，從碑頂開始，成千上萬如碎鏡片的東西飛進夜空中，再以慢動作一路翻滾落入谷底，在碑面上留下像缺了牙似的醜陋裂痕。卡薩德轉換回寬帶，連續光由裂口横掃進內部，看到某種東西在好幾層都炸出火焰時，他在夜視鏡後獰笑起來。卡薩德再發射了高能量電子光，擊穿了巨碑，在山谷壁上打出一個十四公分寬、半公里長的圓柱形隧道。他發射了霰榴彈，在穿透獨石巨碑表面之後，爆裂成數萬枚針形箭彈。他不時隨性發射脈衝雷射光幕，凡是從巨碑那裡朝這邊看的人或其他東西都會為之目盲。他把體熱搜尋鏢射進那滿目瘡痍的巨碑上的每一處裂口。

卡薩德滾回玉塚的入口裡，掀起夜視鏡，由那燃燒高塔冒出的火焰映照在成千上萬散落在山谷上下的水晶碎片上。濃煙升入突然無風的黑夜，火光照得沙丘亮成朱紅色，更多的水晶崩裂掉落，有些垂吊在熔化了的玻璃條下，空中突然充滿了風聲。

卡薩德把打空了的彈匣取下來，從皮帶上解下新彈藥裝填上，翻身仰臥，呼吸著由洞開的入口吹進來的涼爽空氣，他並沒有幻想自己殺掉了那個狙擊手。

「莫妮塔。」費德曼．卡薩德低聲地說。他先閉了閉眼，然後繼續。

莫妮塔第一次在法國阿贊庫爾見到卡薩德是在公元一四一五年十月下旬的一個早晨。戰場上躺滿了法國人和英國人的屍體，森林裡瀰漫著唯一一個敵人的殺氣，而那個敵人原先可能是贏家，幸好有這名留了一頭短髮的女子幫忙，她那雙眼睛他永遠也忘不了。他們分享了勝利，身上還沾著那遭他們擊倒的武士的鮮血，卡薩德和那女子在森林中做愛。

奧林帕斯指揮學院歷史戰術網的虛擬體驗，是任何一個人所能經驗過最貼近現實的體驗，可是那個名為莫妮塔的幻影情人卻不只是個虛擬的人物。那麼多年來，從卡薩德還是霸軍奧林帕斯指揮學院的軍校生開始，一直到後來，在真實的肉搏戰之後，無可避免會有的、因疲勞引起而帶淨化作用的夢境裡，她都會來找他。

費德曼·卡薩德和那名喚莫妮塔的幻影在從安提丹⓫到庫姆—利雅德每個戰場安靜的角落裡，不讓其他參與虛擬實境的同學發現，不論是炎熱的夜裡站哨，或是在天寒地凍的俄國大草原上被圍，莫妮塔都會來找他。不論是在茂宜—聖約星的島嶼戰場得到真正勝利後的那幾個夜晚，還是在南布列西亞他差點送命而必須接受肉體重建的痛苦期間，他們都在卡薩德的夢中相互傾訴熱情。莫妮塔一直是他唯一的愛，凌駕一切的熱情、鮮血及火藥的氣味，還有汽油膠化劑和柔軟櫻唇及鐵硬肉體的味道交混在一起。

然後到了海柏利昂。

費德曼·卡薩德上校的醫療船在由布列西亞星系回航的途中，遭到驅逐者炬船的攻擊，只有卡薩

⓫ Antietam，位於美國馬里蘭州，美國南北戰爭時，南軍統帥羅拔·李將軍於一八六二年九月十七日首次北伐之交戰地。

德僥倖存活，偷了一艘驅逐者的運兵艇，迫降在海柏利昂。在奔馬大陸上，馬轡山脈旁那片大沙漠和不毛之地的荒原中。在時塚所在的山谷裡。在荊魔神的領地內。

莫妮塔在等著他。他們做愛，等驅逐者的武裝部隊來到，要逮回他們的俘虜時，卡薩德和莫妮塔，還有隱約在場的荊魔神，摧毀了驅逐者的船隻，擊潰了他們的登陸部隊，屠殺了所有的部隊成員。有短短的一段時間，來自塔西思貧民窟，是難民的兒孫後代，在各方面來說都是火星公民的費德曼·卡薩德上校，知道用時間為武器，隱身在敵人群中移動，成為人類戰士作夢也想像不到的毀滅之神所帶來的那種純粹的狂喜。

但是，即使是就在戰爭殺戮之後做愛，莫妮塔卻變了。變成一個怪物，要不就是荊魔神取代了她。卡薩德記不清那些細節，只要不是為求生而必須記得的，他情願不記得。

但他知道他回來是要找到荊魔神，並殺了它，要找到莫妮塔，同時也殺了她。殺掉她？他不知道。費德曼·卡薩德上校只知道熱情生命的偉大激情，把他帶到了這個地方和這一刻，如果在這裡等待他的是死亡，那就認了吧。如果愛、光榮與勝利能延宕英靈殿⓬的崩塌，那也隨它去。

卡薩德把夜視鏡拉了下來，站起身，從玉塚衝了出去，一路高喊，他向獨石巨碑射擊煙幕彈和干擾金屬片，但無法完全遮蔽他必須跑過的那段距離。有人仍然活著，由高塔那邊向他開火。他從一個沙丘到另一個沙丘，從一堆巨碑落下的雜碎到另一堆雜碎，閃避推進，子彈和脈衝光砲緊追著他一路射來。

箭彈擊中他的頭盔和兩腿。他的夜視鏡裂開，警告的指示燈閃亮。卡薩德關掉其他的功用，只剩下夜視功能。高速實彈打中他的肩膀和膝蓋，卡薩德倒了下去，是被拉倒的。他的緊身盔甲繃緊，然後鬆開，他爬起身，再度狂奔，只感到嚴重的瘀青已經開始形成。變色聚合膜拚命地變化，以反映出他所穿過的無人荒原：黑夜、火焰、沙石、熔化的水晶，還有焚燒的石頭。

到了離獨石巨碑五十公尺處，一條條如彩帶般的光矛射在他左右，以沒有任何東西或任何人能閃躲得了的速度攻擊他，沙子在一觸之下化為玻璃。致命的雷射不再耍弄他，直接以高熱射在他的頭盔、心口、腰腹之間。他的緊身盔甲變得亮如明鏡，瞬間改變頻率來配合攻擊的顏色。一陣超熱的空氣包圍著他，微電路都產生超載現象，急著散熱，並且建起一層超薄的力場來阻絕，以免傷及肌肉和骨骼。

卡薩德掙扎著越過最後二十公尺，利用動力輔助跳過水晶熔渣所造成的障礙。四周不斷爆炸，將他擊倒又將他抬起，緊身盔甲完全僵硬，他成了一個在燃燒的手中來回拋擲的布娃娃。

攻擊停止了。卡薩德跪了起來，然後站直身子。他抬眼望向水晶獨石巨碑的正面，只看見烈焰和裂縫，別的什麼也沒有，他的夜視鏡已經破裂而失去作用。卡薩德掀起面罩，吸進煙塵和有鐵鏽味的空

⑫ Valhalla，北歐神話中主神兼死之神奧丁接待戰死者英靈的殿堂，諸神滅亡時，英靈殿也就此崩塌。

氣，走進了時塚。

他的植入晶片顯示其他朝聖者正透過所有的通訊頻道召喚他，他關閉全部的頻道。卡薩德脫掉頭盔，走進黑暗之中。

那裡只有一個房間，既大又方且黑，正中央有一個豎坑，他抬頭看到將近一百公尺上方碎裂的輪廓。有一個身影正在第十層，也就是六十公尺高處等著，火焰描繪出他的輪廓。

卡薩德把武器背在肩膀上，把頭盔夾在脅下，找到豎坑中央那道巨大的螺旋梯，開始攀登。

囝 14

「你睡了午覺嗎？」我們走進樹頂餐廳的傳送接待中心時，里．杭特問我。

「睡了。」

「希望你作了些美夢。」杭特說，一點也不想掩飾他的挖苦，或是他對政府各部門都在忙碌時去睡大覺的人的看法。

「未必盡然。」我說，在我們登上寬闊的樓梯走向餐廳時遊目四顧。

在萬星網裡，每個大陸上的每個國家裡的每個省的每一城鎮都自誇有一家四星級的餐廳。在萬星網裡，真正的美食家數以千萬計，對食物的品味早已歷經兩百個世界各式異國風味的千錘百鍊。即使在萬星網裡烹飪冠軍與熱門餐廳充斥到令人疲乏，樹頂餐廳仍然獨樹一幟。

在一個林木高大的世界中，坐落在十來株最高的樹木當中一棵樹頂上的「樹頂餐廳」，占有廣達好幾畝地的樹梢，離地將近一公里高。我和杭特登上的這道樓梯寬約四公尺，隱蔽在粗如林蔭大道的密集枝椏中，周遭的樹葉大如船帆，被聚光燈照亮，從葉簇的間隙依稀可見的主幹，則比大部分的山面更陡直，也更巨大。樹頂餐廳有十來處進餐的平臺，設在上層的樹蔭裡，位置的高低依階級、特權、財富、權力來安排，尤其是權力。在一個千萬富翁比比皆是的社會裡，樹頂餐廳要價千元的一頓午餐有好幾百萬人都負擔得起，所以最後決定位置和特權高下的就是權力，那是永不褪流行的貨幣。

今晚的盛宴是在最高層，一塊寬的曲線型堰木平臺（因為神聖的香杉木不能踩），可以看見檸檬黃的天空暮色正濃，一望無際的樹梢延伸到遙遠的天邊，還有聖堂武士的樹屋和禮拜堂裡柔和的橙色光亮，透過遠處綠色、赭色和琥珀色的搖曳枝葉組成的籬牆傳來。與宴人士約有六十位，我認出了柯爾契夫參議員，他的白髮被日本燈籠照得閃亮，還有艾爾必杜資政、莫普戈將軍、辛赫海軍上將、臨時主席丹哲爾—海特—阿敏、萬事議會的議長吉朋。另外還有十來位自諸如天龍七、天津三、諾洪、富士、雙文藝復興星、邁塔克薩斯、茂宜—聖約、希伯崙、新地球、伊克西翁⑬等萬星網中勢力強大世界的參議員，還有一群次要的政界人士。行動藝術家史本賽·雷諾茲也在場，穿著很耀眼的紅褐色天鵝絨正式袍服，可是我沒見到其他藝術家。我倒是看到泰莉娜·溫葛莉—費夫在擁擠的平臺另一端，這位原是出版家的慈善家穿著一襲由幾千片薄如絲綢的皮花瓣製成的晚禮服，一頭藍黑色頭髮做成波浪狀高豎在空中，在人群中十分搶眼，但那件晚禮服是泰帝凱的原創作品，妝容誇張卻毫不相襯，再說比起僅僅五、六十年前的樣子，她現在的外表算是克制得多。賓客在倒數第二層平臺上簇擁著到遍布四處的酒吧去拿酒，等著晚宴開始，這時我穿過人潮向她走去。

「約瑟夫，親愛的，你怎麼會受邀來參加這麼可怕的集會？」溫葛莉—費夫看著我走過最後幾碼的距離。

我微微一笑，給她送上一杯香檳。這位文學與時尚界的尊貴女皇之所以認得我，只是因為去年她到希望星的藝術祭待了一個禮拜，也因為我和塞爾門・布萊彌三世、米倫・德—哈維，還有芮瑟密・寇勃等萬星網名流是朋友。泰莉娜是一隻不肯滅絕的恐龍，要不是化了妝，她的手腕、手掌和脖子都因再三使用波森延壽療程而藍透了，而且她花了幾十年的時間參與短躍式星際觀光，或是到那些祕密得連名字都沒有的水療中心去做貴得嚇人的生機睡眠療程，結果是泰莉娜・溫葛莉—費夫霸占社交舞臺超過了三個世紀，還一點也沒有要放手的意思。每睡一趟二十年的美容覺，她的財富就越發增多，她的傳奇也越發加長。

「你還住在我去年去過的那個可怕的小星球上嗎？」她問道。

「希望星。不是的，目前我好像是搬到天崙五住了。」我說，心裡明白她對那個不重要的世界裡每個重要藝術家的住處都知道得一清二楚。

溫葛莉—費夫女士做了個怪表情。我依稀注意到有八到十個流連不去的人正專注地看著，心裡在想那個無禮的年輕人是誰，居然能打進她的小圈子裡。「這對你來說太可怕了吧，得生活在這麼個全是生意人和政府官僚的世界上。我希望他們很快就會放你逃生！」泰莉娜說。

我舉杯向她敬酒。「請問，妳以前當過馬汀．賽倫諾斯的編輯吧？」我說。

太上女皇放下她的酒杯，冷冷地瞪了我一眼，一時之間，我腦裡浮現梅娜．葛萊史東和這個女人之間一場意志力的搏鬥場面。我打了個寒顫，等她回答。「親愛的小朋友，那都是上古史了。你何必要麻煩你那顆年輕的漂亮腦袋去管這種史前時代的芝麻小事？」她說。

「我對賽倫諾斯很有興趣，對他的詩有興趣，我只是好奇妳和他是不是還有連絡。」我說。

「約瑟夫、約瑟夫、約瑟夫，已經有好幾十年沒有人聽到可憐的馬汀的消息了，唉，這個可憐的傢伙已經是古人了呢！」溫葛莉—費夫女士責難地說。

我沒有向泰莉娜挑明她當賽倫諾斯詩集的編輯時，那位詩人比她年輕得多。

「你會提到他還真怪，我以前的公司『網際出版』最近正考慮再出一些馬汀的作品。我不知道他們有沒有連絡他的住處。」她繼續說道。

---

⑬ Ixion，典出希臘神話，伊克西翁為特薩利國王，強娶鄰國國王狄奧紐斯之女迪亞（Dia），更設計害死狄奧紐斯。眾神決定懲罰他，只有宙斯寬恕他，伊克西翁卻又想勾引天后希拉，最後被綁在一只不停轉動的火焰巨輪上，永遠地受苦。

「出版他的《垂死地球》嗎？」我想起那本抒發元地球鄉愁之作在當年曾大為賣座。

「怪的並不是這個。我相信他們是想出版他的《詩篇》。」泰莉娜說。她大笑起來，取出一支裝在黑檀木長菸嘴上的大麻菸，她的一名隨從趕緊為她點火。「這種選擇真奇怪，想想在可憐的馬汀還活著的時候，根本沒人看他的《詩篇》。唉，對一個藝術家最有用的莫過於一點死亡和失蹤，我一向是這麼說的。」她說。她又笑了，又尖又小的聲音，好像金屬敲擊著石塊。她那一小圈子的六、七個人也跟著她笑了起來。

「妳最好確定賽倫諾斯已經死了，要是全部完成，《詩篇》會好看得多。」我說。

泰莉娜．溫葛莉—費夫很奇怪地看著我，晚宴報時鐘聲由抖動的葉間傳來，人們紛紛走上最後一道通往星際的階梯，史本賽．雷諾茲讓這位高貴女士挽著他的手。我喝完杯中的酒，把空杯子留在欄杆上，也上樓加入他們。

在我們都入座後沒多久，首席執行官和她的隨員也到了。葛萊史東簡短致詞，大概是她這天的第二十次了，還不算早上對參議院和萬星網的那場演講。這場晚宴原本是為感謝亞瑪迦斯特救難基金募款成功而舉辦的，可是葛萊史東的致詞內容很快就轉到戰爭上，強調必須全力以赴，速戰速決，而且萬星網各地的所有領袖都要團結一致。

在她致詞時，我望著欄杆外面。檸檬黃的天空已經化為暗番紅花色，然後很快褪成熱帶的夜色，濃得好似一道厚實的藍色簾幕遮住了天空，神之谷一共有六個小月亮，在這個緯度可以看得到五個，而就在我看著星星出現時，有四個月亮劃過天際。這裡空氣中的氧含量濃得令人迷醉，而且帶著植物的馥郁香氣，使我想起了晨間的海柏利昂之旅。可是，在神之谷不准有任何電磁車或浮掠機，或這一類的飛行器，石化排放物或核融合的航跡都從未汙染過這裡的天空，而且這裡沒有城市、公路和電燈，也讓星星看來明亮得足以和懸掛在枝頭和柱子上的燈籠與光球匹敵。

日落之後微風又起，整棵樹微微晃動，大平臺就如同船隻在只有微波的海上輕搖，香杉木和堰木的支柱欄杆也隨之發出輕柔吟哦。我看到遠方樹梢間透出的燈光，知道其中有很多來自「房間」。那兒有成千個房間，其中有些是向聖堂武士租用的，只要付得起百萬頭期款享受這種奢華，都可以用傳送門把這兒的房間連結到自己的寓所，成為諸多世界的房間之一。

聖堂武士們並不會親自處理營運樹頂餐廳或租賃經紀的日常工作，只是對這一切訂下嚴格而不容違反的生態保護規定和條件，卻從這些事業中獲得數以億計的利益。我想到他們的星際遊輪「世界之樹號」，一棵由這個星球最神聖的森林裡來的樹，長達一公里，裝有霍金空間跳躍推進器，由所能承載的最複雜的防護盾和耳格力場加以保護。卻不知為什麼，聖堂武士竟然同意把世界之樹號派去參與一項只是用來當霸軍特遣部隊煙幕的疏散任務。

而就像讓千金之體立於危堂之中可能發生的狀況一樣，世界之樹號在繞行海柏利昂的途中遭到摧毀，究竟是驅逐者的攻擊，還是其他原因，目前尚無定論。聖堂武士有什麼反應嗎？是為了什麼目的讓他們以四艘樹船當中的一艘涉險呢？為什麼他們的樹船船長海特．瑪斯亭會被選為七名荊魔神朝聖者之一，然後又在風船車抵達草海岸上的馬轡山脈之前就失蹤了呢？

真有太多問題了，而戰爭才開始了幾天。

梅娜．葛萊史東致詞完畢，請我們大家享受盛宴。我很客氣地鼓了掌，招來一名侍者將我的酒杯添滿。第一道菜是帝國時期的經典沙拉，我大快朵頤，這才想起我從早餐之後就什麼也沒吃。我把一枝水芹切開，回想起席奧．連恩總督吃著鹹肉、蛋、鯡魚時，有雨輕柔地從海柏利昂琉璃色的天空落下。那是一場夢嗎？

「你對這場戰事有什麼看法，席維倫先生？」行動藝術家雷諾茲問道，他坐在寬桌子斜對面，和我隔了幾個位子，但他的聲音十分清楚。我看到坐在我右手邊隔著三個位子的泰莉娜向我挑起一道眉毛。

「人對戰爭能有什麼看法？」我說著又喝了口酒。酒不錯，但是萬星網裡沒有什麼比得上我記憶中的法國波爾多紅酒。「戰爭不需要評斷，只要活命。」我說。

「正好相反，就像自聖遷時期以來人類重新定義的很多事物一樣，戰爭已經就要成為一種藝術形式了。」雷諾茲說。

「一種藝術形式。」一個留著一頭栗色短髮的女子嘆道。我由數據圈知道她是蘇蒂緹．齊爾女士，也就是蓋布瑞．菲歐多．柯爾契夫參議員的妻子，本人在政壇也很有勢力。齊爾女士穿著一襲藍金兩色的錦緞禮服，滿臉著迷。「戰爭是一種藝術形式，雷諾茲先生！好精彩的概念！」

史本賽．雷諾茲比萬星網的平均身高略矮一些，但非常俊美，他一頭鬈髮剪得很短，皮膚看來像是溫和日曬形成的古銅色，外加一點淡淡的人體彩繪，他的衣著和生物藝術創作成果看來所費不貲，都非常耀眼，卻又不至於怪異，而神態舉止則是所有男性夢寐以求，卻很少有人做到的輕鬆自信，他機智外放，對人專注發自內心，他的幽默更是人盡皆知。

我發現自己當場就很討厭這個狗娘養的。

「所有的一切都是一種藝術形式，齊爾女士，席維倫先生。或者必然會成為一種藝術形式。我們已經超過了只把戰爭當作是以其他手段粗暴地強加政策的階段。」雷諾茲微笑道。

「外交。」坐在雷諾茲左邊的莫普戈將軍說道。

「對不起，你說什麼，將軍？」

「外交，而且是『延續』，而不是『強加』。」他說。

史本賽微一鞠躬，手轉了一小圈。蘇蒂提．齊爾和泰莉娜輕輕笑了起來。艾爾必杜資政的影像從我左側傾身過來說：「我相信那是克勞塞維茨⓮說的吧。」

⓮ Karl von Clausewitz（1780-1831），德國軍事理論家和軍事歷史學家，著有《戰爭論》，主張戰爭是政治的延續，提出總體戰觀念。

我看了看資政，一個不比飄蕩在枝葉間的閃亮蛛絲大的投影機在他後上方兩公尺處，投射出的影像不像在執政院中那樣完美，但已經比我所見過的任何私人投影設備好得多。

莫普戈將軍向智核代表點了點頭。

「無所謂，重點是把戰爭視為藝術的觀念太棒了。」齊爾說。

我吃完沙拉，一名人類侍者把碗拿走，換上一碗深灰色的湯，我認不出是什麼。湯冒著煙，微帶著肉桂和海洋的香味，非常可口。

「戰爭對一個藝術家來說是一種很完美的媒介。」雷諾茲說道，把沙拉叉像指揮棒似地舉在空中。「而且不單是對研究過所謂戰爭學的工藝師如此。」他朝莫普戈將軍及將軍右側的另一位霸軍軍官微微一笑，把他們兩人排除在外。「只有願意讓視野超越戰略戰術官僚化的局限和過時的求『勝』意志，才能真正以藝術家的手法來使用像現代戰爭這樣困難的媒介。」

「過時的求勝意志？」那位霸軍軍官說。數據圈輕輕告訴我他是威廉·阿金塔·李中校，是茂宜—聖約衝突中的海軍英雄。他看來很年輕，大概五十四、五歲，由他的軍階可以知道，他的年輕是因為多年往來星際的關係，而不是用了波森延壽療程。

「當然是過時了，你以為一座雕像會想要打敗黏土嗎？畫家會攻擊畫布嗎？或者是說，一隻老鷹或湯姆斯鷹會突襲天空嗎？」雷諾茲大笑道。

「老鷹已經滅絕了，也許牠們早該攻擊天空，天空背叛了牠們。」莫普戈咕噥道。

雷諾茲轉回來對著我。侍者收走了他不吃的沙拉，換掉我快喝完的湯。「席維倫先生，你是位藝術家……至少是位畫家，幫我向這些人解釋一下我的意思。」他說。

「我不知道你的意思是什麼。」我等著下一道菜時，用手指輕叩酒杯，酒杯馬上添滿了。我能聽到由十公尺外餐桌那端傳來葛萊史東、杭特和救難基金幾位主席的談笑聲。

史本賽．雷諾茲對我的無知似乎毫不驚訝。「為了我們族類能得到真正的開悟，為了讓我們能進到我們各種哲學宣告的意識與進化的下一個層次，人類行為的所有層面都必須成為對藝術的追求。」

莫普戈將軍喝了一大口酒，咕噜道：「我想也包括像吃飯、生育和排泄之類的生理機能吧。」

「尤其是這些機能！」雷諾茲叫道。他張開兩手，比向這張長桌和上面的佳餚。「你們現在看見的是一種獸性的需求，把已死的有機成分化為精力，也就是吞食其他生命的基本行為，可是樹頂餐廳卻把這化為一種藝術！文明的人類在很早以前就以舞蹈取代粗野的動物求偶行為了。排泄也必須成為純粹的詩篇！」

「下回我進廁所拉屎的時候一定會記住這點。」莫普戈說。

泰莉娜．溫葛莉—費夫大笑起來，轉身對她右邊一位穿著紅黑兩色衣服的男士說道：「閣下，你是教會……天主教，早期的基督教，是吧？你們不是在人類達到更高進化階段方面，有一些精闢的古老教義嗎？」

我們全都轉頭看向那個穿著黑袍、戴著頂奇怪小帽、十分安靜的小個子男人。艾督華特蒙席是只限於平安星和少數幾個殖民星球上才有，幾已被人遺忘的早期基督教的代表，之所以會列名在賓客名單上，只因為他和亞瑪迦斯特救難計畫有關，而到目前為止，他一直靜靜地喝著湯。他抬起頭來，那張數十年來飽經風霜憂患的臉孔露出微微吃驚的表情。「唉，是的，聖德日進的教義討論到朝向終極點⑮進化。」他說。

「這個終極點是不是和我們諾斯替禪的開悟相似呢？」蘇蒂緹．齊爾問道。

艾督華特蒙席滿懷渴望地望著他的湯，好像那碗湯比目前進行的談話重要得多。「並不見得有多相似。聖德日進認為所有的生命，有機意識的每一層面都是早已注定迎向最終與神性融合之進化的一部分。」他微皺眉頭。「在過去八個世紀以來，德日進的說法已數度被人更易，但是一般的道理在於我們認為耶穌基督正是個最好的例子，說明了對人類來說，最終意念應該是什麼樣子。」

我清了清嗓子。「耶穌會教士保羅．杜黑不是寫過有關德日進假說的申論文章嗎？」

艾督華特蒙席傾身向前，眼光越過泰莉娜直視著我，在他感興趣的臉上羼雜了些驚訝。「唉，正是，可是我沒想到你會對杜黑神父的文章那麼熟悉。」他說。

我回望著這個人，他一直是保羅．杜黑的朋友，即使杜黑因叛教而流放到海柏利昂，也未曾改變。我想起另一個由新梵諦岡去的難民，年輕的雷納．霍依特，現在正垂死地躺在一座時塚中，而兩個寄生的十字形帶著杜黑和他自己的ＤＮＡ，進行著讓他復活的恐怖工作。可憎的十字形如何適用於德日進和杜黑對不可免且有益的向神性進化的理論呢？

史本賽・雷諾茲顯然覺得談話超出他的舞臺太久了。「重點在於，戰爭就和宗教或其他這類大規模組構和運用人類精力的人類行動一樣，應沉浸於其畢生之作的藝術層面，必須揚棄早期對於『物自身』過於專注的寫實主義，而這種寫實主義通常都表現在對『目的』的盲目追求上。說起來，我個人最近的企畫……」他低沉的聲音蓋過了半張桌子的談話聲。

「你的宗教目標是什麼呢，艾督華特蒙席？」泰莉娜・溫葛莉—費夫問道，她並未提高聲音，也沒有把望著教士的目光轉開，就把談話主題從雷諾茲那裡搶了過來。

「幫助人類認識和服侍上帝。」他說著，嘖嘖有聲地把湯喝完。這位很老派的小個子教士轉頭望向桌子下首艾爾必杜資政的影像。「資政先生，我聽到謠言說智核也希望能達到同樣的目標，你們想建造出你們自己的神，這件事是真的嗎？」

艾爾必杜的笑容經過完美的計算，顯得友善而絲毫不帶紆尊降貴的意思。「幾百年來，智核分子致力創造出一個遠超過我們自己貧乏智能的所謂人工智慧的理論模型，這並不是祕密。」他揮了揮手。「但那實在不能算是想造神，蒙席，倒不如說是對你們德日進和杜黑神父創立的可能性所進行的一項研究計畫。」

⑮ Omega Point，Ω 為希臘文的第二十四個字母，亦即最後一個字母，因此而有終極之意。

「可是你們相信你們自己是可能進化到一個更高意識的？」海軍英雄李中校問道，他一直很專注地聽著。「像我們以前以矽晶體和微晶片設計出你們粗陋的祖先一樣，設計出一個無上智慧來嗎？」

艾爾必杜笑了起來。「恐怕不是這麼簡單或這麼誇張，而且你在說『你們』的時候，中校，請記住我不過是一個大智慧體中的一個人格，和這個星球……其實是整個萬星網裡的任何一個人一樣。智核不是一個個體。有各式各樣的哲學、信仰、假說，甚至於各種宗教都有，就和任何一個歧異多元的群體一樣。」他兩手交握，好像正想到什麼笑話。「雖然我寧願把追求無上智慧當作是一種嗜好，而不是一種宗教。就像造一艘瓶中船，中校，或者是爭論能有多少天使站在一根針頭上，蒙席閣下。」

所有人很有禮貌地笑了起來，只有雷諾茲不由自主地皺著眉頭，無疑是在想著如何重新奪回談話的主導權。

「那麼，智核為了探求無上智慧而完整複製了一個元地球的謠言呢？」我問道，這個問題連我自己都吃了一驚。

艾爾必杜的笑容絲毫未變，那友善的眼光也絲毫未曾動搖，但有那麼一剎那，有什麼東西在投影中閃現，是什麼？震驚？憤怒？覺得有趣？我完全不知道。在那永恆的一秒鐘裡，他可以和我私下溝通，經由我自己和智核的連結，或是沿著人類以為設計得非常簡單、實際上卻如迷宮般的數據圈中我們為自己保留的祕密通道，把大量資料傳送給我，要不然他也可以殺了我，只要下令給智核裡控制像我這樣的意識體所在環境的某個神祇，就像是研究室的主持人下令叫技師消除一隻實驗室裡討厭的老鼠。

餐桌上下的談話全都停了下來。就連梅娜．葛萊史東和她那一小撮特別重要的貴賓也朝我們這邊望了過來。

艾爾必杜資政笑得更開心了些。「真是令人愉悅的奇怪謠言！告訴我，席維倫先生，怎麼可能有任何人，尤其是像智核這樣一個有機體，你們自己的評論家稱之為『一群沒有身體的頭腦，一些失控的程式，逃脫了他們的線路，大部分時間都花在從他們根本不存在的肚臍抽取智慧的線頭』的，怎麼可能有人能『完整複製元地球』呢？」

我望著投影，看穿了那個影像，這才發現艾爾必杜的盤子和晚餐也都是投影，在我們說話時，他一直在進食。

「還有，傳這種謠言的人可曾想到，所謂『一個完整複製的元地球』說起來等於就是元地球呢？花這種心力，對探索一個增強的人工智慧矩陣在理論上的可能性來說，能有什麼好處呢？」他繼續說道，顯然覺得非常好玩。

我沒回答，餐桌中間這一帶因此一片沉寂。

艾督華特蒙席輕咳一聲。「呃……看起來，一個能完整複製任何世界，尤其是一個已經摧毀了四百年的世界的社會，根本不需要尋找神，它本身就是神了。」他說。

「一點也不錯！這是個瘋狂的謠言，可是很有趣……非常有趣！」艾爾必杜大笑道。

寬慰的笑聲充滿了寂靜的空洞。史本賽．雷諾茲開始談論他的下一個企畫案，準備讓所有要自殺的人同時由各個世界的橋上躍下，由萬事議會網現場轉播。泰莉娜．溫葛莉—費夫卻伸手摟住艾督華特蒙席，邀請他到她在無涯海洋星上的飄浮宅邸去參加晚宴後的裸泳派對，又吸引了所有人的注意。

我看到艾爾必杜資政在瞪著我，一轉身又正好看到里．杭特和首席執行官投來含著疑問的眼光，就轉過身去看侍者用銀盤上主菜。

這頓晚宴實在太棒了。

田 15

我沒去泰莉娜的裸泳派對。史本賽．雷諾茲也沒有去，我最後看到他是在熱切地和蘇蒂緹．齊爾談話，我不知道艾督華特蒙席有沒有屈服於泰莉娜的誘惑。

晚宴還沒完全結束，救難基金的幾位主席還在作簡短致詞，很多重量級的參議員已經開始有點坐立不安的時候，里．杭特過來低聲告訴我，首席執行官一行人準備離開了，要求我也隨行。

現在大約是萬星網標準時間二十三時，我以為這群人會回執政院去，可是等我穿過那道限用一次的傳送門，除了跟在所有人後面的隨扈保鏢之外，我是最後一個，卻很震驚地發現自己置身在一條石牆長廊裡，長長的窗子外是火星的落日。

嚴格說來，火星不在萬星網內，這個最老的外太空人類殖民地刻意讓人難以抵達。諾斯替禪朝聖者要去希臘盆地的大師岩，得先進入自治系統管理站，搭乘從木衛三或木衛二來的接駁船到火星。這只耽誤了幾小時，但是在一個一切真的都伸手可及的社會裡來說，這樣卻讓人有犧牲和冒險的感覺。除了歷史學家和釀白蘭地用仙人掌的農業專家之外，實在沒有什麼專業上的原因吸引人到火星來。過去一百年來諾斯替禪逐漸式微，就連朝聖者的來往也越來越少，沒有人在乎火星這個地方。

除了霸軍。雖然霸軍的行政中心在天崙五，而基地分散在萬星網各地和其他保護區上，火星始終是這個軍事組織真正的老家，而中心正是奧林帕斯指揮學院。

當地的一小組軍方要員前來迎接這一小群政界貴賓，在這些人像互相碰撞的星球般來往周旋時，我走到一扇窗前，向外看著。

這條走廊是開鑿進奧林帕斯山上方一座建築的一部分，我們所站的地方高度約有十哩，從這裡看出去，讓人感覺好似一眼就可以看盡這個星球的一半，而這個世界就是那古老的盾狀火山，距離的把戲使得所有的來路、沿著懸崖壁建造的舊城市、塔西思高原的貧民窟和森林，在那片自從第一次有人類踏上這個世界、宣稱是為一個名叫日本的國家來到這裡、還拍了一張照片以來，始終看來未曾變化過的紅色景觀中，只如一些小小的汙漬。

我正看著一個小小太陽升起，想著這就是「太陽」，一面欣賞從一望無際的山邊黑暗處飄出來的雲朵上令人難以置信的光影變化。這時里・杭特走了近來。「首席執行官要在會議結束之後和你見面。」他交給我兩本由一名助理從執政院帶來的素描簿。「你當然知道你在這次會議中的所見所聞都是高度機密吧？」

我沒把他這句話當問話。

石牆上巨大的銅門打開，引導燈光亮了起來，映照出鋪了地毯的斜坡和階梯，直通向一個寬大漆黑大廳正中央的戰情會議桌，這個地方可能是個巨大的大會堂，沉在黑暗中，只有一小塊地方亮著，助理們匆匆向前引路，拉開椅子，再退回暗影之中。我滿心不情願地轉身背對著日出，跟著我們那群人走進大黑坑裡。

莫普戈將軍和一個霸軍將領三人小組親自作了簡報。在執政院的簡報呈現的圖像與此處相比，差距有好幾光年那麼遙遠：我們的確是在一個廣大的空間裡，大得足以容納全體八千名軍校生和教職員，但現在我們頭上大部分的黑暗中都充滿了最高品質的全像和圖表，有足球場般大小。在某方面看來，相當駭人。

簡報的內容也是如此。

「我們在海柏利昂星系的戰事失利。我們最多只能打個平手，把驅逐者的船群擋在離傳送門十五天文單位以外的邊界，忍受他們以小型船艦不斷騷擾。最壞的狀況是，我們被迫退到防守地位，同時將艦隊與海柏利昂的居民撤離，讓海柏利昂落入驅逐者手裡。」莫普戈作結論道。

「原先不是承諾可以擊潰對方嗎？」坐在菱形會議桌靠前端的柯爾契夫參議員問道：「給驅逐者船群的致命一擊呢？」

莫普戈將軍清了下嗓子，但是看了納西塔海軍上將一眼，上將站了起來。這位霸聯宇宙軍司令官身上的黑色制服，使他看起來好像只有一張皺著眉頭的臉浮在黑暗之中。我對這樣的景象有種似曾相識的感覺，但我回望著梅娜·葛萊史東，在我們上方那些戰爭情勢圖表和色標所發出的光映照下，她就如映像化的一把達摩克利斯之劍⑯隨時會再出鞘。我已把素描簿放在一邊，以光筆在彈性光幕上勾勒。

「首先，我方在驅逐者船群方面的情報資料相當有限。」納西塔開始說道，我們上方的圖表隨之變動。「雷達信標探針和長程偵查都無法得知驅逐者艦隊每一單位特性的完整資料。結果很明顯也很嚴重地低估了這群驅逐者船群的實際戰力，我方只使用長程戰鬥機和炬船突破驅逐者船群防線的行動，也不如我們預期的成功。

「第二，維持海柏利昂如此之大的防衛圈，就用上我們兩支特遣部隊了，目前不可能投入這樣大量的船艦在攻擊行動上。」

柯爾契夫插嘴道：「上將，照你現在所說的，就是你的船艦太少，不足以達成目標，摧毀或擊潰

⑯ Damocles' Sword，傳說敘拉古暴君戴奧尼修斯邀達摩克利斯飲宴時，在其頭頂以細線懸一出鞘之劍，以示大權在握者常朝不保夕。

驅逐者對海柏利昂星系的進攻。對不對呢？」

納西塔瞪著參議員，使我想起我以前見過一幅畫上，日本武士在拔刀之前的表情。「正是如此，柯爾契夫參議員。」

「可是就在一個禮拜之前，我們的作戰內閣簡報中，你還向我們保證，兩支特遣部隊就足以保護海柏利昂不受侵略或摧毀，而且還可以一舉擊潰這支驅逐者的船群，到底出了什麼問題呢，上將？」

納西塔挺直了高過莫普戈但仍矮於萬星網平均身高的身子，把視線轉向葛萊史東。「首席執行官，我已經說明過導致我們作戰計畫需要更改的各種變數，我需要再重作一次簡報嗎？」

梅娜·葛萊史東的手肘支在桌子上，她的右手以兩根手指撐著臉頰，兩根手指墊在頦下，大拇指橫抵在下巴，一副疲憊的樣子。「上將，雖然我相信柯爾契夫參議員的問題非常適切，卻也認為你在簡報中所提出的，和今天早些時所說的一切也足夠回應了。」她柔聲地說完，轉身對柯爾契夫說：「蓋布瑞，我們想錯了，以霸軍這樣的軍力，我們最多只能維持一個膠著狀態，驅逐者比我們想像中要壞得多、狠得多，數量也大得多。」她再將疲倦的目光移回納西塔身上。「上將，你還需要多少船艦？」

納西塔深吸了一口氣，顯然在這場簡報中這麼早就提出這個問題，使他猝不及防。他看了看莫普戈和其他軍事將領，然後像個禮儀師似地將兩手交握在小腹下。「兩百艘戰艦，至少兩百艘，這是最低限度。」他說。

整個房間一陣騷動。我放下畫筆抬起頭來。除了葛萊史東之外，所有人都在竊竊私語或挪動身子。我花了一秒鐘才了解怎麼回事。

整個霸聯宇宙軍的戰艦數目不到六百艘。當然每一艘都造價昂貴，沒有多少星球的經濟力足以建造一兩艘星際戰艦，而即使少數幾艘裝有霍金空間跳躍推進器的炬船，就可以讓一個殖民世界破產。而每一艘戰艦都有極強大的戰力：一艘攻擊母艦能摧毀一個世界，一支巡洋艦和空間跳躍驅逐艦組成的艦隊就能摧毀一個太陽。大家都確信，如果經由霸軍巨大的傳送門矩陣出擊，派到海柏利昂的霸軍船艦數量都足夠摧毀萬星網裡大部分的星系了。畢竟，一百年前只用了不到五十艘納西塔現在所要求的戰艦，就擊潰了葛藍儂—海特艦隊，將叛亂一舉平息。

可是在納西塔要求背後真正的問題是，要一次把霸軍艦隊的三分之二全派遣到海柏利昂星系。我能感受到那種不安就如電流般竄過所有政界人士和決策人士的心裡。

來自小文藝復興星的雷巧參議員輕咳一聲。「上將，我們不曾讓艦隊兵力這麼集中過，對吧？」

納西塔的頭像固定在軸承上似地平順轉了過去，皺著眉頭的表情絲毫未變。「我們也從來沒有碰過像霸聯的未來這麼重要的問題。雷巧參議員。」

「不錯，這點我明白。可是我提問的意思是，這樣對萬星網其他地方的防衛會產生什麼樣的衝擊。這不是場可怕的豪賭嗎？」雷巧說。

納西塔哼了一聲，他背後廣大空間中的圖像旋轉，模糊，然後拼合成一幅由黃道帶上方鳥瞰銀河系的驚人畫面。角度變化，讓我們好似以令人目眩的高速衝向一條螺旋臂，最後傳送網的藍色格子網顯現，霸聯是一個不規則的金色核心，有很多螺線和假足伸進保護區的綠色光雲中。萬星網看來似乎是隨意拼湊的，和銀河系比起來十分渺小，而這兩種印象卻是正確地反映了現實。

突然之間，圖像變化了，萬星網和各殖民世界變成了宇宙，只有周遭少數幾百顆行星與之相比較。

「這些代表了我們目前的艦隊兵力分布。」納西塔海軍上將說。在金色和綠色之間與之外，出現了幾百個橘色的小點，最密集之處是在遠處一顆保護區星球附近，我這才認出那裡正是海柏利昂。

「而這些是驅逐者船群最近的布署。」十來道紅線出現，箭頭和藍移尾跡顯示移動方向。即使是在這樣的比例尺下，敵軍的箭頭似乎都沒有侵入霸聯的領域，只有一支數量龐大的驅逐者船群似乎彎進了海柏利昂星系。

我注意到霸聯宇宙軍的布署通常對應了驅逐者船群的推進，只除了有些圍在各基地和一些棘手的世界附近，例如茂宜—聖約、布列西亞、庫姆—利雅德。

「上將，我假設你已經考慮到，萬一在我們前線其他點遭到威脅時艦隊的反應時間了吧？」葛萊史東不問任何有關布署的問題。

納西塔皺著的眉頭轉化成一種可能算是微笑的表情，在他的聲音裡帶著些自得。「是的，首席執行官，要是您注意到除了在海柏利昂之外最接近的驅逐者船群……」畫面推近到在一朵金雲上的紅色箭頭，我很確定那朵金雲包含了天堂之門、神之谷和無涯海洋星等星系。以目前的比例來看，驅逐者的威脅的確看來非常遙遠。「我們對驅逐者船群遷徙的定位，是根據在萬星網內外的監聽站所測得霍金推進器的行進軌跡，再加上我們的長程偵測系統經常更新驅逐者船群的軍力大小和方向。」

「有多經常，上將？」柯爾契夫參議員問道。

「至少每兩、三年一次。你想必知道來往的時間要好幾個月，即使是以空間跳躍船的速度來說也是一樣。而以我們的觀點來看，其間的時債在這樣的轉換中可以高達十二年。」上將沒好氣地回答道。

「在直接偵測之間長達數年的空檔之中，你如何能隨時掌握驅逐者船群所在的位置呢？」參議員追問道。

「霍金推進器不會騙人的，參議員。行進軌跡也不可能偽造。我們現在所看見的就是上百艘，或者以較大的驅逐者船群來說，是幾千艘單一艦艇目前所在的位置。就像超光速通訊傳輸一樣，霍金效應的傳送不會產生時債。」納西塔的聲音十分冷淡。

「不錯，可是如果驅逐者船群的移動比空間跳躍船慢呢？」柯爾契夫說，他的語氣和上將一樣平板而冷淡。

納西塔真正微笑起來。「在超光速之下嗎，參議員？」

「是的。」

我看到莫普戈和其他幾個軍方的人在搖頭或忍住竊笑，只有霸聯海軍年輕的威廉．阿金塔．李中校專注地傾身向前，一臉認真的表情。

「以低光速前進的話，那我們的玄孫輩大概得擔心地警告他們的孫子，防備驅逐者船群入侵了。」

納西塔海軍上將冷冷地說。

柯爾契夫還是不死心，他站起來指著被霸聯擋在天堂之門上方那道最近的驅逐者船群弧線。「要是這支驅逐者船群不用霍金推進器而逼近，那怎麼辦？」

納西塔嘆了口氣，顯然對會議因這些無關緊要的雜事干擾而十分著惱。「參議員，我可以向你保證，要是驅逐者船群現在關掉了他們的推進器，而且現在就轉向萬星網，那會要……」納西塔眨著眼，向他的植入晶片和通訊連線諮詢。「標準時間兩百三十年之後才能抵達我們的邊界。這不是影響目前取決的因素之一，參議員。」

梅娜·葛萊史東身子前傾，所有的目光都轉向她。我把原先畫好的素描存放在光幕裡，開始畫一張新的。「上將，我覺得現在真正要擔心的事有兩件，一是史無前例地把軍力集中在海柏利昂附近，還有就是我們準備把所有的雞蛋全放在一個籃子裡。」

會議桌上響起一陣感興趣的喃喃低語。葛萊史東最有名的一點，就是善用一些比喻、故事和老哏，全都是古老而被人遺忘的東西，現在說來反而像是嶄新的說法。而她現在所說的很可能正是這種情形。

「我們是不是把所有的雞蛋都放在一個籃子裡呢？」她繼續說道。

納西塔上前一步，將兩手撐在桌面上，長長的手指伸直，用力地向下壓，那種熱切的神態很合於這小個子男人性格上的力量：他是那種不用費力就能讓別人注意和服從他的人。「不，首席執行官，我們沒有。」他沒轉身，只朝顯示在他上方和背後的圖表比了個手勢。「最接近的驅逐者船群只要侵入霸聯，就會讓我們在兩個月前得到來自霍金推進器的警告，那也就等同於我們時間的三年。而調動我們在海柏利昂的艦隊單位，就算他們布署得很廣，而且正在戰鬥之中，也不用五個小時就能後撤而傳送到萬星網的任何一點去。」

「這並不包括萬星網以外的艦隊單位吧，所有的殖民地不能不加以保護。」雷巧參議員說。

納西塔又比了下手勢。「我們調來到海柏利昂決一勝負的那兩百艘戰艦，都是已經在萬星網內，或是有瞬間傳送艦的傳送能力的。所有派遣到各殖民地的獨立艦隊單位都不會受到影響。」

葛萊史東點了點頭。「可是萬一海柏利昂的傳送門受損或被驅逐者攻占了呢？」

由會議桌四周那些平民騷動、點頭和吐氣等等的動作，我想她問到了大家最擔心的問題。

納西塔點了點頭，大步走回講臺，就好像這個問題早在預料之中，也很高興這些不相干的雜事終於告一段落。他說：「非常好的問題，這在上次簡報中已經提過，不過我可以就這種可能性作更詳細的說明。

「首先，我們已經增加了傳送量，目前至少有兩艘瞬間傳送艦，而且計畫等增援部隊抵達時再增加三艘。這五艘全遭摧毀的可能性非常非常小，如果考慮到加強軍力後的防衛力，幾乎可說微不足道。

「第二，驅逐者攻占一座完整無缺的傳送門並利用來入侵萬星網的機率是零。每艘船艦、每一個人穿過霸軍傳送門，都必須經過個資指認和密碼認證，而這些資訊都是每日更新的。」

「驅逐者不能破解這些密碼，插入他們自己的資料嗎？」柯爾契夫參議員問道。

「不可能，密碼的更新工作是每天由超光速通訊用完即棄的線路，從萬星網內霸軍總部……」納西塔在小講臺上踱來踱去，兩手背在背後。

「對不起，我今天早上到海柏利昂很快地走了一趟，並沒注意到什麼密碼。」我說，聽到自己的聲音不免一驚。

很多人轉過頭來。納西塔上將再次展示他那種像貓頭鷹般準確轉向的能力。「然而，席維倫先生，你和杭特先生在兩次傳送的時候，都受到既不會痛也沒有感覺的紅外雷射編碼。」他說。

我點了點頭，一時之間因為那位海軍上將記得我的名字而感到驚異不已，然後我才想起他也有植入晶片。

「第三，萬一發生不可能的狀況，而驅逐者擊潰了我們的防線，攻占了我們的傳送門，取得了我們有安全防護的密碼系統，啟動了他們不熟悉的科技，那種我們四百多年來不曾讓他們接觸過的科技，他們所有的工夫仍然白費，因為所有的軍方交通都是經由莫德雅的基地到海柏利昂的。」納西塔就好像我不曾說話似地繼續說道。

「經由哪裡？」眾人齊聲問道。

我只在布瑯．拉蜜亞談她委託人之死時聽說過莫德雅這個地名，她和納西塔都念成「慕德—葉」。

「莫德雅。」納西塔上將重複了一遍，現在很熱切地笑了起來，那是個很奇怪的孩子氣的笑容。

「不用查各位的通訊記錄器，各位先生，各位女士，莫德雅是個『黑』星系，在所有記錄和民間傳送地圖上都找不到。我們正是為了這個目的才隱匿了這個所在，那裡只有一個可以住人的行星，只能用於開礦和我們的基地。莫德雅是最後的據點。萬一驅逐者的戰艦完成了不可能的任務，擊潰我們的防線，攻占我們在海柏利昂的傳送門，他們唯一能到得了的地方就只有莫德雅，而那裡有相當強大的自動火力對付所有經過的一切。要是最不可能的狀況發生，而他們的艦隊居然能傳送到莫德雅星系，所有外傳的連結也都會自動摧毀，而他們的戰艦會困在那裡，好幾年也到不了萬星網。」

「不錯，可是我們的也一樣，我們的艦隊會有三分之二留在海柏利昂星系。」雷巧參議員說。

納西塔稍息站好。他說：「一點也不錯，所有的將領和我本人當然也多次評估過這種極度渺遠，應該說是幾近完全不可能的情況。我們發現這樣的冒險是可以接受的。萬一不可能的情況發生，我們仍然還保有兩百多艘戰艦來護衛萬星網，最壞的狀況就是在驅逐者可怕的攻擊下失去海柏利昂星系，但對方也沒有再進一步的戰力了。

「不過這並不是我們預期的結果。只要能迅速在標準時間八小時之內再調派兩百艘戰艦，根據我們的預測，以及人工智慧資政委員會的預測，完全擊潰驅逐者敵軍而我方軍力無損的機率高達百分之九十九。」

梅娜・葛萊史東轉向艾爾必杜資政，在黯淡的燈光下，他的影像非常完美。「資政，我還不知道有人向資政委員會提出了這個問題。百分之九十九的機率，這個數字可靠嗎？」

艾爾必杜微笑。「相當可靠，首席執行官。可能的機率是百分之九十九．八六二七九四。」他笑得更開心了些。「令人安心得足以暫時把他所有的雞蛋放進一個籃子裡。」

葛萊史東沒有笑。「上將，在你取得援助之後，你想戰事還會持續多久呢？」

「標準時間一個禮拜，首席執行官，最多如此。」

葛萊史東的左眉微微地挑了起來。「這麼短的時間？」

「是的，首席執行官。」

「莫普戈將軍？霸聯陸軍的想法呢？」

「我們認同這點，首席執行官，增援很有必要，而且要立即行動。轉運大約可以調派十萬陸戰隊和地面部隊負責掃蕩殘餘的驅逐者船群。」

「在標準時間七天之內？」

「是的，首席執行官。」

「辛赫上將？」

「絕對有必要，首席執行官。」

「范捷特將軍？」

葛萊史東一一詢問在場將領和高階軍官的意見，甚至問到奧林帕斯指揮學院的院長，使他因受到諮詢而大為得意。她也一一得到他們一致同意派兵增援的意見。

「李中校？」

所有目光都轉向那位年輕的海軍軍官。我注意到那些高階資深軍方人員神態僵硬，眉頭深鎖，突然明白李之所以會在這裡，是獲得首席執行官的邀請，而不是由於他那些上司的恩准。我記起葛萊史東曾經說過年輕的李中校有霸軍將領缺少的那種主動和才智，我猜這個人的前途大概會因參加了這次會議而大受損害。

威廉．阿金塔．李中校在他那張舒服的椅子上不自在地挪動了下身子。「恕我直言，首席執行官，我只是一個低階海軍軍官，沒有資格對這麼重要的戰略大事發表意見。」

葛萊史東沒有微笑，難以察覺地點了下頭。「我欣賞你這點，中校，我相信你那些在座的長官也一樣。不過，在這件事情上，我倒希望你肯縱容我一下，就目前的問題發表一點意見。」

李坐直身子，一時之間，他的眼中露出落入陷阱的小動物般認命和絕望的表情。「呃，喏，首席執行官，如果非要我表示意見不可，我得說我個人的直覺讓我反對增援行動。我對於星際戰術一無所知，僅憑直覺而已。這純粹是軍事上的評估，首席執行官，我對保護海柏利昂在政治上的作用並不清楚。」李深吸了一口氣。

葛萊史東傾身向前。「那就純以軍事基礎來看，中校，你為什麼反對增援呢？」

從我坐在離那裡有半張桌子遠的地方，都能感受到那些霸軍將領目光的衝擊力有如古代核子反應爐裡啟動核融合的億萬焦耳雷射光。讓我吃驚的是，李並沒有在我們眼前倒下、爆裂、點燃，再融合。

「就軍事上來說，人們會犯的兩項最大的錯，就是分散自己的力量，以及如同首席執行官您所說，把所有的雞蛋放在一個籃子裡，而在這件事情上，那個籃子甚至還不是我們自己的。」李說，他眼中帶著無望，但聲音十分穩定。

葛萊史東點了點頭，往後靠坐，合起兩手的指尖抵住下唇。

「中校。」莫普戈將軍開口，我發現單單一個詞真可以說得像摑人一耳光。「既然我們現在有幸能聽你的高見，能不能請問一下，你有沒有參與過太空戰爭？」

「沒有，長官。」

「你有沒有受過太空戰爭的訓練呢，中校？」

「除了在奧林帕斯指揮學院所規定的基本課程，那也不過是幾堂歷史課。沒有，長官，我沒有受過這方面的訓練。」

「中校，你有沒有參與過任何高層一點的戰略計畫？在茂宜—聖約你指揮過多少艘海軍船艦？」

「一艘，長官。」

「一艘，一艘大船嗎，中校？」莫普戈哼了一聲。

「不是，長官。」

「是軍方指派你指揮這艘船嗎，中校？是因為你有戰功？還是因為戰況而落在你手裡？」

「長官，我們的艦長陣亡了，由我接管指揮權，那是茂宜—聖約戰役中最後一場海戰，而……」

「這樣就可以了，中校。」莫普戈轉身背對那位戰爭英雄，對首席執行官說：「妳還要再繼續徵詢我們的意見嗎，長官？」

葛來史東搖了搖頭。

柯爾契夫參議員清了下嗓子。「也許我們該回執政院去開一次祕密內閣會議。」

「不需要。我已經決定了。辛赫上將，我授權給你，依你和各位將領估計的必要數量，將艦隊單位調到海柏利昂星系。」梅娜．葛萊史東說。

「遵命，首席執行官。」

「納西塔上將，我希望在你得到增援後的標準時間一週之內成功擊潰敵軍。」她看了看圍坐在會議桌的人。「各位女士，各位先生，我再怎麼向你們強調，都不足以表達保有海柏利昂和解除驅逐者威脅的重要性。」她站起身，走到那道往上和往外通向黑暗的斜坡前。「晚安，各位。」

杭特來敲我房門時，已經將近萬星網和天崙五中心時間的凌晨四點了。從我們回來之後，我抗拒睡魔已經有三小時之久。就在我認定葛萊史東想必已經忘了我而開始打瞌睡的時候，響起了敲門聲。

「去花園。看在老天的份上，把襯衫下襬塞好。」里．杭特說。

我漫步在黑暗的小徑上，靴子在細卵石上踩出輕柔的足音。燈籠和光球發著微光。因為天崙五有大城市的耀眼燈光，使得這塊庭園上空看不到星光，但是軌道衛星居住區的燈光在空中劃過，就像永無止息的一環螢火。

葛萊史東坐在橋邊的鐵長椅上。

「席維倫先生，謝謝你來陪我。對不起，弄得太晚了，內閣會議才剛結束。」她說，她聲音低沉。

我沒有說話，仍然站著。

「我想問你今天早上去海柏利昂的事，是昨天早上。你有什麼印象？」她在黑暗中輕笑起來。

我不知道她這話是什麼意思。我猜這個女人對資訊有難以饜足的胃口，不管那些資訊看起來有多無關緊要。「我倒是見到了一個人。」

「哦？」

「是的，米立歐．阿讓德茲博士。他以前……他是……」

「溫朝博先生女兒的朋友。」葛萊史東替我把話說完。「那個孩子年紀越來越小。你對她的情況有什麼新的資料嗎？」

「沒有什麼，我今天只打了個盹，而夢境十分零碎。」我說。

「和阿讓德茲博士會面有什麼結果嗎？」

我用突然變冷的手指揉著下巴。「他的研究小組在首都已經等了好幾個月了。他們也許是讓我們了解那些時塚到底是怎麼回事的唯一希望，而荊魔神……」我說。

「根據我們的預測，最重要的是不要去打擾那些朝聖者，要等他們了結了再說。」葛萊史東的聲音由黑暗中傳來，她似乎望向一邊，望著小溪。

我突然覺得一陣難以說明和理解的怒氣流過全身。「霍依特神父已經『了結』了。要是太空船獲准去接應那些朝聖者，他們原本可以救得了他的性命。阿讓德茲和他的小組成員也許可以救得了那個嬰兒蕾秋，雖然只剩下幾天時間。」我的語氣意外地淩厲。

「不到三天。還有別的事嗎？關於那個星球，或是納西塔上將的旗艦，有什麼是你覺得有意思的？」葛萊史東說。

我兩手握拳，又放鬆。「妳不會批准阿讓德茲飛到時塚那邊去吧？」

「不行，現在不行。」

「那將老百姓撤出海柏利昂呢？至少把霸聯公民撤出吧？」

「目前沒有這個可能。」

我開口想說什麼，又強行忍住。我望著橋下傳來的水聲。

「沒有別的印象了嗎，席維倫先生？」

「沒有了。」

「呃，那麼祝你晚安，有個好夢。明天也許又會是忙亂的一天，可是我希望能找個時間和你談談你的夢境。」

「晚安。」我說完就轉過身去，很快走回執政院裡我所住的地方。

在我房間的黑暗中，我叫出一首莫札特的奏鳴曲，吃了三顆安眠藥。這些藥很可能讓我昏睡過去，一夜無夢，讓約翰．濟慈的鬼魂和那些更像鬼魂的朝聖者找不到我，也就是說，會讓梅娜．葛萊史東大失所望，而這件事可一點也不會讓我難過。

我想到斯威夫特筆下的水手格列佛，從有智慧的馬群居住之地回來之後，對人類萌生厭惡之情，那種對自己族類的厭惡已經到了他必須睡到馬廄的地步，因為只有馬匹的氣味和存在感才能使他安心。

我在入睡前最後想到的是去他的梅娜．葛萊史東，去他的戰爭，還有去他的萬星網。

還有去他媽的夢境。

廣　告　回　函
臺灣北區郵政管理局
登記證第14437號

（免貼郵票）

23141
新北市新店區民權路108-2號9樓
大家出版 收

請沿虛線對折寄回

common master press+ 大家出版

名爲大家，在藝術人文中，指「大師」的作品
在生活旅遊中，指「眾人」的興趣

我們藉由閱讀而得到解放，拓展對自身心智的了解，檢驗自己對是非的觀念，超越原有的侷限並向上提升，道德觀念也可能受到激發及淬鍊。閱讀能提供現實生活無法遭遇的經歷，更有趣的是，樂在其中。　——《真的不用讀完一本書》

大家出版FB | http://www.facebook.com/commonmasterpress
大家出版Blog | http://blog.roodo.com/common_master

大家出版 讀者回函卡

感謝您支持大家出版！

填妥本張回函卡，除了可成為大家讀友，獲得最新出版資訊，還有機會獲得精美小禮。

購買書名 ______________________ 姓名 ______________________

性別 □男 □女 E-MAIL ______________________

聯絡地址 □□□ ______________________

年齡 □15－20歲 □21－30歲 □31－40歲 □41－50歲 □51－60歲 □60歲以上

職業 □生產／製造 □金融／商業 □資訊／科技 □傳播／廣告 □軍警／公職
□教育／文化 □餐飲／旅遊 □醫療／保健 □仲介／服務 □自由／家管
□設計／文創 □學生 □其他__________

您從何處得知本書訊息？（可複選）

□書店 □網路 □電台 □電視 □雜誌／報紙 □廣告DM □親友推薦 □書展
□圖書館 □其他 ______________

您以何種方式購買本書？

□實體書店 □網路書店 □學校團購 □大賣場 □活動展覽 □其他______________

吸引您購買本書的原因是？（可複選）

□書名 □主題 □作者 □文案 □贈品 □裝幀設計 □文宣（DM、海報、網頁）
□媒體推薦（媒體名稱）______________ □書店強打（書店名稱）______________
□親友力推 □其他 ______________

本書定價您認為？

□恰到好處 □合理 □尚可接受 □可再降低些 □太貴了

您喜歡閱讀的類型？（可複選）

□文學小說 □商業理財 □藝術設計 □人文史地 □社會科學 □自然科普
□心靈勵志 □醫療保健 □飲食 □生活風格 □旅遊 □語言學習

您一年平均購買幾本書？

□1－5本 □5－10本 □11－20本 □數不盡幾本

您想對這本書或大家出版說：

THE FALL OF HYPERION

II

16

就在天亮之前，布瑯．拉蜜亞睡得很熟。她的夢裡充滿了由別處來的影像和聲響：和梅娜．葛萊史東之間聽不真切也不甚了解的對話、一間似乎飄浮在半空中的房間、一群男女在一條走廊裡走動、兩邊的牆壁都像調節不良的超光速通訊接收器般發出低語。而在這些狂亂的夢和零碎的影像之間，是那種令人發狂的感覺，彷彿強尼，她的強尼就在身邊，如此接近。拉蜜亞在夢中哭喊出聲，但是那些哭喊卻被人面獅身像裡冰涼的石壁所發出的各種回音和飛沙走石的聲音所掩沒。

拉蜜亞突然驚醒，如同一件實體工具應聲啟動似地完全意識清楚。索爾．溫朝博理應守哨，現在卻在這群人棲身的房間門口睡著了。女嬰蕾秋則睡在他身邊地上的兩條毛毯中間。屁股蹶著，小臉貼在毯子上，嘴唇上沾著一個小小的涎泡。

拉蜜亞四下環顧，在一盞小瓦數光球的微光中，以及由四公尺長走廊反射進來微弱日光的黯淡照明下，只看到另一個同行的朝聖者，一個睡在石板地上的黑色身影，馬汀．賽倫諾斯躺在那裡打著鼾。拉蜜亞感到一陣恐懼，彷彿她在入睡時遭到遺棄，賽倫諾斯、索爾、那個嬰兒……她才發現只有領事不見了。這個由七個大人和一個嬰兒所組成的朝聖團一直減損：海特．瑪斯亭，在穿過草海的風船車上失蹤，雷納．霍依特在前一夜被殺，卡薩德也在那一夜後來失去蹤影……領事，領事在哪裡？

布瑯．拉蜜亞又四下看了看，確定了這個黑暗的房間裡只有背包，捲起來的毯子，睡著的詩人、學者和嬰兒，然後她站了起來，在那一大堆毯子中找出她父親那把自動手槍，由她的背包裡摸出電擊棒，然後從溫朝博和嬰兒身邊溜到外面的走廊。

時間已是早晨，外面亮得使拉蜜亞用手擋住了眼睛，這才由人面獅身像的石階走到通往山谷的那條硬實的小徑上。風暴已經過去了。海柏利昂的天空是如水晶般清澈而濃厚的深天青色，間中透著綠色。海柏利昂之星，一個白亮的點狀光源，剛升到東邊峭壁之上。岩石的陰影和谷底那些時塚的剪影交混在一起，玉塚閃亮。拉蜜亞看到因風暴而形成新的沙流和沙丘，白紅相間的沙積成多采多姿的曲線，也積在石頭四周。前夜他們紮營的地方已了無痕跡。領事坐在山腳下十公尺外的一塊岩石上。他正望著山谷裡，繚繞的白煙由他的菸斗裡升起。拉蜜亞將手槍和電擊棒一起收進口袋，下山朝他走去。

「沒有卡薩德上校的蹤影。」領事在她走近時說道。他沒有回頭。

拉蜜亞望向山谷裡水晶獨石巨碑矗立的地方。原先光滑的表面如今千瘡百孔，上面似乎有二十到三十公尺的部分不見了，堆積在底部的碎片殘骸仍然冒著煙。在人面獅身像和獨石巨碑間半公里左右的地上都是焦痕和坑洞。「看起來他是大戰了一場才走的。」她說。

領事哼了一聲，菸斗裡冒出來的煙讓拉蜜亞覺得飢餓。「我一直找到山谷兩公里外的荊魔神廟，駁火戰鬥的地方似乎只在獨石巨碑。那裡還是找不到地面層的入口，可是現在洞也多得能夠讓你看清深層雷達顯示的那種內在結構。」領事說。

「可是沒有卡薩德的蹤影？」

「一點也沒有。」

「血跡呢？或是燒焦的骨頭？還是留了字條說等他把衣服送洗之後就回來？」

「什麼也沒有。」

布瑯・拉蜜亞嘆了口氣，坐在領事所坐的岩石旁邊一塊礫石上。陽光溫暖地照著她的皮膚。她瞇起眼睛望向山谷開口。「唉，媽的，我們接下來怎麼辦？」她說。

領事拿下菸斗，皺起眉頭看著，搖了搖頭。「我今天早上又試了一次通訊記錄連線，可是太空船仍然沒有回應。也試了急難頻道，可是顯然我們沒法接通。不是太空船收不到訊號，就是太空船受命不准回應。」他把菸灰倒出來。

「你真的會離開這裡嗎？」

領事聳了下肩膀，他已經把前一天所穿的外交官禮服換下，換成一件粗羊毛套頭衫，配上灰色斜紋長褲和高筒靴。「把太空船召到這裡來，可以給我們、給妳離開的機會，我希望其他人也會考慮離開這裡。畢竟，瑪斯亭失蹤了，霍依特和卡薩德都走了……我不知道接下來該怎麼辦。」

一個低沉的聲音說道：「我們可以試著弄頓早飯。」

拉蜜亞轉身看見索爾由小路走來，蕾秋在學者胸前的嬰兒背袋裡，陽光在老人光禿的頭上閃亮。

「這個主意不壞，我們還有足夠的口糧嗎？」她說。

「夠吃一頓早飯了，上校額外帶來的口糧袋還可以讓我們再吃幾頓冷的食物包，然後我們就得吃谷歌蟲和我們彼此了。」溫朝博說。

領事勉強笑了笑，把菸斗收進套頭衫的口袋裡。「我建議在那之前我們先走回時光堡去，我們已經吃光了由貝納瑞斯帶來的冷凍乾糧，可是堡裡還有庫房。」

「我很樂於……」拉蜜亞開口說道，可是卻被由人面獅身像裡傳來的叫聲打斷。

她是第一個衝到人面獅身像的人，還沒進門就把自動手槍拿在手裡。走道很暗，他們睡覺的房間更黑，她花了一秒鐘才發現裡面沒有人。布瑯，拉蜜亞半蹲下來，將槍轉向黑暗而彎曲的走道，這時賽倫諾斯的叫聲又從看不到的地方傳來。「嗨！到這裡來！」

她回過頭去，看到領事由入口進來。

「在那裡等著！」拉蜜亞喝道，然後很快地沿著走道走去，始終貼靠在牆邊，手裡的槍向前伸著，能量充滿，保險打開。她在放置霍依特屍體的小房間門口停了下來，身子半蹲，舉著槍轉身走了進去。

蹲在屍體旁邊的馬汀．賽倫諾斯抬起頭來。他們用來蓋住教士遺體的塑性纖維布皺成一團，被賽倫諾斯掀起。他瞪了拉蜜亞一眼，毫無興趣地看了看那把槍，然後把目光移回那具屍體上。「妳相信有這種事嗎？」他輕輕地說。

拉蜜亞放下槍，走近前來。領事在他們背後張望。布瑯聽見索爾．溫朝博在走道裡，嬰兒在哭著。

「我的天啊！」布瑯．拉蜜亞說著，在雷納．霍依特神父的遺體旁邊蹲了下來。那位年輕教士愁容滿布的面孔變成了一張六十幾歲老人的臉：高高的額頭，貴族般長長的鼻子，薄薄的嘴唇，嘴角愉悅地上翹，高聳的顴骨，一頭灰髮下露出尖尖的耳朵，一對大眼睛的眼瞼蒼白而薄如羊皮紙。

領事蹲在他們旁邊。「我看過全像影片，這是保羅．杜黑神父。」

「看！」馬汀．賽諾倫斯說。他把布往下拉，停了下來，然後將屍體側翻過去。這個人的胸口有兩個小的十字形閃著粉紅微光，就和先前霍依特的情形一樣，可是背上卻什麼也沒有。

索爾站在門口，溫柔地搖動著蕾秋，低聲安慰著，讓她別哭。等到孩子哭聲停止後，他說：「我以為畢庫拉族要花三天才復活……」

馬汀．賽倫諾斯嘆了口氣。「畢庫拉族用十字形由死亡中復活已經有兩百多年了。也許第一次會容易一點。」

「他是不是……」拉蜜亞開口問道。

「活著？摸摸看。」賽倫諾斯抓住她的手。

那個人的胸口起伏極其微弱。觸摸之下，皮膚溫暖，在皮膚下的十字形有熱力傳來。拉蜜亞將手抽了回去。

六個鐘頭之前還是雷納．霍依特屍體的那具東西睜開了眼睛。

「杜黑神父嗎？」索爾說著走向前來。

那人轉過頭來，他眨著眼睛，彷彿微弱的光線有些刺眼，然後發出難以分辨的聲響。

「水。」領事說著，伸手到上衣口袋裡取出他攜帶的塑膠小水瓶。馬汀．賽倫諾斯扶著那人的頭，讓領事餵他喝水。

索爾走近前來，一膝跪倒，伸手去摸那個人的手臂，就連蕾秋的黑眼睛似乎也充滿好奇。索爾說：「要是你不能說話，眨兩次眼表示『是的』，一次表示『不是』。你是杜黑嗎？」

那個人把頭轉向學者。「是的，我是保羅．杜黑神父。」他輕輕地說道，他聲音低沉，語氣很有教養。

早餐包括最後的一點咖啡、一些以打開的加熱片烤熟的肉、一匙穀粒和以奶粉沖成的牛奶混煮在一起，再加上最後一條麵包所剩的最後一段，分成五塊。拉蜜亞覺得非常好吃。

他們坐在人面獅身像伸出的翅膀陰影邊緣，用一塊低矮平滑的礫石當桌子。太陽升向上午十時左右，天空中始終晴朗無雲，也沒有什麼聲音，只有叉子或湯匙偶爾碰出的響聲和他們輕聲的交談。

「你還記得……以前的事嗎？」索爾問道。那位教士穿的是領事多帶的一套登船裝，一件灰色連身衣褲，左胸還有霸聯標誌。那件制服有點嫌小。

杜黑兩手捧著咖啡，好像準備用來獻祭似的。他抬起頭來，兩眼滿盈著深邃的智慧和同等程度的哀傷。「我死前的事？」杜黑說。義大利貴族似的嘴唇笑了開來。「是的，我記得。我記得我的流亡，畢庫拉族……甚至記得特斯拉樹。」他垂下目光。

「霍依特跟我們說過那棵樹的事。」布瑯．拉蜜亞說。這位教士曾經把自己釘在火焰森林中一棵活的特斯拉樹上，忍受了好幾年的痛苦，死亡、復活，以及再次死亡，而不願讓自己在十字形的影響下輕易地活過來。

杜黑搖了搖頭。「我以為在那最後的幾秒鐘裡……以為我戰勝了那個東西。」

「沒錯，霍依特神父和其他人找到了你，你的確把那個東西趕出了你的身體，後來畢庫拉人把你的十字形植在雷納．霍依特身上。」領事說：。

杜黑點了點頭：「現在找不到那孩子了？」

馬汀．賽倫諾斯指著那個人的胸口。「顯然那他媽的東西沒法違抗質量不滅定律。霍依特的痛苦好強烈，拖了好久，他就是不肯回到那個東西要他去的地方，他始終就沒有能……你他媽的怎麼稱呼來著？雙重復活。」

「沒有影響，寄生在十字形裡的DNA有無窮的耐性。有需要的話，甚至能花好幾代來重建一個宿主。兩個寄生體遲早都會找到一個家。」杜黑說，他的笑容很悲傷。

「你還記得特斯拉樹以後的事嗎？」索爾不動聲色地問道。

杜黑喝著杯裡最後一點咖啡。「記得死亡？記得天堂或地獄？不記得，各位先生和這位女士。我希望我能說我記得。我記得疼痛……永恆的痛苦……然後是解脫。然後是黑暗。然後在這裡醒過來。你們說已經過了多少年了？」他真心地笑著。

「將近十二年，但對霍依特神父來說只有一半的時間。他花了很多時間在星際來往上。」領事說。

杜黑神父站起身來，伸展四肢，來回踱步。他是個高個子男人，很瘦，但看來很有力量，布瑯·拉蜜亞發現自己對他印象深刻，因為那種奇怪而難以解釋的領袖魅力，自有史以來總有人因此受苦或獲得力量。她必須提醒自己：第一，他是教士，而所屬的教會要求他們堅守獨身。第二，在一個鐘頭之前，他還是一具屍體。拉蜜亞看著那個老人來回地走著，動作像隻貓似地優雅而輕鬆。而她發現那兩點都是真的，卻無損於這個教士所散發出來的吸引力。她不知道那些男人是不是也感受到了。

杜黑坐在一塊礫石上，兩腿朝前直直伸著，用手揉著大腿，好像要消除抽筋的感覺。「你們跟我說過你們是什麼人……為什麼到這裡來，還能再多告訴我點什麼嗎？」他說。

幾個朝聖者彼此對望了一眼。

杜黑點了點頭。「你們認為我也是個怪物？是荊魔神的手下？就算你們這樣想，我也不怪你們。」

「我們並沒有這樣想。荊魔神不需要借他人之手來做它想做的事。再說，我們由霍依特神父談到你的故事和你的手記裡，已經知道你這個人。」布瑯·拉蜜亞說。她看了其他人一眼。「我們覺得……很難說清楚我們之所以到海柏利昂來的原因，不可能再重說一遍。」

「我在我的通訊記錄器上記下很多事，相當扼要，可是大概可以看得出我們的過去，以及霸聯這十年來的歷史，為什麼萬星網和驅逐者交戰，這一類的事。如果你想看，可以看一下，應該不會花到一個鐘頭的時間。」領事說。

「那太感激了。」杜黑神父說道，然後跟著領事回到人面獅身像裡去。

布瑯・拉蜜亞、索爾和賽倫諾斯走到山谷前端，由幾道不高的懸崖之間的鞍部，可以看到沙丘和不毛之地一直伸展到馬轡山脈的群山，在他們西南方不到十公里處。在他們右邊二、三公里外，沿著一條被沙漠逐漸吞蝕的山脈，已毀的詩人之城所留下來的破裂光球、尖塔和頹圮的廊柱清晰可見。

「我要走回時光堡去找些口糧來。」拉蜜亞說道。

「我不想讓我們這組人分開，我們可以一起回去。」索爾說。

馬汀・賽倫諾斯把兩手交叉在胸前。「應該要有人守在這裡，以防萬一上校回來。」

「在任何人離開之前，我想我們應該再搜索一下山谷裡其他的地方。領事今天早上沒有查過獨石巨碑以外的地方。」索爾說。

「我同意，我們快動手吧，以免來不及了。我希望能到時光堡取得補給品，在天黑之前趕回來。」拉蜜亞說。

他們往下走到人面獅身像，正好杜黑和領事走了出來。教士的一隻手裡拿著領事的通訊記錄器。拉蜜亞說明了搜尋計畫，兩個人都同意加入他們。

他們再次走過人面獅身像裡的一條條走道，手電筒和雷射筆所發出的光柱照亮了濕漉漉的石頭和怪異的角落。回到正午的陽光中之後，他們走到三百公尺外的玉塚。在他們進入前一天夜裡荊魔神現身的房間時，拉蜜亞發現自己在發抖。霍依特的血在綠色玉石的地上留下鐵鏽般棕色的漬印，卻看不見地下迷宮那透明開口的痕跡，也沒有荊魔神的蹤影。

方尖碑裡沒有房間，只有一個中央的豎坑，豎坑中有一道螺旋形的坡道，陡得讓人心驚，在烏黑的牆壁間盤旋向上。這裡連耳語也會有回音。這一小群人盡量減少交談。那裡沒有窗子，看不見外面，斜坡頂端離地大約五十公尺，他們手電筒的光只能照見頭頂弧形屋頂下的黑暗。過去兩個世紀以來為觀光客所安裝的繩索和鐵鍊，讓他們能再由斜坡下來而不用擔心會失足跌落、摔死在底下。他們停在入口處，馬汀．賽倫諾斯最後再叫了一次卡薩德的名字，回聲一直隨著他們傳到了外面的陽光中。

他們花了半個多鐘頭檢查水晶獨石巨碑附近的毀損情況。一潭潭的沙子變成了玻璃，方圓將近五到十公尺，在正午的陽光下閃著虹彩，把熱反射在他們臉上。獨石巨碑的面上破裂，現在滿布著洞，仍然垂吊著一條條熔化的水晶，看來好像一場瘋狂掃射的標靶，但每個人都知道卡薩德當時想必是在拚命。那裡沒有門，也沒有通往內部迷宮的入口，儀器偵測的結果顯示，裡面和以前一樣空無一物，也和外界毫無關聯。他們滿心不甘願地離開那裡，爬上陡峭的小路，到了北方峭壁的底部，幾個穴塚以彼此相隔不到一百公尺的距離排列著。

「早期的考古學家認為這些是最古老的時塚，因為十分粗陋。」他們在索爾的話聲中走進第一個洞穴，手電筒的光照見岩石上刻了上千個難以辨認的圖案。每個洞穴深不過三十或四十公尺，每個洞穴最後都是一面石牆，其後再沒有任何挖掘過或雷達影像測得的其他空間。

在由第三個穴塚出來之後，這一小組人坐在他們所能找到的一點蔭涼地方，分食了卡薩德多帶的戰地口糧裡的飲水和蛋白質餅乾。風大了起來，在他們頭頂上的岩石縫隙中穿過，發出如嘆息或低語聲。

「我們找不到他的，那操他媽的荊魔神把他抓去了。」馬汀·賽倫語斯說。

索爾正用最後幾包嬰兒食品裡的一包在餵蕾秋。儘管他們在外面行走時，索爾費盡心力替她遮擋，她的頭頂還是被太陽曬成了粉紅色。「如果其中有某部分在時相上和我們不同步，他很可能就與我們在同一座時塚裡。那是阿讓德茲的理論，他認為時塚是四度空間的結構，在時空上有極其複雜的轉折。」他說。

「了不起，所以就算費德曼·卡薩德在那裡，我們也看不到他。」拉蜜亞說。

「唉，讓我們至少把這件事做完吧，只剩一處了。」領事說著，疲倦地嘆了口氣，站起身來。

荊魔神廟在再往山谷裡一公里處，比其他時塚低些，被崖壁一道彎處遮擋。整個建築不大，比玉塚要小些，但是複雜的結構，像是飛簷、尖塔、拱壁，以及亂中有序的拱狀或弧狀支柱，使那裡看來比實際上大得多。

荊魔神廟裡是一間響著回音的內室，一塊不規則的地板，由數以千計彎曲連接的部分組成，使拉蜜亞想到某種成為化石的生物所有的肋骨和脊椎。十五公尺高的頂上，穹頂縱橫交錯著數十根鉻「刃」，每根都穿透牆壁和其他鋒刃，在整個建築上伸出來，如同一根根鋼刺，穹頂本身的建材有點蛋白色，讓下面的空間有一種濃郁、牛奶般的光澤。

拉蜜亞、賽倫諾斯、領事、溫朝博和杜黑全都開始呼喊著卡薩德的名字，他們的聲音一再回響，卻毫無回應。

「沒有卡薩德或海特．瑪斯亭的蹤影，也許這會成為模式。我們一個個失蹤，最後只剩下一個。」他們走出門時，領事說道。

「而最後會像荊魔神教傳奇中所說的，他或她的願望能實現嗎？」布瑯．拉蜜亞問道。她坐在往荊魔神廟的岩床上，短短的兩腿在空中盪著。

保羅．杜黑抬臉向天。「我不相信霍依特神父的願望是他死亡，好讓我再活過來。」

馬汀．賽倫諾斯瞇起眼睛來看著這位教士。「那你的願望會是什麼呢，神父？」

杜黑毫不遲疑說道：「我會希望……向上帝祈禱，把這兩個孿生的邪惡，戰爭和荊魔神，從人間永遠消除。」

沉默之中，午後的風聲聽來如嘆息和呻吟。「現在，我們一定得去弄點食物來，否則就要學會怎麼只靠空氣維生了。」布瑯．拉蜜亞說。

杜黑點了點頭。「你們為什麼只帶了那麼一點點糧食呢？」

馬汀．賽倫諾斯大笑起來，高聲吟誦：

　他不喝酒，也不喝淡啤酒羼黑啤酒，

不吃魚，也不吃雞或肉，
醬汁在他和米糠沒有兩樣，
對著豬群也不敬酒，
下流笑話不會引他發笑，
群芳之中也不見他拈花惹草。
這個朝聖者的靈魂只渴望小溪，
儘管偶爾也吃點紫羅蘭花瓣，
他的食物只有林中空氣。❶

杜黑微微一笑，顯然仍大惑不解。

「我們原先以為第一個晚上就能打勝仗或是送老命。我們並沒打算在這裡逗留很久。」領事說。

布瑯．拉蜜亞站起來，撣了撣褲子上的塵土。「我走了，如果那裡有野戰口糧或是我們看到的庫存糧食，我應該可以帶四、五天份的食物回來。」她說。

「我也去吧。」馬汀．賽倫諾斯說。

一片沉寂。在過去這一個禮拜裡，這位詩人和拉蜜亞總有十幾次差點拳腳相向，有一次她還威脅要殺了這男人。她看著他許久，最後說道：「好吧，我們先到人面獅身像去拿我們的背包和水。」

這一小群人又往山谷這頭走了回來，而西邊岩壁的影子開始漸漸拉長。

H

17

十二個小時之前，費德曼・卡薩德上校沿著螺旋梯走上水晶獨石巨碑剩下的最高一層。火焰由四周升起。從他把獨石巨碑水晶面上打爛的縫隙看出去，見到的是一片漆黑。風暴將血紅色的沙塵由裂縫中吹進來，使空中有如瀰漫著粉狀的鮮血，卡薩德戴上頭盔。

在他前面十步遠的地方，莫妮塔在等他。

她在那一襲能量緊身衣下全身赤裸，看來好似將水銀直接倒在她身上。卡薩德看到她酥胸和大腿的曲線反映出火光，火光照進她喉部和肚臍的凹洞裡。她的頸子很長，臉如鉻鋼雕成般那樣光滑，兩眼裡映照著一對一模一樣的修長身影，正是費德曼・卡薩德。

卡薩德舉起步槍，將功能鍵扳到火力全開。在他啟動的緊身盔甲裡，他的身體緊繃著準備攻擊。

---

❶ 此為約翰・濟慈詩作〈查爾斯・布朗的性格〉（Character of Charles Brown）中的第二段。此詩作於一八一九年四月。

莫妮塔揮了下手，她的緊身衣就由頭頂褪到了頸部。她現在十分脆弱。卡薩德對那張臉的每個細節都很清楚，甚至每個毛孔都熟悉，她的一頭棕髮剪短了，輕柔地垂在左邊，那對眼睛還和以前一樣，很大，滿是好奇，綠色眸子深處帶著吃驚的表情，有著豐厚下唇的小嘴仍然有點似笑非笑。他注意到她略帶疑問似挑高的眉毛，還有他不知吻過和輕聲細語過多少回的小巧雙耳。還有他將臉頰貼在那裡聽她心搏的柔軟喉頸。

卡薩德舉起了槍，朝她瞄準。

「你是誰？」她問道，她的聲音一如他記憶中的輕柔誘人，微帶著口音。

卡薩德手指扣著扳機，停了下來，他們做過幾十次愛，在他的夢境和虛擬戰場中他們的愛巢裡彼此相識了多年。可是如果她真的是在時光中倒退……

「我知道了，你就是痛苦之王應許的那個人。」她說，她的聲音十分平靜，顯然不知道他已經開始扣動扳機。

卡薩德大口喘著氣。等他開口時，他的聲音沙啞而忐忑。「妳不記得我了嗎？」

「不記得，可是痛苦之王答應給我一個戰士，我們命中注定會相見。」她歪著頭，疑惑地望著他。

「我們很早以前就見過了。」卡薩德勉強說道。那把槍自動瞄準了臉部，每一微秒的時間都在調整波長和頻率，直到確定可以穿透緊身衣的防護，另外再加上隨時可以發射的各式各樣雷射光和子彈。

「我沒有很早以前的記憶，我們在時間流裡是朝兩個不同的方向移動，在我的未來，你的過去裡，你知道我的名字是什麼？」她說。

「莫妮塔。」卡薩德屏氣說，希望他緊張的手和手指會扣下扳機開火。

她微微一笑，點了點頭。「莫妮塔，記憶之子。這種諷刺性很強。」

卡薩德記起了她的背叛，最後一次在摧毀了的詩人之城上方的沙地裡做愛時的改變。不知是她化成了荊魔神，還是讓荊魔神取代了她，總之愛的動作變成了一種猥褻。

卡薩德上校扣下了扳機。

莫妮塔眨了下眼睛。「那在這裡不管用的，在水晶獨石巨碑裡沒有作用。你為什麼想殺我？」

卡薩德怒吼一聲，將那無用的武器丟到一邊，將能量集中在他的護手上，衝了過去。

莫妮塔沒有閃避。她望著他衝過那十步的距離：他低著頭，他的緊身盔甲發出聲音，加以調整，而卡薩德一路嘶吼。她將兩臂放下，迎向攻擊。

卡薩德的速度和力量將莫妮塔撞倒，兩人翻滾在地，卡薩德想將戴了護手的手扼住她的脖子，莫妮塔則緊抓住他的兩隻手腕，他們一路滾到平臺邊緣。卡薩德翻身壓在她上面，想利用重力來增加他攻擊的力道，兩臂伸直，護手繃緊，手指彎曲準備痛下殺手。他的左腿懸在空中，距底下黑暗的地面有六十公尺。

「你為什麼想殺我？」莫妮塔低聲地說，然後將他翻向一邊，使兩人由平臺上跌落。

卡薩德嘶喊著，頭一甩，使夜視鏡落在定位。他們在空中翻滾，兩腿緊夾住對方的身體，卡薩德的兩手被她緊握住腕部而動彈不得。時間似乎變慢了，慢到他們以慢動作掉落，在卡薩德身上滑過的空氣有如一張毯子，慢慢滑過他臉上。然後時間加快，回歸正常：他們正墜下最後的十公尺。卡薩德大叫一聲，視控適當圖碼讓他的緊身盔甲變硬，然後是一陣可怕的撞擊。

費德曼·卡薩德由血紅的深處掙扎著升到意識的表面。知道在他們著地之後，只過了一兩秒鐘。他蹣跚起身，莫妮塔也緩緩站起，單膝跪著，注視著因他們墜落而碎裂了的磚地。

卡薩德將能量集中在腿上，使出全力踢向她的頭。

莫妮塔避開，抓住他的腿，用力一扭，把他推開，撞碎一塊三公尺見方的水晶，讓他摔進外面的沙地與黑暗中。莫妮塔摸了下脖子，臉上水銀流過，她跟著他走了出來。

卡薩德掀開他碎裂的夜視鏡，脫掉頭盔。風吹亂了他黑色的短髮，沙粒摩擦著他的臉頰。他先跪起，再站起來，緊身甲冑領部的警示燈閃著紅色，宣告最後的能量即將用完。卡薩德沒有理會警告，剩下的還足夠用幾秒鐘……關鍵也就在這幾秒鐘。

「不管在我的未來、你的過去裡發生了什麼事，改變的都不是我。我不是痛苦之王，他……」莫妮塔說。

卡薩德躍過他們之間三公尺的距離，落在莫妮塔的背後，將他右手上致命的護手以超音速揮了過來，使手掌豎直而利得有如刀刃。

莫妮塔既不閃避，也不阻擋，卡薩德的護手擊中她的頸肩，其力道足可砍斷一棵樹，或打穿半公尺厚的石頭。布列西亞之戰時，在首府柏克明斯特的徒手肉搏戰中，卡薩德殺死一名驅逐者上校，速度之快，他的護手從緊身甲冑、頭盔、個人力場、肌肉和骨頭，一路毫不停留地斬斷，那個人的頭顱眨眼對著自己的屍體看了二十秒鐘才完全死亡。

卡薩德一擊命中，卻止於那水銀緊身衣的表面，莫妮塔既沒有踉蹌，也沒有反應，卡薩德只覺得他甲冑的能量消失，同時手臂麻木，肩膀肌肉劇痛。他蹣跚後退，右臂失能地垂在身側，甲冑的能量如同傷者的血般流失。

「你沒有在聽人講話。」莫妮塔說。她走向前來，抓起卡薩德緊身甲冑的前胸，把他向玉塚的方向扔出二十公尺之外。

他重重摔落地上，因為能量流失，甲冑變硬時只吸收了一部分撞擊力。他的左臂護住了他的臉部和頸部，但甲冑隨即鎖死，他的手臂無用地彎曲在他身下。

莫妮塔躍過這二十公尺，蹲在他旁邊，一手將他舉在空中，另一隻手抓起他緊身甲冑的一部分，將甲冑從中扯開，扯斷了兩百層微纖維和歐米茄聚合料。她輕摑著他，幾近做作。卡薩德的頭被打得轉來轉去，幾乎失去意識。風沙擊打著他裸露的胸腹。

莫妮塔將緊身甲冑扯脫，扯爛了生物感應器和回饋裝置，她抓住他的兩條手臂，將這赤裸的男人高舉在空中，用力搖晃，卡薩德嚐到血的味道，眼前滿是游移的紅點。

「我們不一定要是敵人。」她溫柔地說。

「妳……向我開火。」

「是測試你的反應，不是要殺你。」她的嘴在水銀膜下動得很正常，她又摑了卡薩德一掌，他在空中摔了兩公尺遠，跌落在一座沙丘上，一路滾落到底下冰冷的沙地。空中充滿了百萬雪花、灰塵微粒旋轉的彩光。卡薩德翻了個身，奮力跪了起來，抓住移動沙丘上沙子的手指變成麻痺了的爪子。

「卡薩德。」莫妮塔輕聲喚著。

他翻身仰臥，等著。

她已經消去了緊身衣，她的肉體看來溫暖而脆弱，皮膚白得幾近透明。在她那對精緻完美的乳房上方，隱約可見細微青筋。她的腿看來健壯，修飾得很美，一雙大腿在與身軀相連處微分開。她的雙眼是深綠色的。

「你喜歡打仗，卡薩德。」莫妮塔低語著，將身子壓在他身上。

他掙扎著，想扭向一邊，伸起手來打她。莫妮塔只用一隻手，就把他的雙臂壓在他頭頂的地面上。她的胴體散發著熱，一面用她的乳房來回地滑過他的胸前，把自己的身子擠進他分開的兩腿之間，卡薩德感覺到她腹部的曲線貼靠在他肚子上。

他這才發現她在強暴他，他只要沒有反應，拒絕她就能抵抗她。但這樣沒有用。他們四周的空氣如水一般，風暴離他們很遙遠，懸在空中的沙塵就如微風不斷吹拂的一塊蕾絲窗簾。

莫妮塔在他上方來回地動著，貼靠著他。卡薩德能感受到自己的興奮，他抗拒著自己，抗拒著她，不停扭動，踢著、掙扎著想掙脫雙手。她比他力氣大多了。她用右膝把他的腿擠向一邊。她的乳尖像溫熱的小卵石般揉過他的胸口，她小腹和下體的溫熱則使他的肉體反應如花朵轉向陽光。

「不！」費德曼．卡薩德高聲叫道，但莫妮塔用嘴封住了他的嘴。她的左手仍然壓制住他的雙臂，右手卻伸到他們身體之間，找到了他，引導著他。

溫熱包裹住他，卡薩德咬了她的嘴唇，他的掙扎使他更貼近她，也更深入她的體內。他想讓自己放鬆，可是她的身子壓了下來，把他的背部壓進沙地裡。他回想起他們做愛的時候，戰火在他們情慾圍圈外燃燒，他們卻在彼此的溫存中找到理性。

卡薩德閉上了眼睛，脖子向前弓起，想讓如浪潮般襲來的那種愉悅的痛苦延長。他在嘴裡嚐到血的味道，但不知那是他的還是她的血。

一分鐘之後，他們兩個還在一起動著，卡薩德發現她放開了他的兩手。他毫不遲疑地將兩臂放下，彎過去，十指平壓著她的背。粗暴地將她壓向他，再將一手往上伸，以柔和的壓力按住她的後頸。

風又颳了起來，聲音也回來了，沙塵由沙丘邊緣像一圈圈小龍捲風似地吹來。卡薩德和莫妮塔在微曲的沙岸上往下滑了一些，在熱浪中一起翻滾到那個沒有黑夜、風暴、已被遺忘的戰事，以及其他一切，只剩當下那一刻和他們彼此的境界。

後來，他們一起穿過碎裂的美麗水晶獨石巨碑時，她以一根金尺碰了他一下，再用一枝藍色花托碰了他一下。他由碎裂的水晶中看到他的身影變成了一個水銀的人形，完美無缺到他男性性徵的細節和他瘦削胴體微露的肋骨都毫無遺漏。

——現在怎麼樣？卡薩德透過既不是心電感應也不是聲音的媒介問道。

——痛苦之王在等著。

——妳是他的僕人嗎？

——絕對不是，我是他的夥伴和復仇女神。是他的守護者。

——妳是和他一起從未來來到這裡的？

——不是，我是從我的時間給帶出來，和他一起在時光中倒回來。

——那之前妳是什麼人……

卡薩德的問話因為荊魔神的突然出現而中斷……不對，他想道，是突然存在，不是出現。那個怪物就和他所記得多年前第一次接觸時一模一樣。卡薩德注意到那個東西如鉻上鍍了水銀般的光滑，和他們自己身上的緊身衣非常相似，可是他很直覺地知道在那個外殼底下不只是肉和骨頭。那個怪物站在那裡，足足有三公尺高，四根手臂在那優雅的胴體上看來非常正常。而那個身體是一大堆刺、尖釘、接縫，還有一層又一層纏繞的剃刀鋼絲。以千隻複眼構成的雙眼發出灼熱的光，有如紅寶石雷射。長長的下巴和一排排的牙齒，更是噩夢中才有的東西。

卡薩德站穩了身子。如果那件緊身衣能讓他和先前的莫妮塔一樣有力量和活動力，他至少可以戰鬥到死。

根本沒有對抗的時間。前一瞬間痛苦之王還站在黑磚地上五公尺外，下一剎那卻已經到了卡薩德身邊，像有鋼刃的鉗子似地抓住了這位上校的上臂，割破了緊身衣的力場，使他臂上流出血來。

卡薩德繃緊身子，等著那一擊，也決心回手。即使那樣做會讓他自己碰上鋒刃、尖刺和剃刀鋼絲。

荊魔神舉起右手，一扇四公尺高的長方形力場門出現在面前，看來和傳送門相似，只不過發出紫色的光，而亮光充滿了獨石巨碑的內部。

莫妮塔向他點了點頭，走進門去。荊魔神也向前走，如利刃的手指只微微割進卡薩德的上臂。

卡薩德本想將手抽開，卻發現他內心的好奇強過想一戰至死的衝動，於是和荊魔神一起走進門去。

H

18

梅娜．葛萊史東首席執行官睡不著。她下了床，在執政院深處她那黑黑的住處很快地穿好衣服，然後做了她在睡不著時常做的事，到各個世界去漫遊。

她個人的傳送門脈動著出現。葛萊史東讓她的人類保鏢坐在外面的房間裡，只帶了一個微型遙控機器人，如果霸聯的法律和智核的規定許可，她會什麼也不帶，不過規定不可以。

目前在天崙五早已過了半夜，但是她知道有很多個世界現在還是白天，所以她披上一件長斗篷，戴上文藝復興時期的個人護頸，她的長褲和靴子使她性別和階級不明，雖然斗篷的質地可能顯出她的身分地位。

葛萊史東首席執行官走過那道只用一次的傳送門，並沒有真正看見或聽見，只是感覺到那微型遙控機器人跟在她後面，在她踏上平安星系新梵諦岡的聖彼得廣場時，漸漸有了高度和能見度。在那一秒鐘內，她不知道自己為什麼在她的植入晶片中鍵入這個目的地的代碼，是因為神之谷那場宴會席上有那位過氣蒙席的緣故嗎？但緊接著她就想起她躺在床上睡不著時，一直在想著那個朝聖團，想到三年前動身前往海柏利昂去面對他們宿命的七個人。平安星是雷納・霍依特神父的故鄉，也是他之前那位神父杜黑的家鄉。

葛萊史東在斗篷下聳了聳肩膀，穿過廣場。到那些朝聖者故鄉的世界來走走，和她去其他任何地方一樣好，她大部分睡不著的夜晚，都會去逛上幾個世界，總在天亮和第一場會議之前回到天崙五中心。至少這回會是七個世界。

這裡還很早，平安星的天空是黃色的，飄著一些綠色的雲。還有一種阿摩尼亞的味道，衝進她的鼻子，使她湧出淚水。那裡的空氣稀薄，有股化學的臭味，這是個既沒有完全地球化，也不是完全不適合人類居住的世界，葛萊史東停下來四下張望。

聖彼得大教堂在一座小山丘上，廣場由排成半圓形的柱子包圍，相接處是一座長方形的會堂。在右方，列柱開口處是一道梯階，往南方向下約一公里多，有一座小城清晰可見，低矮、粗陋的房舍建在有如白骨的樹林間，那些樹就像是早已死去的矮小生物的遺骨。

只看得見少少幾個人匆匆走過廣場或走下梯階，好像參加禮拜要遲到了似地。大教堂巨大圓頂下某個地方的鐘聲響了起來，但是稀薄的空氣讓鐘聲聽來毫無權威的感覺。

葛萊史東沿著列柱前行，低著頭，沒有理會那些教士和掃街清潔工人投來好奇的眼光。工人騎著一隻看來像半噸重豪豬的野獸，在萬星網裡還有幾十個像平安星這種邊緣世界，大部分在保護區和附近的邊疆星系，這些地方窮困得難以吸引大批移民，在聖遷的黑暗時期，又太像地球而讓人無法忽視。這裡很適合一小群人，像那些到這裡來希望重振信仰的天主教徒。葛萊史東知道當時他們人數有好幾百萬。現在最多只剩下幾萬人了。她閉上了眼睛，回想起保羅．杜黑神父的檔案影片。

葛萊史東很愛萬星網，她愛在那裡面的人類，他們的淺薄，自私和不能改變，這些都是人類的特性。葛萊史東愛萬星網，愛得足以明白她必須幫忙將之摧毀。

她回到那小小的三方傳送中繼站，以一個簡單的命令傳送到數據圈，召來了她私用的傳送連結，穿過之後進入了陽光和海洋的氣息中。

茂宜—聖約。葛萊史東很清楚自己身在何處。她站在首站市上方的小山丘上，西麗的墓仍在那裡，標示出將近一世紀前那場短暫叛變開端的地方。當時首站市還只是一個只有幾千人的村莊，每個慶典週都有長笛手在這裡歡迎成群往北到赤道群島餵食地去的移動島嶼。現在首站市已經伸展到全島視線難及之處，弧城和住宅大樓在四面八方聳立，高度近半公里，都高過了這座原先能看到茂宜—聖約這個海洋世界最佳美景的小山丘。

但是那座墳墓仍在。領事祖母的遺體卻不在那裡了，從來也沒有真正在那裡過，但是就像這個世界上那麼多象徵性的事物一樣，這個空的地穴卻引人崇拜，甚至敬畏有加。

葛萊史東由高塔之間望出去，視線越過舊的防波堤，那裡藍色的礁湖已然變成棕色，越過鑽油平臺和觀光客的遊船，望向大海開始的地方。現在已經沒有移動島嶼了。它們不再成群地在海洋上移動，在南風吹拂下起伏的樹帆，那些在白色的泡沫中破浪前進的牧島海豚都已不再。

那些小島現在都已由萬星網的人馴服豢養繁殖。海豚都死了，有些是在與霸軍交戰中被殺死，大部分是在無法解釋的南海集體自殺行動中身亡，這是這個神祕族類最後一件難解之謎。

葛萊史東在懸崖邊上一張矮矮長椅上坐了下來，找到一莖可以剝開來咬著的草。這個世界原本是個十萬人的家園，有著美好的生態平衡，在成為霸聯一員之後，怎麼會不到十年的時間，卻變成了四億人的遊樂園？

答案是：這個世界死了，或者是它的靈魂死了，哪怕生態圈是以另一種形式繼續運作。星球生態學家和地形專家盡量讓這裡存活，讓海洋不至於完全因為無可避免的垃圾、汙水和浮油而窒息，努力減輕或掩蓋噪音等等其他上千件因為繁榮而帶來的汙染問題。可是在不到一百年前，猶在童年的領事登上這座小山丘參加他祖母葬禮時所熟知的那個茂宜—聖約，卻已經永遠消失了。

一群使用霍金推進器的飛毯在頭上飛過，乘坐在上面的觀光客又笑又叫。在他們上方更高的地方，一大群電磁車暫時遮蔽了陽光。在那突來的陰影中，葛萊史東丟下了她手裡的草莖，將手臂擱放在兩膝上。她想到領事的背叛，她存心利用領事的背叛，把一切都賭在這個生長在茂宜—聖約的西麗後人，會在無可避免的海柏利昂之戰中加入驅逐者那一方。這不是她一個人的計畫，里．杭特在這長達數十年的計畫中也大有作用，以精巧的手段安排最適當的人選和驅逐者接觸，讓他的位置足以啟動驅逐者的機關，癱瘓海柏利昂的時潮，同時背叛兩方。

而他果然這樣做了。領事，一個和他妻子兒女一同為霸聯服務了四十年的人，最後終於像一顆埋藏了半世紀的炸彈般因復仇而爆發。

對這樣的背叛，葛萊史東並不覺得高興。領事出賣了他的靈魂，會付出可怕的代價，無論是在歷史上，或是在他自己心裡，但是他的背叛和葛萊史東準備進行的背叛難以抗衡。她身為霸聯首席執行官，是一千五百億人象徵性的領袖，她卻要為了拯救全人類而背叛他們所有的人。

她站起身來，感到自己的骨頭上了年紀，又有風濕，她緩緩地走向傳送站，在發出輕微嗡嗡聲的傳送門前停了一下，回頭再看了茂宜—聖約最後一眼，微風由海上吹來，但也吹來浮油和煉油廢氣的臭味。葛萊史東把臉轉開。

盧瑟斯星的重力壓在她披著斗篷的雙肩上有如鐵鐐銬一般。在街心廣場上正是交通尖峰時間，成千的通勤人員、購物者和觀光客在每一個能通行的樓層熙來攘往，各色人等擠滿了長達一公里的電動扶梯，空氣中充滿了呼出來的氣息和封閉系統的油與臭氧的氣味混在一起。葛萊史東避開了昂貴的購物層，取道一條自動人行道前往十公里外的荊魔神廟去。

在寬大的階梯底部外有警方的禁制區亮著紫色和綠色的光，廟本身用木板釘起，黑暗一片，面對街心廣場的很多扇高而窄的髒汙玻璃窗都打破了。葛萊史東回想起有關幾個月前發生暴動的報告，知道主教和他的手下都已經逃走了。

她走近禁制區，視線穿過浮動的紫色光幕看著那道階梯，布瑯·拉蜜亞就是在這裡把她垂死的委託人和愛人，那原先的濟慈模控人，帶來給等著的荊魔神教士。葛萊史東和布瑯的父親很熟，他們早年一起在參議院共事。拜倫·拉蜜亞是個很聰明的人。以前，早在布瑯的母親從自由洲落後地區偏僻省分進入社交圈的許久之前，葛萊史東還曾經一度考慮過嫁給他。而在他死後，葛萊史東的一部分青春歲月也隨著他埋葬了。拜倫·拉蜜亞始終著迷於智核，一心想負起將人類由五世紀和一千光年以來AI的桎梏下解救出來的任務，讓葛萊史東認識這個危機的，正是布瑯·拉蜜亞的父親，也因此使她決定作出人類歷史上最可怕的背叛行為。

也就是因為拜倫·拉蜜亞參議員的「自殺」，讓她這幾十年來訓練得十分謹慎。葛萊史東無法確定，究竟是智核的特工人員策畫了那位參議員之死，還是霸聯統治階級為了保護他們自己廣大利益的手段，但她十分清楚拜倫·拉蜜亞絕對不會自殺，絕不會這樣丟下他無助的妻子和倔強的女兒。拉蜜亞參議員在參議院所提的最後一個法案，是共同提出將海柏利昂列為保護區，這提案原本可以把那個世界提前標準時間二十年納入萬星網裡。在他死後，還存活的共同提案人，也就是新近有了影響力的梅娜．葛萊史東撤銷了提案。

葛萊史東找到一處下落豎坑，向下經過了購物層和住宅層，工業層和服務層，廢棄物及反應爐所在的樓層。她的通訊記錄器和下落豎坑中的擴音器都開始警告她說，她正在進入未經准許而不安全的區域，超過了蜂巢的最底層。豎坑的控制程式想止住她下降，她運用特權取消指令，消除警告的聲音，繼續下降，經過沒有了隔板和燈光的樓層，穿過一堆糾結如義大利麵似的線路，經過加熱和冷卻的輸送管，還有裸露的岩石，最後她終於停止。

葛萊史東走進一條走道，那裡的光源只有遠處的光球和油性螢光顏料的塗鴉。水由天花板和牆壁上千處裂縫滴落，聚成有毒的水潭。水蒸汽由牆上縫隙飄出，很可能隔壁是另外一條走道，或是私人房間，也可能只是一個個的洞。遠處傳來金屬切割金屬的超音波尖厲聲音，近一點的地方，傳來虛無音樂的電子尖嘯。某處有個男人在尖叫，一個女人在大笑，她的聲音在豎坑和管道間迴盪，還有槍聲。

廢渣蜂巢。葛萊史東來到了一處洞穴走道交會的地方，停下來四下看看，她的微型遙控機器人垂下來，繞行在她附近，像一隻憤怒的昆蟲般纏繞不去。它正在呼叫保安支援，只不過葛萊史東堅持以更高的指令使它的呼叫無人聽見。

廢渣蜂巢。這裡就是布瑯．拉蜜亞和她那模控人情人在企圖去荊魔神廟前最後幾個小時的藏身之所。這裡是萬星網無數最脆弱的地方之一，這些地方的黑市能提供的東西包羅萬象，從逆時針到霸軍級的武器，非法的生化人到私造的波森延壽藥品，可以讓人年輕二十歲，卻也可能讓人送命。葛萊史東轉向右邊，沿著一條最黑的走道走下去。

有隻大小像老鼠、卻有好多條腿的東西竄進了一個破了的通風管，葛萊史東聞到了汗水、汗水、使用過度的基準面板的臭氧、手槍火藥的甜香味、嘔吐物等等的氣味，還有低度外激素化為毒素的惡臭。她走過那些走道，想著即將來臨的那幾個禮拜、幾個月，還有這些世界因為她的決定、她的偏執而付出的可怕代價。

五個讓地下的生物創作家弄得更像野獸不像人的年輕人，走進葛萊史東前面的走道。她停了下來。微型遙控機器人落在她前面，去除了偽裝。她前面的那幾個傢伙大笑起來，因為他們只看見一個像胡蜂大小的機器人在空中上下和衝來衝去。很可能是因為他們在生物改造方面進行得太過分，連這種機器都不認識了。其中兩個人打開了彈簧刀，另外一個伸出十公分長的鋼爪。還有一個則亮出一把有轉輪彈倉的槍。

葛萊史東並不想打架，雖然這些廢渣蜂巢的小混混不知道，她卻曉得那微型遙控機器人能保護她，不受這五個傢伙再加上一百個的攻擊。可是，她不希望只是因為她選了廢渣蜂巢作她的散步場所就害人送命。

「走開。」她說。

那幾個年輕人瞪著她，有黃色的眼睛，也有鼓突的黑色眼睛，有的是上眼皮很厚的細縫眼，也有像攝影鏡頭的大眼。他們散開成半圓形，一起向她走了兩步。

梅娜．葛萊史東挺直了身子，將斗篷拉得貼緊身上，取下大領子，讓他們可以看到她的眼睛。

「走開。」她又說了一遍。

那幾個年輕人猶豫不決。羽毛和鱗片在看不見的微風中抖動。其中有兩個的觸鬚顫戰，成千上萬小型感應毛髮悸動起來。他們退了開去，走得和來時一樣迅速而悄無聲息。瞬間之後，只剩下滴水聲和遠處傳來的笑聲。

葛萊史東搖了搖頭，召來她私人使用的傳送門，走了進去。

索爾．溫朝博和他的女兒來自巴納德星。葛萊史東傳送到他們故鄉克勞伏鎮的一個小站。當時已近黃昏，低矮的白色房舍前面有著修剪整齊的草坪，反映出加拿大共和國式的趣味和農家的務實精神，所有的樹都很高大，枝繁葉茂，極端忠於元地球的遺傳。葛萊史東避開在萬星網其他地方工作了一天後匆忙趕著回家的人潮，發現自己走在一條鋪磚的路上，經過建造在一處橢圓形草坪四周的磚造房子。在她左邊，可以看到一排房舍外的農田，可能是玉米的高大綠色植物，成排密密地種植著，一直延伸到還有一抹夕照的遙遠天邊。

葛萊史東在這個校園中走過，一面猜測這是不是溫朝博以前任教的大學，但還不至於好奇到去數據圈確認，在枝葉的天篷下，瓦斯燈自動亮起，在枝葉的縫隙間已經可以看到一些星星，開始出現在由藍色轉為琥珀色，又再變成黑色的天空中。

葛萊史東曾經讀過溫朝博的著作：《亞伯拉罕的困境》，他在書中分析在要求將兒子獻祭的神和應允犧牲親子的人之間的關係。溫朝博認為舊約聖經中耶和華不只是試驗亞伯拉罕，而是以人類當時在這種關係裡對忠誠、服從、犧牲與命令等所了解的唯一語言溝通。溫朝博也表示，新約聖經裡的訊息是這種關係一個新階段的預言。在新的階段裡，人不再為任何原因、為任何一個神犧牲自己的子女，但是為人父母的，卻會犧牲他們自己，無論哪個族類都一樣。就如二十世紀的納粹屠殺猶太人，後來的接管時期、三方戰爭、動亂的幾個世紀，說不定還要包括二〇三八年的大錯誤在內。

最後，溫朝博談到拒絕所有的犧牲，除了彼此尊重和彼此真誠地相互了解，拒絕任何和神之間的其他關係。他寫到上帝複雜的消亡，以及現在人類既已建造了他們自己的神，而且放諸宇宙之中，則神性的復甦就有其必要了。

葛萊史東越過一道造型優美的石牆，小橋下是一道隱沒在陰影中，只能由暗夜中的水聲才知其所在的小溪，柔和的黃光照在手工砌石的欄杆上，在校園外的某處，有隻狗在吠叫，又被喝止。一棟老房子的三樓亮著燈，那棟房子是很粗糙的磚造房屋，想必是聖遷時期之前的建築了。

葛萊史東想到索爾．溫朝博和他的妻子莎瑞，還有他們那美麗的二十多歲女兒，剛從海柏利昂進行為期一年的考古工作後回來，沒有任何研究發現，只有荊魔神的詛咒，梅林症。索爾和莎瑞眼睜睜地看著那個年輕女子的年齡倒退回孩童，又由孩童退為嬰兒。然後，在莎瑞去拜訪她姐姐時，死於一場毫無道理的愚蠢車禍之後，只剩下索爾獨自面對。

蕾秋·溫朝博，她的第一個，也是最後一個生日，在還不足標準時間的三天裡就要到了。

葛萊史東用拳頭打著石牆，召來她的傳送門，去到另一個地方。

在火星上是正午時分。塔西思貧民窟已經存在六百多年了。頭上的天空是粉紅色的，對葛萊史東來說，這裡的空氣太稀薄，也太冷，即使圍緊了身上的斗篷也一樣，而且到處都是飛揚的塵土。她走在再安置城裡狹窄的巷弄和走道，始終找不到一處除了下一堆簡陋房屋和滴著水的過濾塔之外，還可以看到什麼的空地。

這裡以前有幾家工廠，綠地的大森林不是砍下來當柴火，就是死了，被紅色沙丘掩沒。在一條條二十代人的光腳踩得硬如石頭的小徑之間，只有極少數用來私釀白蘭地酒的仙人掌和散在各處一堆堆的寄生蛛苔。

葛萊史東找到一塊矮岩石，就坐下來休息，低下頭來按摩她的膝蓋。幾群除了幾條破布和吊吊掛掛的鉤子外，赤身露體的孩子圍住她討錢，見她沒有反應，又吱吱咯咯笑著跑開。

烈日高掛，奧林帕斯山和費德曼·卡薩德的霸軍軍校那嚴正的美，由這裡都看不見。葛萊史東四下環顧。這就是那個傲慢男人的故鄉，這裡就是他在受制於軍方的命令、理性與榮譽之前，和其他年輕孩子們一起奔跑的地方。

葛萊史東找了個隱蔽的地方，走進傳送門。

神之谷的狀況始終如一，瀰漫著一萬億棵樹的味道，除了葉子的窸窣和風聲之外，一切都寂靜無聲。帶著中間色調粉蠟筆顏色的拂曉晨曦照亮了這個世界的屋頂，如海般的樹梢映著初現的天光，每片葉子都在輕風下抖動，閃著露水和晨雨的水珠，微風吹拂，把雨和潮濕植物的氣味吹送給站在高高平臺上的葛萊史東，半公里下的這個世界仍然沉在睡夢和黑夜中。

一個聖堂武士走向前來，在葛萊史東揮手之下看到她代表身分的手鍊閃動，就退了開去，那個高大、裹著袍子的身影隱回那由枝葉和藤蔓組成的迷宮裡。

聖堂武士是葛萊史東所玩的遊戲中最巧妙的變數之一。他們肯犧牲他們的樹船「世界之樹號」，是件非常特別、令人意想不到、難以解釋又讓人擔心的事。在即將來臨的戰爭中，她可能的盟友再沒有比聖堂武士更為必要，也更莫測高深的了。全心全力奉獻給生命和謬爾先知的樹木兄弟會，是萬星網中一股雖小卻不容忽視的勢力，在這樣一個尋求自我毀滅和浪費、卻又不肯承認這種放縱心理的社會裡，是生態環境意識的象徵。

海特．瑪斯亭到哪裡去了？他為什麼把莫比烏斯方塊留給其他的朝聖者呢？

葛萊史東望著太陽升起。空中飛滿了漩渦星大屠殺中救下來的氣球蟲遺孤，牠們各種顏色的身子飄向天上，就像那麼多的葡萄牙僧帽水母。輻射蜘蛛伸展開薄膜狀的太陽翼來收集陽光。一群烏鴉衝破覆蓋，飛向天上，牠們的叫聲正對應出柔和微風和由西邊向葛萊史東而來的雨聲。葉上不停的雨滴聲使她想起自己在帕塔法三角洲的老家，那時的百日雨季，讓她和她的兄弟們到外面的羊齒植物叢裡去抓蟾鳥和西班牙苔蛇，放在玻璃瓶裡帶去學校。

葛萊史東第十萬次想到還有時間來中止那件事。目前全力開戰還不是不可避免的事，驅逐者到現在為止還沒有發動讓霸聯無法忽視的攻擊。荊魔神還沒有釋放，目前還沒有。

如果要拯救千億人的性命，她只需要回到參議院去，揭露這三十年來的欺騙與虛偽的真相，說出她的恐懼與不確知的結果……

不行，這一定要按照計畫進行到超出原定計畫，進入不可預知的境界，進入混沌的狂流中，即使是能預見一切的智核也盲目的地方。

葛萊史東走過這個聖堂武士樹城的各個平臺、高塔、斜坡和吊橋。由十幾個世界來或由生物創作家製作出來棲息在樹上的生物對她叫著，然後逃躲，優雅地抓住離地三百公尺的細藤盪開。在一些禁止遊客和有特權訪客進入的地方，葛萊史東聞到薰香的氣味，也清楚聽到聖堂武士晨禱儀式中如葛利果聖歌似的念經聲音。在她身下，較低的那幾層活動起來，短暫的陣雨過去了。葛萊史東回到較高的幾層，欣賞著美景，走過一道六十公尺長的木製吊橋，讓她由原先所在的那棵樹到了更大的一棵樹上，那裡有六、七個大型的熱氣球，那是聖堂武士唯一准許在神之谷使用的空中交通工具，熱氣球斜斜地吊著，似乎等不及想要離開，讓乘客乘坐的吊籃像沉重的棕色巨蛋似地晃動著，這些熱氣球都很可愛地染成各種活物的顏色，像是氣球蟲、大王蝶、湯姆斯鷹、輻射蜘蛛、蒼蠅、現在已經絕種了的李蟠、天魷、月蛾、在傳奇中多采多姿到始終沒有復育或由生物創作家製作出來的老鷹等等，以及很多其他的物種。

如果我繼續下去，這些都會遭到毀滅，一定會毀滅。

葛萊史東站在一個圓形平臺的邊緣，緊抓住欄杆，使她雙手上的老人斑因皮膚突然變得蒼白而凸顯出來。她想到她所讀過的舊書，那些聖遷時期之前，在有太空旅行之前，歐洲大陸一些新興國家把黑人，也就是非洲人，從他們的故鄉運到西方的殖民地去當奴隸。這些被鐵鍊和鐐銬鎖住、赤身裸體蜷伏在奴隸船艙底的奴隸會不會……會不會反抗？如果那樣會毀了那艘奴隸船艦的美，或是毀了歐洲，那些奴隸是不是會因此不去反抗、打倒抓他們的人呢？

可是他們還有非洲可以回去。

梅娜．葛萊史東發出既像呻吟又像哭泣的聲音。她轉身背對那燦爛的日出，背對那些迎接新的一天到來的晨禱聲，背對那些氣球飄升到初亮天際的美景，她走了下去，走到較暗的地方，召來傳送門。

她不能去最後一個朝聖者馬汀．賽倫諾斯的家鄉。賽倫諾斯的年紀只有一百五十歲，有一半因為波森延壽療程而發藍，他的細胞還記得那十幾次漫長的冷凍神遊的嚴寒和更冷的冰凍過程，可是他的生命已經跨過了四百多年。他是在元地球毀滅之前不久在那裡出生的，他的母親是最高貴的名門之後，他年輕時過的是由頹廢與優雅、美與腐化的甜美氣息混合在一起的生活，他的母親留在垂死的地球上，而他則被送入太空，好能償還家族的債務，即使那意味著，而事實也的確如此，他必須在萬星網一個最可怕的落後世界，從事多年出賣勞力的奴工工作。

葛萊史東不能去元地球，所以她去了天堂之門。

墨德弗來是那裡的首都，葛萊史東走過那裡一條條的石子路，欣賞著那些伸到窄窄石槽運河上方的寬大老房子。那些運河縱橫交錯，直通後面的人造山底，看來有如一幅埃薛爾的畫作。漂亮的樹木和更高大的馬尾蕨長在山丘頂上，排列在寬廣的白色大道兩旁，一直到弧形的白沙灘後，才消失在視界之外。懶洋洋的潮浪帶來紫色的浪花，先變化出近十種顏色，然後才消失在完美的海灘上。

葛萊史東在一個能俯瞰墨德弗來散步場的公園裡停了下來，公園裡有十來對情侶和仔細打扮的遊客，正在煤氣燈和樹蔭下呼吸著夜晚的空氣。她想像著三個世紀前，天堂之門還是個野蠻的保護區世界，還沒有完全地球化時的樣子，那時候年輕的馬汀．賽倫諾斯還受著文化隔離之苦，還有他的財產盡失，又因長期冬眠造成腦部受損，正在這裡當奴工。

在當年，大氣製造站只能供應幾百平方公里有可呼吸的空氣而勉強生存的地方。大海嘯以同樣的冷漠捲走了城市、土地復收計畫和工人。像賽倫諾斯那樣的奴工挖開酸性的運河，從爛泥底下如迷宮般的輸氣管中刮下換氣用的細菌，還有洪水之後沉積爛泥下的廢墟和死屍。

我們的確有些成績，葛萊史東想道，雖然智核強加給我們惰性，雖然科學瀕臨死亡，雖然我們沉迷在我們創造出來的東西所給予我們的玩具。

她覺得很不滿意，在她這次到各個世界散步之前，她本想造訪每個去海柏利昂朝聖者的家鄉，儘管她明知這種作法的意義多麼微不足道。天堂之門是賽倫諾斯在腦部暫時受損、喪失了語文能力的情況下學習寫詩的地方，但這裡不是他的家鄉。

葛萊史東沒有理會由散步場的音樂會傳來的悅耳音樂，沒有理會在頭上像候鳥般飛過的電磁車，沒有理會令人愉悅的空氣和柔和的燈光，召來她的傳送門，命令將她傳送到元地球的衛星：月球。

她的通訊記錄器沒有執行她的指令，反而警告她到那裡去會有危險，她拒絕理會。她的微型遙控機器人發出嗡嗡聲現身，在她的植入晶片中以細小的聲音建議說，首席執行官到那樣一個情況不穩定的地方去不是個好主意。她讓它閉嘴。

傳送門本身也開始反對她的選擇，最後她使用了她的萬用卡以手動方式修改程式。

傳送門顫動著出現，葛萊史東走了進去。

元地球的月球上唯一還能居住的地方，就是保留給霸軍行馬薩達儀式的山地和稱為「海」的陰暗區，葛萊史東就是在這裡走出了傳送門。閱兵臺和操練場上空無一人，十級控制力場使星星和遠方的邊牆朦朧不清，但是葛萊史東仍然能看見由可怕的重力潮所產生的內部熱量將遠方的山脈熔化，流成新的岩石之海。

她走過一片灰色沙地，感受到很輕的重力，讓人想要飛起來。她想像自己是一個聖堂武士的氣球，輕輕地繫住，但急欲飛走。她強忍住跳躍的衝動，沒有大步跨出，但她的步伐輕盈，灰塵在她腳後飛舞起來。

在控制力場罩下的空氣非常稀薄。儘管斗篷有加熱作用，葛萊史東卻還是冷得發抖。她在那一無所有的平原上站了很長一段時間，試著想像就在這個月球上，人類從搖籃裡經過漫長的蹣跚搖晃，跨出了第一步，但是霸軍的閱兵臺和放設備的小屋分散了她的注意，讓她的想像無法成形，最後她抬起眼來看她真正要來看的東西。

元地球懸在漆黑的天上。但那當然不是元地球，只是一個悸動的大圓盤和以前曾經是地球的那一團球狀的殘骸，那個東西很亮，比即使是在最難得清朗的夜裡由帕塔法所看到的任何一顆星星都亮得多，但是那種明亮卻很奇怪地讓人覺得很不祥，也在泥灰色的地上照出一層病態的光。

葛萊史東呆站著瞪大了眼睛。她從來沒有來過這裡，也從來沒有逼自己來過。現在她既然已經到了這裡，就拚命地想要感覺一些東西、聽到一些東西，好像有什麼警告或靈感，甚至於只是一些弔慰的聲音會傳到她這裡來。

她什麼也沒聽到。

她在那裡又站了幾分鐘，沒有想什麼，只感到她的耳朵和鼻子開始凍了起來，這才決定動身回去，天崙五已經快天亮了。

葛萊史東啟動了傳送門，正四下再看最後一眼時，另一扇傳送門在離她不到十公尺的地方抖動著出現。她停了下來。在萬星網裡能獨自到月球來的人不超過五個。

微型遙控機器人嗡嗡響著，垂降下來，飄浮在她和那個由傳送門裡出來的人之間。

走出來的是里．杭特，四下看了一眼，冷得發抖，然後很快地向她走來，他的聲音很細，在稀薄的空氣中聽來幾乎可笑得像童音。

「首席執行官，妳必須馬上回去，驅逐者在一次驚人的反攻中成功地突破了防線。」

葛萊史東嘆了口氣，她早知道這會是下一步。「好吧，海柏利昂淪陷了嗎？我們能不能把我們的軍隊從那裡撤出來？」她說。

杭特搖了搖頭。他的嘴唇幾乎凍得發紫。「妳不明白，不單是海柏利昂，驅逐者在十幾個點發動攻擊。他們在侵入萬星網！」她助理細細的聲音傳來。

梅娜．葛萊史東突然感到麻木，冷到了骨子裡，但不是因為月球的寒冷，而是由於震驚。她點了點頭，將身上的斗篷圍得更緊了些，走進傳送門，回到一個從此再不會和以前一樣的世界。

🄷 19

他們聚集在時塚谷的一頭，布瑯．拉蜜亞和馬汀．賽倫諾斯竭盡所能地背著許多背包和袋子，索爾．溫朝博、領事和杜黑神父像長者似地默默站著。午後的第一道影子已經開始在谷裡向東方伸展，如黑暗的手指般伸向發著微光的時塚。

「我還是不敢確定，像這樣分開來到底是不是一個好主意。」領事摸著下巴說，天氣很熱，汗水聚在他滿是鬍渣的臉上，流下他的脖子。

拉蜜亞聳了下肩膀。「我們都知道我們每個人都會單獨面對荊魔神。那就算分開幾個鐘頭又有什麼關係呢？我們需要食物，如果你們願意，你們三個也可以一起來。」

領事和索爾看了看杜黑神父，那位教士顯然筋疲力竭，搜尋卡薩德的行動已經把他經過復活煎熬後所剩下的一點體力都消耗殆盡。

「應該有人守在這裡，以防萬一上校回來。」索爾說。那嬰兒在他懷裡看來非常小。

拉蜜亞點頭表示同意。她把背帶背在肩膀和脖子上。「好吧，到時光堡去大概會花兩個鐘頭，回來要更久一點。估計在那裡裝吃的東西要花到一個鐘頭，這樣我們還能在天黑之前回來，大概是接近晚餐的時候。」

領事和杜黑都和賽倫諾斯握了握手。索爾伸出兩臂來抱著布瑯，輕輕說道：「安全地回來。」她碰了下那男人滿是鬍子的臉頰，摸了摸嬰兒的頭，轉過身去，快步走出山谷。

「嗨，妳他媽的等等我，讓我好趕上。」馬汀．賽倫諾斯叫道，水罐和水瓶隨著他跑動而乒乓亂響起來。

他們一起走出了兩道懸崖中間的鞍部地段。賽倫諾斯回頭看了一眼，看到那三個人的身影已經因為距離的關係而變小了。在人面獅身像附近的礫石和沙丘之間，像三根彩色的小棍子。「事情並不如計畫的那樣，對吧？」他說。

「我不知道，原來是怎麼計畫的？」拉蜜亞說。她為了走遠路而換上短褲，那雙短而有力的腿上因汗水而隱隱發光。

「我的計畫是完成這個宇宙中最偉大的詩篇，然後回家，他媽的，我只希望我們帶了足夠的水，讓我們能撐下去。」賽倫諾斯說，他喝了口最後一瓶裡的水。

「我根本沒什麼計畫。」拉蜜亞說，半是自言自語，短短的鬈髮混著汗水，貼在她粗大的頸子上。

馬汀．賽倫諾斯冷笑一聲。「妳之所以會到這裡來，還不是因為妳那個模控人情人……」

「委託人。」她沒好氣地說。

「隨便啦，就是那個約翰．濟慈的人格認為我們到這裡來是件很重要的事，所以現在妳已經把他帶著這麼久了。妳還帶著那個史隆迴路，不是嗎？」

拉蜜亞茫然地摸了下在她左耳後方那小小的神經分流器。有一層薄薄的滲透聚合膜將沙與塵土阻隔在那小如毛囊的連接器外。「是的。」

賽倫諾斯又大笑起來。「如果沒有數據圈與之互動，那有什麼屁用呢，小子？根本就和妳把那個濟慈人格留在盧瑟斯或其他地方沒有兩樣。我說，妳自己就能連上那個人格嗎？」詩人停了一下，調整好背帶和背包。

拉蜜亞想到她前一晚的夢境，其中的人感覺像是強尼，可是那些都是萬星網上的影像。是回憶嗎？「不能，我自己沒法和史隆迴路連接，那上面載有的資料比一百個植入晶片能處理的都要多，現在你何不閉上嘴巴，好好走路？」她說。她邁開步伐，留下他站在原地。

天空萬里無雲，一碧如洗，略帶些不同層次的天青色。前面的礫石地朝西南一路延伸到那片沙丘環繞的瘠地邊。兩個人默不作聲地走了三十分鐘，相距五公尺，各懷心事，海柏利昂小而明亮的太陽懸在他們右方。

「這邊的沙丘坡度比較陡。」在他們爬上一座沙丘，又由另外一邊滑下去時，拉蜜亞說。地面很燙，而她的鞋裡已經滿是沙子。

賽倫諾斯點了點頭，停了下來，用一方絲手帕抹了把臉。他那頂邋遢的紫色貝雷帽斜蓋著他的額頭和左耳，但沒有遮蔭的作用。「也許走北邊的高地方便些。靠近那座死城。」

布瑯．拉蜜亞用手遮在眼上朝那方向看。「走那條路我們至少損失半個鐘頭。」

「走這條路的話，我們會損失更多時間。」賽倫諾斯坐在沙丘上，由水瓶中喝了點水。他脫下斗篷，摺起來塞進最大的背包裡。

「你那裡面裝了些什麼？那個背包看起來滿滿的。」拉蜜亞問道。

「不關妳他媽的屁事，女人。」

拉蜜亞搖了搖頭，揉揉臉頰，感到那裡曬傷的地方。她不習慣這麼多天曝曬在陽光下，而海柏利昂的大氣又擋不了什麼紫外線。她在口袋裡摸到那管防曬乳膏，塗了些在臉上。「好吧，我們先繞到那邊。沿著山脊走過最糟的那些沙丘，再折回來，走一直線往時光堡去。」她說。山巒始終在地平線上，似乎一點也沒有接近。積了雪的山頂像在用清涼的微風和新鮮的水來誘惑她。時塚谷在山後看不見的地方，視野被沙丘和礫石地阻斷。

拉蜜亞挪了下她的幾個背包，轉向右方，半滑半走下那鬆裂的沙丘。

等他們由沙地裡走出來，到了山脊長著低矮金夜花和針草叢中時，馬汀·賽倫諾斯的兩眼緊盯著詩人之城的廢墟。拉蜜亞轉向左方繞過那裡，避開了一切，只走在半埋在土裡的環城公路上，其餘的路都往外通到瘠地，最後消失在沙丘之下。

賽倫諾斯越來越落後，最後他停下腳步，坐在一根傾倒的柱子上，那裡原先是一道傳送門，每晚在田地裡工作完畢的生化人勞工都在這裡排隊傳送。那些田地現在也沒有了，原有的溝渠、運河和公路現在只剩一些落石、沙中的凹陷，或是四周堆積著沙的樹樁，那些樹原先都長在水道或小徑邊。

馬汀·賽倫諾斯瞪著廢墟，用他的貝雷帽抹了下臉，那座城仍然是白的，白得像由移動的沙下出現的枯骨，白得像土黃色骷髏頭裡的牙齒。由他坐著的地方看去，賽倫諾斯看到很多建築物還和他在一個半世紀前，最後一次看到時一模一樣。詩人圓形露天劇場半坍塌了，卻氣勢堂堂地立在廢墟之中，一座白色、像另一個世界來的羅馬圓形露天劇場，長滿了沙漠中的蔓草和繁茂的攀藤。那座巨大的圓形劇場頂上就是天，樓座都碎裂了，不是因為年代久遠的關係，賽倫諾斯知道，而是在整個城撤空之後的幾十年間，哀王比利手下那些無用的安全人員以火箭、槍矛和炸藥造成的結果。他們想殺死荊魔神。他們想用死光在巨妖到草堂裡排泄穢物之後殺掉它。

馬汀．賽倫諾斯輕笑出聲，俯身向前，突然因為酷熱和疲倦而感到頭暈。

賽倫諾斯能看到食堂的圓頂，他曾在那裡進餐，起先是和數以百計的藝術界同志一起，後來在比利撤離轉往濟慈市後，剩下少數幾個因為各有難以理解也未顯露的原因而留下來的人，分開坐著默默進食，然後只剩他一個人，真正孤單的一個人。有次他失手掉了個杯子，回聲在畫有藤蔓的穹窿下迴盪了足足有半分鐘之久。

獨自和地底人❷在一起，賽倫諾斯想道，但最後作伴的連地底人也沒有，只有我的繆思女神。

一陣爆炸聲音突然響起，原為哀王比利皇宮的那堆傾倒塔樓某處壁龕裡，十幾隻白鴿衝了出來，賽倫諾斯望著牠們在過熱的天空中盤旋飛翔，為牠們能在這荒涼的邊緣地帶存活數百年而驚嘆不已。

連我都可以做到，牠們為什麼不行呢？

城中有一些陰影，一處處甜美的蔭涼。賽倫諾斯想著不知道那些井是不是都仍然完好，那巨大的地下蓄水池，在人類的種船來到之前就已沉下去了的，仍然充滿了甜美的清水。他也想到那張木頭的工

❷ 地底人（Morlocks）：美國小說家H．G．威爾斯名著《時光機器》中的一族，住在地下，有如蜘蛛般行動迅速，撲殺獵物。

作櫝，那個從元地球來的古董是不是仍然放在他曾在那裡寫了大部分《詩篇》的那個小房間裡？

「怎麼了？」布鄉．拉蜜亞走了回來，站在他旁邊。

「沒什麼。」他瞇起眼來抬頭看她。這個女人看起來像一株矮樹，有一大堆如黑色大腿的根，被日曬過的樹皮，和凝結在內的精力。他試著想像她筋疲力竭的模樣，單是想像就讓他疲累不堪。「我剛剛才想到，我們浪費時間千里迢迢地回時光堡去，這個城裡就有水井，說不定也儲藏了食物。」他說。

「啊，領事和我早想到這點，也討論過。死城已經遭到好幾代的掠奪，六十或是八十年前，荊魔神的朝聖者想必把商店都掏空了，水井也不可靠……地下蓄水層已經移位，蓄水池遭到汙染。我們還是去時光堡。」拉蜜亞說。

賽倫諾斯對這個女人令人難以忍受的倨傲，和她在任何情況下都馬上自以為能發號施令的態度而怒氣勃發。「我打算探勘一下，說不定能省下好幾個鐘頭的來回時間。」他說。

拉蜜亞移到他和太陽之間，她那頭黑色鬈髮周圍亮起一圈金光。「不行。如果我們把時間浪費在這裡，天黑之前就趕不回去了。」

「那妳就走吧，我累了，我要去檢查一下食堂後面的倉庫。我說不定記得一些朝聖者找不到的儲藏地方。」詩人叱罵道，對自己的話都吃了一驚。

他看得出那女人的身子緊繃，她想必是在考慮把他拉起來，再拖到沙丘上去，他們大約下了三分之一多一點的路，還有很長的路才到山腳下，再登上往時光堡的長階梯。她的肌肉放鬆了。「馬汀，其他人都要靠我們。請你別把這事搞砸了。」她說。

他笑了起來，往後靠坐在倒下的柱子上。「去他媽的，我累了，妳明知道反正這趟差事百分之九十五都是妳做。我老了，女人。比妳能想像的還要老得多，讓我留下來，休息一下。也許我會找到一些吃的東西，也許我能寫點什麼。」他說。

拉蜜亞蹲在他旁邊，摸了下他的背包。「你帶的就是這個嗎？你所寫的詩，《詩篇》。」

「當然啦。」他說。

「而你仍然覺得荊魔神會讓你寫完嗎？」

賽倫諾斯聳了下肩膀，酷熱和暈眩感在他身邊盤旋。「那傢伙是個他媽的殺手，是個用鋼片在地獄裡做成的格蘭戴爾，可卻是我的繆思。」他說。

拉蜜亞嘆了口氣，瞇眼看了看已經向山邊落下的太陽，然後回頭望著他們來時的路。她溫柔地說：「回去吧，回到山谷裡。我陪你回去，然後再回來。」她遲疑了一下。

賽倫諾斯張開乾裂的嘴唇笑道：「為什麼要回去？跟另外三個老人打牌，等那隻妖怪來讓我們安眠？不，謝了。我情願在這裡休息一下，做點事情。去吧，女人。妳能載運三個詩人能拿的東西。」他扭動身子，將空的背包和瓶子拿下來交給她。

拉蜜亞將那一把雜亂的背帶揑在手裡，拳頭硬得有如錘頭。「你確定？我們可以走慢一點。」

他勉強地站了起來，一時因她的憐憫和安慰而憤怒起來。「我操妳，還有妳騎來的那匹馬，路西安❸。說不定妳忘了，這次朝聖的目的就是要到這裡來向荊魔神問好。妳的朋友霍依特沒有忘記，卡薩德也了解這場遊戲，那操他媽的荊魔神說不定現在正在啃他那愚蠢軍人的骨頭呢。要是我們留在那裡的那三個人現在已經不需要食物和飲水了，我也不會驚訝。走吧，滾開。跟妳在一起令我煩透了。」

布瑯．拉蜜亞在原地又蹲了一陣子，抬眼看他在她上方搖晃，然後她站了起來，用手在他肩膀上輕觸了一下，把那些空背包和水瓶背在背上，轉開身子，她步伐之快，連他年輕時也從來沒見過。「兩、三個鐘頭之內，我就會再從這條路回來。記得到城市的邊上來等我，我們一起回時塚。」她頭也不回地叫道。

馬汀．賽倫諾斯一言不發地望著她身影越來越小，然後消失在西南邊的荒地裡，山脈在熱氣中抖動，他低頭看到她把水瓶留給了他，他啐了一口，把水瓶收好，走進死城等著他的陰影中。

〔H〕 20

杜黑在他們把最後兩包口糧分來當午飯吃的時候倒了下來，索爾和領事抬著他走上人面獅身像的寬大階梯，進入陰影裡，那位教士的臉白得和他的頭髮一樣。

他在索爾把水瓶湊在他唇邊時，勉強地微微一笑。「你們都太輕易地接受了我復活的事。」他說著用一根手指擦了下嘴角。

領事靠坐在人面獅身像的石牆上。「我在霍依特身上看到過那兩個十字形，就和你現在身上的一模一樣。」

「而我相信他說的故事，你的故事。」索爾說。他把水遞給了領事。

杜黑摸了下額頭。「我一直聽著通訊記錄器裡的碟片，那些包括我的故事，全都令人難以置信！」

「你有任何懷疑嗎？」領事問道。

「沒有，困難的是覺得那些事有什麼道理，找出共通點，彼此連接的部分。」

索爾把蕾秋抱到胸前，輕搖著她，一手托在她腦後。「一定要有什麼關聯嗎？除了荊魔神之外？」

「哦，是的。這次朝聖並不是件意外的事，也不是你們的選擇。」杜黑說。他兩頰恢復了些血色。

「有不同的因素影響誰來參與朝聖，ＡＩ資政團，霸聯參議院，甚至還有荊魔神教會。」領事說。

杜黑搖了搖頭。「對，可是在這個選擇的背後只有一個操縱的力量。我的朋友。」

索爾靠近了些。「上帝？」

「也許吧，可是我想到的是智核，那些ＡＩ在這一連串的事件中表現得那樣神祕。」杜黑說著微

❸ and the horse you rode in on, Lusian 為引自拜倫詩作之詩句。

微一笑。

嬰兒發出輕微的聲音，索爾給她找了個奶嘴，把他手腕上的通訊記錄器調到心跳頻率上。小嬰兒握了握拳頭，放鬆身子靠在那位學者的肩膀上。「布瑯所說的故事認為智核裡的組織是想顛覆現狀，讓人類有存活的機會，而仍然繼續他們創造無上智慧的計畫。」

領事朝無雲的天空比了下手勢。「發生的一切事情，我們的朝聖之旅，甚至這次戰爭，都是因為智核的內部政策而製造的嗎？」

「我們對智核知道多少？」杜黑柔聲問道。

「一無所知，真正說起來，我們一無所知。」領事說，然後將一塊卵石丟向人面獅身像階梯左側一塊雕花的石頭。

杜黑現在坐了起來。用一塊微濕的布擦著臉。「可是他們的目標卻很奇怪地和我們的目標相似。」

「是什麼？」索爾問道，一面仍在輕搖著小嬰兒。

「要了解神，或是在做不到的時候，就創造祂。」那位教士說，他瞇起眼來看了看那道長長的山谷。現在陰影已經由西南的山壁更向外移，開始觸及和包圍那些時塚。「我在教會裡曾經協助推廣這個看法……」

「我看過你所寫關於聖德日進的論文。你寫得很精彩，主張有必要向終極點進化，也就是向神性進化，卻不至於落入索齊尼的異端。」索爾說。

「落入什麼？」領事問道。

杜黑神父微微一笑。「索齊尼是十六世紀一位義大利異端分子，因其主張被逐出教會。他主張相信神是一個有限的存在，能像這個世界、這個宇宙一樣學習而成長，變得更為複雜。而我的確落入了索齊尼的異端裡，索爾。那就是我犯的第一宗罪。」

索爾不動聲色。「你最後的罪是什麼？」

「除了驕傲之外嗎？我最大的罪就是偽造了在亞瑪迦斯特星上發掘七年的資料。想要在那已經消失的建造拱門者和最初的基督教形式間扯上關係。那種關係並不存在，我捏造了數據資料。諷刺的是，我所犯的最大的罪，至少在教會的眼裡，卻是犯了使用科學方法的大忌。在教會瀕臨滅亡的那段日子裡，他們能接受神學上的異端，卻無法容忍科學上的調查。」杜黑說。

「亞瑪迦斯特星像這樣嗎？」索爾問道，一面揮了下手臂，包括了山谷、時塚和炙熱的沙漠。

杜黑四下環顧，兩眼一時亮了起來。「塵土、石頭、還有那種死亡的感覺很像。但這個地方卻更具威脅性，這裡還有該死而還沒死的東西。」

領事笑了起來。「讓我們希望我們也屬於這一類吧。我要把那個通訊記錄器拿到山谷口，再試試和太空船連上線。」

「我也去。」索爾說。

「還有我。」杜黑神父說著站了起來，只微微搖晃了一下，拒絕讓溫朝博扶他。

太空船並沒有回應，沒有太空船，也就沒有超光速通訊和驅逐者、萬星網，或是海柏利昂以外的任何其他地方連絡。一般的通訊頻道全都中斷了。

「那艘太空船會不會遭到摧毀了？」索爾向領事問道。

「不會，訊息已經由對方收到，只是不回應。葛萊史東仍然將那艘船隔離。」

索爾望向荒地那頭在熱氣中抖動的山脈。在離這邊幾公里的地方，詩人之城的廢墟參差地襯在天幕前。「沒關係，照現在的情形看來，會來解救危機的神已經太多了。」他說。

保羅．杜黑笑了起來，他的聲音低沉而誠懇，但隨即因為咳嗽而停了下來，喝了口水。

「怎麼了？」領事問道。

「所謂解救危機的神，還有我們先前所談的。我猜這正是我們每個人之所以會在這裡的原因。可憐的雷納，他的神在他的十字形裡，布瑯和困在史隆迴路裡重生的詩人，希望能解開她個人的危機。你呢，索爾，在等著那黑暗之神來解決你女兒的可怕問題。智核，原本就是機械動力的，則想建立起他們自己的神。」

領事調整了下他的太陽眼鏡。「那你呢，神父？」

杜黑搖了搖頭。「我在等最大的機器來產生它的神，就是宇宙。我由德日進所引發的看法中有多少來自於一個簡單的事實，那就是我在今日的世界裡找不到一個活著的造物者。我像智核的人工智慧一樣，想要建造我在別處無法找到的。」

索爾望著天空。「驅逐者尋找的是什麼神呢？」

領事回答道：「他們對海柏利昂的迷戀是真的，他們認為這裡是人類新希望的發源地。」

「我們最好回下面去吧。布瑯和馬汀應該在晚餐前就回來了。」索爾說道，一面為蕾秋擋住陽光。可是他們並沒有在晚餐前回來，到了日落時分也不見他們的蹤影。每一個鐘頭，領事就會走到谷口，爬上一塊大礫石，往沙丘和礫石地裡看看有什麼動靜。結果什麼也沒有，領事真希望卡薩德留下了一副他的強力望遠鏡。

即使在天黑之前，天空中爆發的光也讓人知道太空裡的戰爭仍在持續進行。三個男人坐在人面獅身像最高的一級階梯上，看著這場光影秀，緩緩爆發，純白和暗紅色的花朵，以及突如其來綠色和橘色的閃電，留下久久不散的餘光。

「你看是哪方贏了？」索爾問。

領事沒有抬頭。「誰贏都一樣，你想今晚我們可以睡在人面獅身像以外的什麼地方嗎？到另外一個時塚去等？」

「我不能離開人面獅身像，你們可以去別處。」索爾說。

杜黑摸了下嬰兒的臉頰，她正在吸著奶嘴，臉頰在他手指下蠕動。「她現在多大了，索爾？」

「兩天，差不多是兩天整。在目前這個緯度，她應該是日落後十五分鐘出生，就海柏利昂的當地時間來說。」

「我再去看最後一次，然後我們一定要生個火什麼的，讓他們能找到回來的路。」領事說。

領事往下還沒走到一半的地方，索爾突然站起身來，用手指著。他不是指向浴在夕陽餘暉中的谷口，而是指向另外一邊，指著山谷內的陰影裡。

領事停下腳步，另外兩個人走到他身邊，領事伸手到口袋裡，取出卡薩德在幾天前給他的那支小型電擊棒。拉蜜亞和卡薩德走了以後，那是他們現有唯一的武器。

「你看得到嗎？」索爾低聲問道。

那個身影在玉塚微光外的黑暗中移動。不會是荊魔神，因為看起來不夠大，動作也不夠快，他的行動異常緩慢，每次都要停頓片刻，踉蹌蹣跚。

杜黑神父回頭望了望谷口，然後又轉回來問道：「馬汀．賽倫諾斯有什麼路可以從另外一頭進到山谷裡嗎？」

「除非他從懸岸峭壁上跳下來，或者是繞了八公里路到東北邊。何況這個人太高了，不會是賽倫諾斯。」領事輕聲地說。

那個身影又停下腳步，搖晃了一下，然後倒了下來。在一百多公尺外看去，就像是山谷地上另一塊矮矮的礫石。

「來吧。」領事說。

他們沒有跑過去。領事率先下了階梯，電擊棒向前伸著，設定的射程是二十公尺，雖然他明知在這種距離效力只是最小的程度，杜黑神父緊跟在他背後，手裡抱著索爾的孩子，而那位學者則在找一塊小石頭當武器。

「大衛對付巨人？」杜黑問道，因為索爾撿了一塊拳頭大的岩石，放進他在那天下午由綁包裹的帶子上剪下來的一段塑性纖維帶做成的投石器中。

那位學者露在鬍子上那張被太陽曬紅的臉變得更紅。「差不多吧。來，蕾秋交給我吧。」

「我喜歡抱著她，而且萬一真要打起來，你兩手空著要好得多。」

索爾點了點頭，趕上去和領事並肩走著，教士抱著孩子跟在他們後面兩三步的地方。

到了十五公尺之外，就看清楚了倒臥在地的是一個男人，一個很高的男人，穿著一件粗布袍子，臉埋在沙子裡。

「留在原地別動。」領事說著跑了過去。另外兩個人看著他把那個人翻了過來，將電擊棒收進口袋裡，由他的皮帶上解下一瓶水來。

索爾慢慢地向前走去，感到他的疲累如某種令人愉悅的暈眩感般襲來，杜黑以更慢的動作跟著他。

等那位神父走進領事的手電筒照出的光圈中時，他看到倒臥男子的帽兜已經向後拉開，露出一張有點亞洲人面貌、五官奇怪地扭曲著的長臉，照在玉塚的光和電筒的光下。

「是個聖堂武士。」杜黑說，為看到一個謬爾的信徒在這裡出現而大感吃驚。

「這是世界之樹真言者，也就是第一位失蹤的朝聖者，他是海特・瑪斯亭。」領事說。

21

馬汀・賽倫諾斯一整個下午都在寫他的史詩，一直到天光暗了才讓他暫停下來。

他發現他以前的工作室已被掠奪一空，那張古董書桌不見了。哀王比利的皇宮遭受到時間的最大羞辱，所有的窗子都打破了，小小的沙丘被風吹過以前價值連城、現在卻褪了色的地毯，老鼠和小岩鱔住在亂石堆中。寢宮的塔樓現在成了鴿子和又成為野鳥的獵鷹住處。最後這位詩人回到有巨大穹頂的共同堂，到那裡的那間餐廳裡，坐在一張矮桌前寫作。

塵土和瓦礫蓋滿了鋪著瓷磚的地板，沙漠藤蔓的猩紅色完全遮沒了上方破碎的玻璃窗，可是賽倫諾斯沒有理會這些不相干的事，用心寫他的《詩篇》。

這首詩的主題是在敘述泰坦神族❹遭到他們後代的希臘神祇逼迫帶來死亡和退位。談到泰坦神族拒絕退讓之後，那些奧林帕斯大神隨之而來的爭鬥，海洋之神和涅普頓的爭鬥使海水為之沸騰，海柏利昂與阿波羅爭奪對光的控制權而使眾多太陽因而消滅，還有沙騰和朱彼得❺爭奪眾神之王的寶座而使得整個宇宙為之撼動。重點不只是一組神被另一組神取代的過程，而是一個黃金時代的結束，而隨之而來的黑暗時代為所有凡人帶來了厄運。

《海柏利昂詩篇》毫不掩飾用那些神祇來影射的是什麼：泰坦神族很容易就知道是人類在銀河系短促歷史中的英雄，奧林帕斯來的對手就是智核的ＡＩ，而他們的戰場延伸到萬星網中多為世界熟悉的大陸、海洋和天空，在所有這些之中，可怕的怪物冥王地司，也是沙騰的兒子，卻急於與朱彼得一起繼承整個王國，悄悄逼近獵物，將神和凡人一併收納。

《詩篇》寫的也是創造物和造物者之間的關係，父母與子女，藝術家和他們的藝術，創作者和他們的作品之間的愛，這首詩頌讚愛與忠誠，卻因經常提到對權力的渴求、人類的野心，以及知識的傲慢，而搖擺於虛無主義的邊緣。

馬汀·賽倫諾斯的《詩篇》已經寫了標準時間兩個多世紀了。他最精緻的作品都是在這些環境中完成的：毀棄的城市，背後有沙漠的風聲，一如希臘悲劇中的合唱隊陰沉的吟唱，還有荊魔神突然現身的威脅無時不在。為了保住他自己的命，賽倫諾斯決定離開，拋棄了他的繆思，讓他的筆沉默。現在重新開始寫作，走上那條他很確定的路，那種完美的回路只有靈感充沛的作者才會經歷過，馬汀·賽倫諾斯覺得自己重新活了起來，血脈暢通，肺活量大增，在不知不覺之間嚐到豐富的光和純淨的空氣，享受著古董筆在羊皮紙上的每一筆一畫，大堆先前完成的紙頁疊在那圓形矮桌的周圍，一塊塊破碎的磚瓦用來當鎮紙，故事情節自然流暢，每一節每一行都是不朽之作。

---

❹ Titans，希臘神話中天地的子女，稱為「老神」，在宇宙稱霸不知多少年，體型巨大，力量驚人，最重要的神是克羅納斯，又叫沙騰，統治其他泰坦神族，後被其子宙斯推翻。羅馬神話中則說宙斯奪權後，沙騰逃到義大利，在他統治下，帶來安寧幸福的黃金時代。

❺ 即宙斯。

賽倫諾斯寫到了這首詩中最困難也最令人興奮的部分，在那些場景中，衝突綿延在上千個地方，整個文明都荒廢了，泰坦神族的眾代表叫了暫停，和奧林帕斯那些毫無幽默感的眾英雄見面談判。在他想像的寬廣地域上，大步走來的是沙騰、海柏利昂、科托斯、伊亞匹特士、大洋氏、布里阿柔斯、恩克拉多斯、米謬士、波菲利昂、盧依塔斯和其他的人，跟他們同樣是巨人的姊妹蒂賽絲、佛碧、忒伊亞和克里夢妮❻，對方則是容貌陰沉的朱彼得、阿波羅和他們那一群。

賽倫諾斯不知道這首詩的結果如何。他現在活著只為了說完這個故事，而他已經做了幾十年了。當初讓自己學習寫作追求名利的年輕夢想早已過去，他的確得到過難以度量的名聲和財富，但那只要了他的命，真的殺死了他的藝術，儘管他知道《詩篇》是他那個年代最好的文學作品，他只想把它寫完，讓自己知道結果，把每一節、每一行、每一個字都盡可能以最精緻、最清楚也最美的形式寫出來。

現在他狂熱地寫著，幾乎因他想完成長久以來認為不可能完成的作品的那種渴望而瘋狂。字句由他那支古董筆流到也是古董的羊皮紙上，一節又一節毫不費力地躍現，篇章找到它們的聲音，不須修改地自己完成，也無須停下來等靈感，這首長詩以令人震驚的速度展開，在文字與意象上令人驚異地呈現出使人心跳為之停止的美。

在他們休戰的旗幟下，沙騰和他的對手朱彼得面對面坐在一方由切割齊整的大理石做成的談判桌兩邊，他們的對話既定敘事詩體，又很簡單，他們為身分爭執，他們為戰爭辯論，創造出自杜塞狄斯❼的《米洛斯島的對話》之後，最精彩的辯論。突然之間，有些全新的東西，有些馬汀．賽倫諾斯在他所有未遭繆思眷顧靈感的苦思時間中未曾想到的東西，進入到詩裡，諸神的眾王都表示害怕會有第三個對手，怕有可怕的外來勢力威脅到他們各自統治的穩定。賽倫諾斯極其驚異地看著他花了幾千個小時所創造出來的人物，不顧他的意願，在大理石的談判桌上握手言和，共同抵抗……

抵抗什麼呢？

詩人停了下來，筆停了下來，這才發現自己幾乎看不見紙張，他在半黑之中寫了好久，現在黑暗整個籠罩下來。

賽倫諾斯在讓世界再度衝回的同時清醒過來，就像高潮過後恢復神智一般。只不過這位作家回到世界上來要痛苦得多，榮光的雲端迅速地分解成世俗的瑣事。

賽倫諾斯四下環顧，巨大的餐廳相當黑暗，只有些許星光和遠處爆炸的光透過頭上的玻璃和常春

---

❻ 海柏利昂（Hyperion），天神與大地女神之子，太陽神的父親。科托斯（Cottus），百手三巨人之一。伊亞匹特士（Iapetus）是肩負世界的阿特拉斯和盜火救助人類的普羅米修斯兩兄弟的父親。大洋氏（Oceanus），海洋之神。布里阿柔斯（Briareus），百手三巨人之一。恩克拉多斯（Enceladus），百臂巨人，曾與諸神作戰，為宙斯所殺，葬於西西里之埃納火山下。米謬士（Mimus），人魚海神。波菲利昂（Porphyrion），巨人之一，在與諸神之戰中企圖蹂躪宙斯之妻赫拉，被宙斯以閃電擊中，世間最壯的大力士赫丘力以箭將之射死。盧依塔斯（Rhoetus）並非希臘神話中的人物，而是古羅馬詩人奧維德著名長詩《變形記》第五卷中的一個人物。蒂賽絲（Tethys），天神之女，大洋氏之妻。佛碧（Phoebe），月亮女神。忒伊亞（Theia），海柏利昂之妻，太陽神之母。克里夢妮（Clymene），大洋氏之女，阿特拉斯與普羅米修斯之母。

❼ Thecydides，西元前五世紀後半的希臘歷史學家，他的名著《伯羅奔尼撒戰史》記敘雅典與斯巴達在西元前四三一至四〇四年間的戰爭，是有史以來第一本就政治和道德來分析一個國家戰爭政策的作品。

藤之間映照下來。他四周的桌子都只是一些黑影，四面都在三十公尺以外的牆壁則是更黑的影子，前面交織著黑如靜脈瘤的沙漠藤蔓。在大餐廳外面，夜風吹颳起來，聲音越來越響，頭頂上彎曲的椽和縫隙發出吱軋的聲音，有如女低音和女高音的獨唱。

詩人嘆了口氣。他的背包裡沒有手電筒。他什麼也沒帶，只有水和他的《詩篇》。他肚子餓了，該死的布瑯．拉蜜亞到哪裡去了？可是他才一想到這點，就發現自己其實很慶幸那個女人沒回來找他。他需要獨處來完成那首詩作，以目前的速度，大概不用一天的時間，也許這個晚上就夠了。再過幾個鐘頭，他就能完成他畢生之作，可以休息一下，享受享受日常生活的小事，幾十年來的生活瑣事現在看來只是對他未能完成工作的一段打擾。

馬汀．賽倫諾斯又嘆了口氣，開始把手稿收進背包。他要在什麼地方找到光亮，就算要用哀主比利的古老掛氈當引火的東西，也要生個火。必要的話，他甚至可以到外面去就著太空戰爭的光來寫作。

賽倫諾斯把最後那幾頁和他的筆拿在手裡，轉身去找出口。

有什麼和他一起站在大廳的黑暗中。

是拉蜜亞，他想道，失望和寬慰兩種感覺在心中交戰。

但那並不是布瑯．拉蜜亞。賽倫諾斯注意到那失真的形象，上面的身軀龐大，下面的兩腿太長，星光映照在甲殼和刺上，手臂下還有手臂的影子，尤其在應該是眼睛的位置，卻如地獄之火點燃的水晶，發著紅寶石般的光亮。

賽倫諾斯發出一聲呻吟，再次坐了下來。「不要現在來！滾開，你那對該死的眼睛！」他叫道。

那高大的陰影移近來，在冰冷的磚地上腳步悄無聲息。天空中洶湧著血紅的能量，現在詩人能看到尖刺和鋒刃，以及層層纏繞的剃刀鋼絲。

「不要！我拒絕，別來找我。」馬汀．賽倫諾斯叫道。

荊魔神走得更近了些。賽倫諾斯的手痙攣著，再度提起筆來，在最後一頁下面空著的地方寫道：時間到了，馬汀。

他瞪著他所寫的字，忍住一陣瘋狂的竊笑。就他所知，荊魔神從來沒說過話，從來不和任何人溝通。只經由那成雙成對的媒介：痛苦與死亡。「不要！我還有工作要做，去找別人吧，你他媽的！」他又尖叫道。

荊魔神再向前一步。天空中閃動著無聲的爆炸，黃色和紅色在荊魔神如水銀的胸前與兩臂流下，就像潑灑的顏料。馬汀．賽倫諾斯的手痙攣，在先前那行字上寫道：現在時間到了，馬汀。

賽倫諾斯把他的手移抱向胸前，把最後一頁由桌上拿下來，讓他不能再在上面寫字，他齜牙咧嘴地向那個妖怪嘶叫。

你準備好要和你的贊助人互換位置了，他的手在桌面上寫道。

「現在不行，比利已經死了！讓我先寫完，求求你！」詩人高聲叫喊。在他漫長的一生中，馬汀．賽倫諾斯從來沒有求過什麼人。他現在哀求了。「求求你，啊，求求你，求你讓我把詩寫完。」

荊魔神向前跨了一步，近得那畸形的上半身擋住了星光，使那個詩人陷身陰影裡。不許寫。馬汀．賽倫諾斯的手，然後是他的筆，落了下來。荊魔神伸出無比延長的手臂，和無比尖利的手指，刺進詩人的兩臂，深及骨髓。

馬汀．賽倫諾斯尖叫著給拉出了餐廳的穹頂之外。他尖叫著，看到沙丘在他腳下，聽到在他自己的尖叫聲下有沙子滑動的聲音，看到由山谷裡伸出的樹。

那棵樹比山谷還大，比朝聖者越過的所有山巔還高，上面的枝椏似乎伸入了太空。那是一棵鋼和鉻的樹，枝椏全是刺和針，成千上萬的人類在那些刺上掙扎扭動。在瀕臨死亡的天空散發的紅光之中，賽倫諾斯強忍痛苦，集中精神，發現他認得那些是什麼。那些是身軀，不是靈魂或其他抽象的東西，而他們顯然正承受著痛苦生活中的劇痛。

這是必要的，賽倫諾斯的手在荊魔神冰涼的胸前寫道。血滴在水銀和沙上。

「不！」詩人尖叫道，他揮拳擊向刀刃和剃刀鋼絲。他拉扯、掙扎、扭動，而那個怪物將他抱得更近，將他拉向那些鋒刃，就好像他是一隻要做成標本的蝴蝶，一個要釘上的標本。讓馬汀．賽倫諾斯瘋狂的不是那難以想像的痛苦，而是那種無可挽回的損失，他幾乎把那詩寫完了。他只差一點就寫完了！

「不！」馬汀．賽倫諾斯尖叫道，更加狂亂地掙扎著，最後噴灑的鮮血和尖聲的咒罵充滿了空中。荊魔神帶著他走向那棵等待著的大樹。

在那座死城裡，尖叫聲又迴盪了一分鐘，越來越小，也越來越遠。然後是一片死寂，只有回巢的鴿子，飛進破碎的圓頂和塔樓時輕微的振翅聲打破寂靜。

風大了起來，使鬆脫的塑膠玻璃和磚瓦為之抖動，把枯葉掃過乾涸的噴水池，在圓頂破裂的玻璃縫隙找到入口，在一陣輕柔的旋風中捲起了那些手稿。只有幾頁逃過，沒有被吹送過寂靜的庭院和空曠的走道以及坍塌的溝渠。

過了一陣之後，風停了，然後詩人之城裡再沒有動靜。

H 2

布瑯·拉蜜亞發現她那四個小時的來回變成了一個十小時的噩夢。首先是繞道去了那座死城和作出丟下賽倫諾斯的困難抉擇。她其實不想讓那個詩人獨自留在那裡，她不想強迫他繼續往前走，也不想花時間再回時塚。結果，繞路走山脊花掉了她一個小時。

穿過最後幾個沙丘和岩石荒地既令人疲累又沉悶無聊。等她抵達山腳下時，已經是下午三、四點以後，時光堡已在陰影之中。

四十個小時前，由時光堡那六百六十一級石階走下來很容易，往上爬則成了考驗，即使對她生長在盧瑟斯星的肌肉來說也一樣。當她向上爬，空氣變得更加清涼，景色也更為壯觀。等她到了離山腳四百公尺高處時，她已經不再流汗，而時塚谷又在眼底。不過，從這個角度看去，只能看到水晶獨石巨碑的頂，那裡是一陣不規則的閃光。她停了一下以確定那不是以閃光發送的信號，光亮閃動只是湊巧，只不過是一片吊掛在破損獨石巨碑上的水晶在反光而已。

在登上最後一百級石階前，拉蜜亞再試了下她的通訊記錄器，通信頻道上全是常見的雜訊和亂碼，想來是受到時潮影響，將最近的電磁波通訊破壞殆盡。用雷射通訊也許有用，領事那古董通訊記錄器的連接似乎有用，可是除了那一件機器之外，在卡薩德失蹤之後，他們就沒別的雷射通訊器材了。拉蜜亞聳了下肩膀，爬上最後那段石階。

時光堡是哀王比利的生化人建造的，從來就算不上是一座堡寨，原先本來就是休閒的地方，一座旅人的客棧，也是藝術家夏日的天堂。在詩人之城撤空後，這地方空了一個多世紀，只有最大膽的冒險家才會來。

荊魔神的可怕逐漸減退之後，遊客和朝聖者開始利用這個地方，最後荊魔神教會將這裡重新開放，成為年度荊魔神朝聖必須停留的地點，有些房間深深地挖進山裡，或是高踞在最難攀登的塔樓頂上，謠傳是舉行神祕儀式的場所，還會在那裡向荊魔神教稱之為「天神化身」的怪物獻祭。

由於時塚的開啟，時潮的狂亂和不規則，以及北方各地的撤離，使得時光堡再度沉寂，布瑯·拉蜜亞回來的時候正是這種情況。

沙漠和死城仍在陽光照射下，但當拉蜜亞抵達最底下的露臺上休息時，時光堡已籠罩在暮色中。她由背包裡找出了手電筒，進入迷宮，走道裡很黑，兩天前他們在這裡停留時，卡薩德曾去探測過，告訴他們說所有的能源全都切斷無法修復：太陽能集光板碎了，融合電池被砸得稀爛，就連備用電池也打爛了，在地下室裡丟了滿地。拉蜜亞在爬上那六百六十一級石階時，對這件事想過不下十次，恨恨地望著鏽死在豎井中動彈不得的電梯。

設計成餐廳和聚會場所的大廳裡和他們離開時一樣，到處都留下了匆匆中止的宴會和驚恐慌亂的痕跡，那裡沒有屍體，但在石牆和掛毯上留下已變成棕色的痕跡，卻仍讓人看得出在沒幾個禮拜以前有過的一場暴力饗宴。

拉蜜亞沒有理會那混亂的情況，沒有理會那些人面鳥，長著醜陋人臉的黑色大鳥，由中央的大廳裡振翅飛起，也沒有理會她自己的疲累，爬向數層樓高處，他們曾在那裡過夜的貯藏室去，樓梯窄得莫名所以，蒼白的陽光透過染色玻璃照出令人作嘔的顏色，玻璃破碎或殘缺的地方，怪獸狀的承霤向裡窺探，好像凍結在正要進入的剎那。一陣冷風由積雪的馬轡山脈一帶吹來，使拉蜜亞被烈日曬傷的身子打起了寒顫。

那些小包和額外的配備都還在他們原先留下來的地方，就在中央大廳上方高處的小貯藏室裡，拉蜜亞檢查了一下，確定房間裡的盒子和箱子裡裝的是不會壞的食物，然後她走到外面的小陽臺上，也就是雷納．霍依特在彷彿恆久的幾個鐘頭前彈奏三角琴的地方。

高峰的影子在沙地上迤邐好幾公里，幾乎已到了那座死域，時塚谷和再過去的荒地仍然無力地躺在暮色中，礫石和低矮的岩石投下紛雜的影子。拉蜜亞從這裡看不清那些時塚，雖然獨石巨碑仍然偶爾會閃著光。她又試了下她的通訊記錄器，依舊只得到一些靜電的聲音和背後的雜訊，就咒罵了幾句，回到房間裡去選取和收拾補給品。

她選了四大包用流體泡沫和塑性纖維包裝好的基本口糧。時光堡裡有水，接融雪的地溝是無法破壞的科技，她將所有帶來的水瓶裝滿，再找更多的瓶子。水是他們最需要的東西，她咒罵賽倫諾斯沒有跟她一起來，那個老頭子至少可以帶六、七瓶水。

她正準備離開時聽到有聲音。有什麼在中央大廳裡，就在她和樓梯之間。拉蜜亞背起了最後一包口糧，將她父親的那把自動手槍由皮帶裡抽了出來，慢慢地走下樓梯。

大廳裡空蕩蕩的，那些人面鳥並沒有回來。厚重的掛毯被風吹動，有如破爛的旗幟般飛舞在丟了一地的食物和用具上方。在對面遠處的牆下，一個巨大、以鉻與鋼製成的荊魔神臉部雕像，在風中旋轉。

拉蜜亞慢慢地移動過那塊空間，每幾秒鐘就轉動一下身子，使得她的背部不會長久對著某個黑暗的角落，突然傳來一聲尖叫，使她停止了移動。

那不是人類的聲響，而是超音速的嚎叫，讓拉蜜亞咬緊牙關，也讓她以發白的手指緊握手槍，突然之間，聲音陡然停止，好像音響中讀碟的雷射光突然中斷。

拉蜜亞看向聲音傳來之處。在大宴會桌過去一點的地方，在那雕像後面，漸暗的陽光照出朦朧顏色的那六扇巨大染色玻璃窗下，有一扇小門。回音從那裡傳出，彷如由很深處的地牢或地窖裡逸出。

布瑯・拉蜜亞很好奇，她這一輩子都處於調查異常狀況的衝突之中，這正是她選擇做私家偵探這個早已過時、卻有時又很有趣味的行當的原因。她的好奇不止一次使她陷入尷尬或麻煩，或者兩者俱全。但也有很多次因為她的好奇，使她獲得很少人能得到的知識。

這次卻不一樣。

拉蜜亞是到這裡來找急需的食物和飲水。其他人都不會到這裡來，就算她繞路去了那座死城一趟，另外三個老頭子也不可能趕上她到了這裡，其他的任何事或任何人都與她無關。

會是卡薩德嗎？她想了一下，又否定了這個想法。那聲音不是從一位霸軍上校口裡發出來的。

布瑯・拉蜜亞由那扇門前退開，手裡仍握著槍，找到樓梯，小心地往下走，盡量靜悄悄地帶著七十公斤的食物和十幾個水瓶穿過每一個房間，她在最底層的一塊褪色的玻璃裡看到一眼自己的身影，矮壯的身子穩穩地站著，舉起槍來四下查看，一大堆東西背在背上，或吊掛在寬的背帶下，瓶子和鐵罐碰撞在一起。

拉蜜亞一點也不覺得有趣。在她走出了最底一層的陽臺時，不禁放心地嘆了口氣。外面很涼快，她準備再走下那道長階梯，她現在還不需要用到手電筒，黃昏的天空突然布滿了低低的雲層，將粉紅和琥珀色的光灑向世界，也照亮了時光堡和底下的山腳。

她兩階一步地走下陡直的石階，還沒到一半的地方，她那健壯有力的雙腿肌肉已經疼痛起來。她並沒有把槍插回去，而是握在手裡，防備任何東西從上面下來，或是出現在岩面的縫隙中。到了底下，她由臺階前退開，抬頭看上方半公里高的塔樓和陽臺。

有石頭朝她落了下來。她發現還不止是石頭，怪獸狀的承霤從它們原先蹲踞的地方給打了下來，和巨石一起滾落，那些如惡鬼般的臉被黃昏的天光照亮。拉蜜亞跑了起來，背包和水瓶擺動著，她發現在那些東西砸下來之前，她沒有時間跑到安全的距離之外，所以就撲向兩塊相互抵靠的巨大礫石之間。

她背的東西使她無法完全藏身在礫石下，她掙扎著，解鬆幾條背帶，注意到那令人難以置信的嘈雜聲音：那些石頭落在她背後，又彈跳到她頭上，拉蜜亞又扯又拉，力氣大得扯斷了皮帶和塑性纖維，然後她躲進巨石下方，把她的背包和水瓶拉了進來，決心不必再回時光堡去。

像她的頭或手一般大的岩石在她四周如雨般落下。一座石頭怪獸承霤的頭部在面前彈過，擊碎了不到三公尺遠的一塊較小的礫石。一時之間，空中滿是落石，一些巨大的石頭在她頭頂上的礫石上撞得粉碎。然後還一陣大落石過去了，只剩下一些小石頭零星地滾落下來。

拉蜜亞俯身過去，把她的背包再往裡拉進安全地帶，這時一塊像她的通訊記錄器一般大小的石頭由外面的岩石上反彈而起，幾乎是水平地飛入她的藏身之所，在她置身的小洞穴裡彈跳了兩回，然後擊中她的太陽穴。

拉蜜亞發出老人般的呻吟聲醒了過來。她的頭很痛，外面天已經全黑。遠處戰火的閃光由上方的縫隙透進來照亮了裡面。她伸手去摸太陽穴，發現在她臉頰和脖子上都有凝固了的血塊。

她勉強從洞裡爬出來，踩在外面新近落下的亂石上掙扎，然後坐了一下，低頭強忍住一陣噁心。她的幾個背包完整無缺，水瓶也只打破了一個。她找到了她那把手槍，剛才掉在一塊沒有碎石的地方，她現在所站的那塊露出地面的大石頭上，滿是先前那陣落石留下的疤痕和跡印。

拉蜜亞查了下她的通訊記錄器。才過了不到一個小時，在她失去意識躺在那裡的時候，沒有什麼由天而降來把她帶走，或割開她的喉嚨。她最後再看了那座堡壘和陽臺一眼，現在離她太遠，已經看不見了。她把東西都拉了出來，加快腳步由那條危險的石子路走了下去。

等她轉到那座死城時，馬汀．賽倫諾斯並不在城邊。其實她也沒想到他會在那裡，雖然她希望他只是等得不耐煩而走上往山谷去的那幾公里路了。

想卸下背包，把那十幾瓶水放在地上休息一下的誘惑非常強烈。拉蜜亞抗拒了這種誘惑，將槍握在手裡，穿過那座死城的街道。爆炸的火光足夠照亮她的路。

她的叫喊傳來回聲，詩人卻未回應，只有幾百隻拉蜜亞不認得的小鳥猛地飛了起來，在黑夜中展開牠們白色的翅膀。她走過哀王舊宮殿的下面一層，對著樓梯上面叫喊，甚至還開了一槍，可是完全沒有賽倫諾斯的蹤影，她走過爬滿藤蔓高牆下的院子，叫著他的名字，尋找著他到過那裡的蹤影。有一次，她看到一座噴水池，使她想起那位詩人所說，那天晚上哀王比利被荊魔神帶走而消失的故事，可是那裡還有好多噴水池，她不能確定這就是他說的那個。

拉蜜亞穿過穹頂下的大餐廳，但那個房間很黑，滿是陰影。有一個聲音，她車轉身來，舉槍待發，但那只是一片葉子還是一張陳舊的紙給風吹過磚地。

她嘆了口氣，離開了那座城，儘管幾天沒睡使她疲累不堪，卻仍能輕鬆地走著。通訊記錄器仍然沒有回應，雖然她能感受到時潮帶來似曾相識的感覺，卻並不覺得驚訝和意外。夜風消去了馬汀回谷裡所可能留下的足跡。

時塚又亮了起來，拉蜜亞在走到山谷入口之前就已經注意到了。那不是很亮的光，沒有什麼比得上天空中那雜亂的閃光，但每一座在地面上的時塚似乎都發出蒼白的光來，就好像在釋放這漫長一天裡所積貯的能量。

拉蜜亞站在谷口大聲叫喊，讓索爾和其他人知道她回來了。最後這一百公尺的路，她不會拒絕別人來幫忙拿東西。拉蜜亞的背部磨傷了，而她的襯衫也因為背帶卡進肉裡而被鮮血浸透。

她的叫喊無人回應。

在她緩慢爬上人面獅身像前的臺階時，感到筋疲力竭，她把東西放在寬大的石頭門廊上，摸索著找到她的手電筒，時塚裡很黑。在他們睡覺的那個房間裡，睡袍和背包散亂地放著。拉蜜亞叫了一聲，等到回音止息，再用電筒四下照著那個房間。一切都還是原樣。不對，等一下，有什麼東西不一樣了。

她閉起兩眼，回想早上這個房間裡的情形。

莫比烏斯方塊不見了。海特・瑪斯亭留在風船車上，以能量鎖住的奇怪盒子不在原先的角落裡，拉蜜亞聳了下肩膀，走了出去。

荊魔神在等著。就站在門外。比她想像中要高得多，矗立在她上方。

拉蜜亞走出房門，往後退開，忍住要尖叫的衝動。舉起的手槍在她手裡顯得小而無用。掉在石頭上的手電筒沒人理睬。

那個怪物歪著頭看她，在複眼後面有紅色閃動。身軀和鋒刃映照出來自上方的光亮。

「你這個狗娘養的！他們在哪裡？你把索爾和那孩子怎麼了？其他的人在哪裡？」拉蜜亞說，她的聲音平和。

那怪物把頭歪向另外一邊，那張臉上讓拉蜜亞分辨不出任何表情。它的肢體語言只讓人感到威脅。鋼手指發出響聲張了開來，就像幾把伸縮自如的小刀。

拉蜜亞對準了臉部開了四槍，沉重的十六釐米子彈結實地擊中了之後，發出尖銳的聲音消失在黑夜之中。

「我不是到這裡來送死的，你這個操他媽的金屬怪物。」拉蜜亞說，瞄準之後又開了十幾槍，每顆子彈都直接命中。

火星飛濺。荊魔神把頭猛地擺正了，好似在聽著遠方的聲音。

它不見了。

拉蜜亞喘著氣，半蹲下身，猛地轉了回去，什麼也沒有。山谷底在星光下亮著，天上的戰火平息了，陰影漆黑，但都在遠處，就連風也停了。

布瑯．拉蜜亞蹣跚走到她那堆背包前，坐在最大的一個上，想讓自己的心跳恢復正常。她覺得很有趣的是她剛才並不害怕，沒有真的害怕，但無法否認她身體裡腎上腺的分泌。

她仍然把槍握在手裡，彈匣裡還剩六、七發子彈，而火力依然強大，她抓起一個水瓶喝了一大口。

荊魔神出現在她身邊，來得既突然又無聲無息。

拉蜜亞丟下水瓶，一面將身子扭向一邊，想把槍口轉過來。

她簡直就像是以慢動作在動似的。荊魔神伸出右手，像縫衣針般長的指尖鋒刃在星光中閃亮，其中一根尖端滑到她耳後，找到了她的頭殼，平滑地刺了進去，除了一種冰冷的穿刺感覺之外，沒有疼痛。

🅷 23

費德曼．卡薩德上校穿過一扇傳送門，以為會看到奇怪或陌生的事物，想不到他所見到的是瘋狂的戰爭。莫妮塔走在他前面。荊魔神陪著她，指尖的鋒刃刺進卡薩德的上臂。等卡薩德穿過了那道刺痛的能量幕時，莫妮塔正在等著，而荊魔神卻不見了。

卡薩德立刻知道他們身在何處。他們站在一座矮山的頂上，兩世紀前，哀王比利曾下令將他的像刻在這座山上。山頂上的那塊平地空空的，只有一門反太空飛彈防衛砲的殘骸，仍然在冒著煙。從花崗石仍然光滑和熔化的金屬正在冒泡的情況看來，卡薩德猜想這門砲是從太空中掉落下來的。

莫妮塔走到懸崖邊上，正在哀王比利寬廣額頭上方五十公尺，卡薩德走到她身邊。眼前的河谷、城市，以及西邊十公里外的太空港高地讓他知道了現況。

海柏利昂的首都正在起火燃燒。稱為傑克鎮的舊城區部分就像一場原子彈爆炸所引起的小型風暴性大火。在郊區和通往機場的公路兩邊，還有上百處比較小的火，就好像是維護得很好的烽火臺。就連胡黎河也在燃燒，因為油火伸展到了古老的碼頭和倉庫底下。卡薩德看到一座古老教堂的尖塔矗立在火焰之上。他想找西塞羅的店，但那家店被上游的濃煙和火焰遮蔽了。

山丘和谷地裡一片紛亂，好像一座蟻丘被巨人的靴子踢散了一般，卡薩德看得到那些公路，因為人流而全部阻塞，動得比真正的河流還慢，總有幾萬人在逃難。砲火和能量武器發出的火光綿延到地平線上，照亮了上方低垂的雲層。每隔幾分鐘，就有一架飛行器，可能是軍方的浮掠機或是登陸艇，從太空港附近的煙霧中，或是北邊或南邊長著樹的山丘間升起，空中就充滿了從上方和下方射來子彈首尾相連的光，而那架飛行器就帶著一陣黑煙和橘色的火焰栽了下去。

氣墊船像水蟲似地在河上掠過，在燃燒的船隻、駁船，以及其他氣墊船殘骸中閃避。卡薩德注意到公路上唯一的橋斷了，連水泥和石造的橋墩也在燃燒。煙霧之中有戰鬥雷射和死光閃現，個體攻擊飛彈也看得很清楚，因為白色的細點快得讓人看不見，卻留有餘波，使所經過的空氣超熱。他和莫妮塔看著時，在太空港附近發生了爆炸，一朵蕈狀的火雲沖上天空。

——不是原子彈，他想道。

——不是。

包覆了他兩眼的緊身衣部分就像是極度強化的霸軍夜視鏡，卡薩德利用其功能將河對岸西北方五公里遠的一座山丘拉近。霸軍陸戰隊向山頂慢慢移動，有些已經脫隊，用他們配備的能量來挖散兵坑。他們的甲冑已經啟動，迷彩的偽裝非常完美，可偵測到的熱量減到最低，但卡薩德毫無阻礙地發現他們，他想要的話，連他們的臉都可以看得清楚。

軍事指揮和加密頻道在他耳邊低語，他聽得出那些激動的話語和偶發的咒罵，是人類不知多少代以來戰鬥的正字標誌，成千上萬的軍隊由太空港和他們的駐地被驅趕出來，會在離城二十公里處的一圈地方挖掘，構成小心策畫的火力區和全部殲滅敵方軍力的力量。

——他們認為會有一場攻擊。

卡薩德發出訊息，覺得這效果勝過不出聲的說話，只略遜於心電感應。

莫妮塔抬起一隻水銀手臂指向天上。

那一片烏雲非常高，至少有兩千公尺，令人震驚的是那裡首先出現一架飛機，然後是十幾架，不到幾秒鐘，有一百個俯衝而下的物體，大部分都被偽裝的聚合塗料和配合背景的護衛力場所遮掩，但是卡薩德又毫無困難地把它們看得一清二楚。在偽裝之下，鐵灰色的外層上有著並不很清楚的記號，他認出那些正是驅逐者。有些較大的飛行器顯然是登陸艇，藍色的凝結尾看得很清楚，但其他在支撐力場的波動空氣中緩緩下降，卡薩德注意到那胖大的尺寸和形狀，正是驅逐者進攻的後勤運輸船，有些毫無疑問地裝載著補給品和彈藥，也有很多毫無疑問是空的，是給地面防衛部隊用的誘餌。

過了一下之後，那如天花板般的雲層又再打破，好幾千個自由落體的小東西像彩紙屑似地落下：驅逐者的傘兵經過運輸船和登陸艇直降而下，等到最後一秒鐘才展開他們的支撐力場和翼傘。

不管霸軍的司令官是誰，他的確很有紀律，對自己和手下都一樣，地面的砲和散布在城四周的數千名陸戰隊員，都沒有理會目標較大的登陸艇和運輸船，然後等著傘兵部隊的定位裝置開啟，有些只比樹梢高一點。在那一瞬間，空中充滿了成千上萬的閃光和尾煙，雷射光穿透煙霧，飛彈爆炸。

乍看之下，所造成的死傷十分驚人，足夠抵擋任何攻擊，但是很快巡視一遍之後，卡薩德知道至少有百分之四十的驅逐者著陸，以任何一次首波行星攻擊的行動來說，這個數字相當不錯。

一群五個傘兵轉向他和莫妮塔站立的這座山。山下的雷射死光使其中兩個著火燃燒，一個驚惶失措地旋轉而下，掉入空無之中解體，最後兩個被東邊來的一陣風吹得轉著掉入下面的森林裡。

卡薩德所有的感官都有所感受：他聞到電離後的空氣和無煙火藥以及硝煙的味道，煙霧和電漿爆炸時的酸味使他的鼻翼翕動，在城裡某處，有警笛鳴叫，而小型武器開火和樹被火燒所發出的劈啪響聲也隨風傳到他耳邊，無線電和截聽到的加密頻道響個不停，火焰照亮了山谷，雷射光像探照燈似地穿透雲層。在他們下方約半公里，森林和山腳草地相接之處，好幾組霸聯的陸戰隊正和驅逐者的傘兵部隊展開徒手肉搏，尖叫聲清晰可聞。

費德曼．卡薩德著迷地看著，感覺如同他以前有次看到法國騎兵團在阿贊庫爾會戰中衝鋒陷陣時的激動經驗。

——這不是虛擬實境？

——不是。莫妮塔答道。

——是目前正在發生的情形嗎？

——什麼時候叫現在？他身邊那銀色形體歪著頭問。

——接近我們在時塚谷裡……相遇的時間。

——不是。

——那，是未來？

——是的。

——是最近的未來吧？

——是的，就是你和你的朋友們抵達山谷後的第五天。

卡薩德吃驚地搖了搖頭，如果莫妮塔的話可信，那他就是在時光中超前了。

她轉過身來對著他時，臉上映照著火光和各種顏色。

——你想參加這次戰爭嗎？

——打驅逐者？他將兩手環抱在胸前，更為專注地看著，他已經對這套奇特新緊身甲冑的戰鬥功能有了些認識。他很可能隻手扭轉這場戰爭的勝敗，很可能摧毀驅逐者已經登陸的這幾千名部隊。不要，他向她表示，現在不要，不要在目前這個時候。

——痛苦之王相信你是個戰士。

卡薩德又轉身去看她。他有點好奇，為什麼她會給荊魔神這樣一個沉重的稱號。

——痛苦之王可以去操他自己，除非他想和我單打獨鬥。他發出訊息。

莫妮塔有好長一段時間一動也不動，像一尊立在有風吹颳山頂的水銀雕像。

——你真的會和它對打嗎？她最後問道。

——我到海柏利昂來，就是為了要殺它，還有妳。只要你們有哪個或是兩個都同意，我隨時奉陪。

——你仍然相信我是你的敵人嗎？

卡薩德回想起在時塚所受到的攻擊，知道那並不是強暴，而是讓他達成了他自己的願望，他沒有說出口的慾望，想再次和這個不可能的女人成為愛人。

——我不知道妳是什麼東西。

——我起先如許多人一樣，是個受害者。然後，在我們很遠的未來裡，我看到為什麼痛苦之王會給創造出來，它必須鍛冶出來，然後我就變成既是同伴，也是守護者。莫妮塔傳送訊息，她的眼光回到山谷裡。

——守護者？

——我控制時潮，修補機械裝置，而且要注意不讓痛苦之王在它時辰未到之前醒來。

——那妳能控制它了？卡薩德想到這點，心跳都快了起來。

——不能。

——那，是誰還是什麼東西能控制它？

——只有能在肉搏戰中將它擊敗的那個男人或女人。

——有誰打敗過它呢？

——沒有人，在你的未來或你的過去都沒有。莫妮塔傳送道。

——有很多人試過嗎？

——好幾百萬人呢。

——全都死了？

——要不就更慘。

卡薩德深吸了一口氣。妳可知道我會不會獲准和它決鬥呢？

——會的。

卡薩德把那口氣吐了出來。沒有人打敗過它。他的未來是她的過去，她一直住在這裡，她曾經看過那棵可怕的刺樹，就像他一樣，看到熟悉的面孔，如同他看到馬汀・賽倫諾斯掙扎著，被釘在樹上，那還是他真正和那人見面前好幾年的事，卡薩德轉身背對著下面山谷中的戰爭。我們現在能去找他嗎？我要向他挑戰，單打獨鬥。

莫妮塔默默地看了他好一陣子。卡薩德看到他自己水銀的面容反映在她的臉上。她沒有回答，只轉過身去，用手在空中一點，召來了那扇傳送門。

卡薩德跨步向前，率先穿過門去。

24

葛萊史東直接轉回執政院，和里・杭特以及六、七個在場的助理一起進入了作戰指揮中心。房間裡擠滿了人：莫普戈、辛赫、范捷特和另外十來個軍方代表，不過葛萊史東注意到那位年輕的海軍英雄李中校並不在場，大部分的內閣成員都在，包括了國防部長艾倫・伊摩鐸，外交部長賈瑞昂・帕爾索夫，還有經濟部長巴布雷・丹—吉迪士，那些參議員也和葛萊史東一樣趕來，其中有幾個像是剛由睡夢中叫醒。橢圓形會議桌上的「權力曲線」坐著盧瑟斯星來的柯爾契夫參議員，小文藝復興星系來的雷巧，諾德荷姆的龍奎斯特，來自富士的柿沼，天龍座七號星的薩班斯托瑞菲，天津三來的皮特斯。臨時主席丹哲爾—海特—阿敏帶著一副不知所以的表情坐在那裡，禿頭映著頭頂上的聚光燈而發亮，而和他相對的年輕萬事議會網路議長吉朋則坐在他椅子的前沿，兩手撐著膝蓋，整個模樣像極度的蓄勢待發，資政艾爾必杜的投射影像坐在葛萊史東正面對的空椅子上。所有的人在葛萊史東由走廊裡匆匆進來時都站了起來，她就座之後，揮手請大家坐下。

「說明清楚。」她說。

莫普戈將軍站了起來，朝一名副官點了下頭，燈光轉暗，光幕亮了起來。

「影像就免了！快說。」梅娜．葛萊史東叱喝道。

光幕褪去，燈重新亮了起來。莫普戈看來飽受驚嚇，有點茫然，他低頭看手裡的雷射筆，皺起了眉頭，再把筆丟進口袋，他清了清嗓子說道：「首席執行官，各位參議員，各位部長，主席和議長，各位貴賓，驅逐者成功地完成了一次毀滅性的突擊。他們的戰鬥部隊逼近了萬星網裡的六、七個世界。」

房間裡的騷動淹沒了他的聲音。「萬星網的世界！」好幾個聲音叫了起來。政界的人、諸位部長、還有其他的官員紛紛叫嚷不休。

「安靜！」葛萊史東命令道，所有的人安靜下來。「將軍，你曾經向我們保證，任何一股敵對勢力距離萬星網都至少有五年的時間。為什麼會有這樣的改變，又是怎麼變化的？」

將軍正視著首席執行官的兩眼。「報告首席執行官，就我們所知，所有的那些霍金推進器的痕跡全是假的。驅逐者船群在幾十年前已經拋開了他們的那些推進器，以低於光速的速度航向目標……」

激動的說話聲又將他的聲音淹沒。

「繼續，將軍。」葛萊史東說，所有的雜音又消失了。

「以低於光速的速度來說，有些驅逐者船群想必已經這樣航行達標準時間五十年以上了，完全不可能偵測到他們，這絕對不是什麼錯誤……」

「有危險的是哪幾個世界？」葛萊史東問道，她的聲音很低，完全不動聲色。

莫普戈望著空中，好像找著影像資料，然後把視線回到桌子上，他的兩手握緊了拳頭。「我們目前的情況是以看到凝結尾為基礎，再加上發現他們轉換用霍金空間跳躍推進器的時間推算，認為第一波會抵達天堂之門、神之谷、無涯海洋星、艾斯葵司、艾克里昂、青島—西雙版納、艾克蒂昂、巴納德，還有坦培，時間是在接下來的十五到七十二小時之內。」

這次嘈雜的聲音再也止不住了。葛萊史東讓叫喊和驚嘆持續了幾分鐘，這才舉起一隻手來，使這群人恢復了自制。

柯爾契夫參議員站了起來。「這他媽的鬼狀況到底是怎麼發生的，將軍？你當初可是提出了絕對的保證！」

莫普戈毫不退讓，他的聲音裡也沒有反應出怒氣來。「是的，參議員，根據的是錯誤資料，我們錯了，我們的假設錯誤，首席執行官一個鐘頭之內就會收到我的辭呈，其他的將領也會和我一起辭職。」

「去你媽的辭呈！這個問題沒解決之前，我們大概都得吊死在傳送門的支柱上。問題是，你他媽的準備對這次進攻怎麼辦？」柯爾契夫叫罵道。

「蓋布瑞，請坐下。那正是我下一個問題。各位將軍？我想你們就保衛這幾個世界的問題，已經下了命令吧？」葛萊史東柔聲說道。

辛赫海軍上將站起來，走到莫普戈旁邊。「報告首席執行官，我們已經竭盡所能。不幸的是，所有受到第一波威脅的世界裡，只有艾斯葵司有一支霸軍的分遣隊駐守，其餘地方都有傳送門可用，艦隊可以趕去支援，但是艦隊不可能分散得那麼開去保護所有的這幾個世界，而且，很不幸的是……」辛赫停了一下，然後提高了聲音，蓋過又起的一陣騷動。「而且，不幸的是，將原先保留的軍力調去支援海柏利昂的行動已經開始。那兩百個艦隊的單位裡大約有六成，不是已經由傳送門到了海柏利昂星系，就是已經遠離他們原先在萬星網的防衛位置而轉到了待命區。」

梅娜．葛萊史東揉著臉頰。她發現自己仍然穿著那件斗篷。雖然高領已經拉下，現在她解開扣子讓斗篷落在她的椅背上。「上將，你這話的意思就是這些世界會毫無防衛，也沒有辦法把我們的軍力及時調轉回來。對嗎？」

辛赫立正站好，身體僵直得就像面對著行刑隊一樣。「對，首席執行官。」

「還能有什麼辦法？」她在又開始湧起的叫聲中高聲問道。

莫普戈向前走了一步。「我們正在利用民間的傳送系統，盡我們可能地把霸聯陸軍步兵和陸戰隊傳送到那幾個受威脅的世界去，也輸送了輕型的武器和空中與太空的防衛武器。」

國防部長伊摩鐸清了下嗓子。「可是沒有艦隊的防守，起不了什麼作用。」

葛萊史東朝莫普戈看了一眼。

「一點也不錯，我們的兵力最多只能在準備疏散撤離的時候打後衛戰❽……」將軍說。

雷巧參議員站了起來。「準備疏散撤離！將軍，你昨天告訴我們說把兩、三百萬人從海柏利昂撤離是不切實際的作法，而你現在卻說我們可以成功的撤走……」她停了一下，看看她植入的通訊記錄器。「七十億人，不受驅逐者侵略部隊的殺害？」

「不是的，我們可以犧牲部隊來拯救少數精選出來的官員、第一家庭成員，還有對繼續作戰有必要的工商界領袖。」莫普戈說。

「將軍，昨天我們這群人授權立即將霸聯軍力調去支援海柏利昂，這決定使新的調動產生困難嗎？」葛萊史東說。

陸戰隊的范捷特將軍站了起來。「是的，首席執行官，在決議完成後一個小時之內，部隊已經傳

---

❽ rearguard action，亦指「作取勝無望的拚死鬥爭」。

送到了待命區。十萬奉調部隊中已經有將近三分之二在……」他看了看他那古董計時器。「標準時間五點三十分之前，也就是大約二十分鐘之前，進入了海柏利昂星系。至少要等八到十五個小時之後，這些部隊才能回到海柏利昂的集結區，再回萬星網來。」

「在萬星網還有多少可用的霸軍部隊？」葛萊史東問道，她彎起一節手指，碰著下唇。

莫普戈吸了口氣。「大約三萬人，首席執行官。」

柯爾契夫參議員用手掌一拍桌子。「結果我們不但調空了我們的戰鬥太空船，連大部分的霸軍部隊也調走了。」

這不是個問題，莫普戈沒有回答。

巴納德星來的費黛絲坦參議員站了起來。「首席執行官，我的世界，所有提到的這些世界，必須要先警告他們。如果你不準備馬上宣布，我就必須做這件事。」

葛萊史東點了點頭。「我在會議結束之後立刻宣布敵人入侵的消息，桃樂絲。我們會透過所有媒體幫妳和妳的選民接觸。」

那黑頭髮的小個子女人說：「去他的媒體。我一等這裡的會開完就要傳送回去。不論巴納德星遭逢什麼樣的命運，我都要和他們在一起，各位先生、各位女士，如果這消息確實，我們就該全都吊死在門柱上。」費黛絲坦在一陣喃喃低語聲中坐了下來。

吉朋議長站起身，等大家安靜下來。他的聲音繃得緊緊的。「將軍，你說的第一波，是軍方習慣的說法呢，還是你得到情報顯示後面還會有數波攻擊？如果是這樣，萬星網和保護區世界裡還有哪些會受到攻擊？」

莫普戈兩手捏緊又鬆開，他又朝空中看了一眼，轉向葛萊史東。「請問首席執行官，我能不能用一張圖表？」

葛萊史東點了點頭。

光幕顯示的還是他們在奧林帕斯簡報時所用的那張圖，霸聯是金色的，保護區各星是綠色的，驅逐者船群的兵力用紅色箭頭帶藍色尾，霸聯艦隊的調動則是橘色。從那張圖馬上就可以明顯看出紅色箭頭遠離了原先的軌道，像尖頭染血的矛似地直刺進霸聯的空間。橘色的細點現在集中在海柏利昂星系，其他則像一條鍊子上的珠子，沿著傳送門的路徑一路散布。

一些有過軍事方面經驗的參議員看到之後，都倒抽了一口冷氣。

「就我們已知蹤跡的十來支驅逐者船群來看，似乎全都在準備入侵萬星網。有幾支分成很多攻擊組群。第二波，大概會在第一波攻擊之後一百到兩百五十小時之後抵達攻擊目標，如圖上的標示。」莫普戈仍然以輕柔的聲音說。

房間裡一點聲音也沒有。葛萊史東不知道其他人是不是也屏住了呼吸。

「第二波攻擊的目標包括：希伯崙，大約一百小時之後。文藝復興星，一百一十小時。小文藝復興，一百一十二小時。諾德荷姆，一百二十七小時。茂宜—聖約，一百三十小時。塔里亞，一百四十三小時。天津三和四，一百五十小時。天龍座七號星，一百六十九小時。自由洲，一百七十小時。新地球，一百九十三小時。富士，兩百零四小時。新麥加，兩百零五小時。平安星系，亞瑪迦斯特星系和斯沃博達星，兩百二十一小時。盧瑟斯，兩百三十小時。天崙五中心，兩百五十小時。」

光幕消失了。寂靜延續。莫普戈將軍說：「我們假設第一波驅逐者船群在第一次攻擊之後，還會有第二組目標，但是在霍金空間跳躍推進器之下的轉移時間，會成為標準時間萬星網行程的時債，約是九週到三年。」他退後幾步，稍息站著。

「我的天啊！」在葛萊史東後面幾個位子上有人低聲地說。

首席執行官揉著下唇，為了將人類由她認為是永恆的奴役，或更糟的滅絕命運中拯救出來，她準備在大部分家人躲在樓上，安全地躲在鎖上的門後時，打開這棟房子的前門，放狼進來。只不過現在這一天已經到了，狼群正從每扇門和每扇窗子裡進來。她幾乎因為這樣的報應而微笑起來，笑她自己的愚蠢，居然以為她能把混亂從籠子裡放出，然後加以控制。

她說：「首先，除非我批准，不得有辭職或自責的行為。這個政府很可能會垮臺，真的，內閣成員，包括我本人在內……都會像蓋布瑞說的，吊死在門柱上。可是在那之前，我們就是霸聯的政府，必須做得像個政府的樣子。

「第二，我會在一個小時內和在座的，以及其他參議院委員會的代表們開會，討論我要在標準時間上午八時正向萬星網發表的演說內容。到時候歡迎各位提出建議。

「第三，我在此下令並授權霸軍將領，在霸聯各地盡他們的力量來保衛和維護萬星網及保護區的人民和財產，無論他們採取什麼樣特殊的必要手段。各位將軍，我要將部隊在十小時內調回到受威脅的萬星網各世界。我不管要怎麼去辦到，但是一定要辦到。

「第四，在我發表完演說之後，我要召開參議院和萬事議會的大會。到時候，我會宣布人類霸聯和驅逐者各國之間是交戰狀態。蓋布瑞、桃樂絲、湯姆、愛珂，你們所有的人在接下去的幾個小時裡會非常忙碌。去準備向你們家鄉所做的演講，但是要投那張票。我需要參議院毫無異議、完全支持。吉朋議長，我只能請你幫忙引導萬事議會網路的辯論，重要的是，我們必須在今天中午十二點前得到萬事議會的一票。不得有意外。

「第五，我們要撤離受第一波威脅的那些世界上的人。」葛萊史東把手舉起，攔住了那些專家們的反對和說明。「我們要在我們能有的時間內撤走每一個我們能撤走的人。帕爾索夫、伊摩鐸、丹—吉迪士等幾位部長，還有萬星網交通部的克倫寧斯會籌組並主持撤離協調委員會，在今天下午一點鐘以前向我提出詳細報告和行動時程。霸軍和萬星網安全局要負責群眾控制和傳送門的護衛工作。

「最後，我希望在三分鐘之後和艾爾必杜資政、柯爾契夫參議員，以及吉朋議長到我的私室會商。還有誰有任何的問題嗎？」

一張張受驚的面孔回望著她。

葛萊史東站了起來。「祝各位好運，趕快工作。不要散布不必要的恐慌。願神拯救霸聯。」她說完，轉身離開了房間。

葛萊史東坐在她的辦公室後面。柯爾契夫、吉朋和艾爾必杜坐在她對面。空氣中瀰漫著緊張的感覺，他們原先是因門外那稍可察覺到的忙亂而來，卻因葛萊史東遲遲不開口說話而更令人發狂。她雙眼一直盯著艾爾必杜資政。「你，背叛了我們。」她最後終於說道。

那投影似笑非笑的表情絲毫未變。「絕無此事，首席執行官。」

「那你有一分鐘的時間說清楚為什麼智核，尤其是AI資政委員會沒能預測到這次入侵？」

「這只要一個名字就能說明白了，首席執行官。」艾爾必杜說：「海柏利昂。」

「海柏利昂個屁！」葛萊史東一掌拍在那張老舊的桌子上，非常不葛萊史東式地大發脾氣。「我已經聽夠了，也聽煩了什麼不定的變數和海柏利昂這個可預測的黑洞，艾爾必杜。到底智核能幫我們了解所有可能性，還是他們騙了我們五百年。是哪一樣呢？」

「委員會預測到這場戰爭，首席執行官。我們機密的資政向妳和需要知道的人解釋過，只要海柏利昂牽扯在內就會有不確定性。」那個灰髮的影像說。

「胡說八道，你們的預測就一般狀況來說應該不會有差錯。這次攻擊想必在幾十年前就計畫好了。說不定還是幾百年前呢。」柯爾契夫叱罵道。

艾爾必杜聳了下肩膀。「沒錯，參議員，可是很可能只因為這個政府決定在海柏利昂星系發動戰爭，才使得驅逐者實施這個計畫。我們說過，不該有任何與海柏利昂有關的行動。」

吉朋議長向前俯過身來。「你們給了我們必須參加所謂荊魔神朝聖團的名單。」

艾爾必杜沒有再聳肩膀，但是那投影的影像很輕鬆自在，很有自信。「你們要求我們提出萬星網裡哪些人對荊魔神的要求，會改變這場我們預測戰爭的結果。」

葛萊史東把十指合在一起，點著下巴。「你們有沒有決定這些要求會怎麼改變那場……這場戰爭的結果呢？」

「沒有。」艾爾必杜說。

「資政大人，謹此通知，以接下來幾天的結果來看，目前人類霸聯政府正考慮向稱為智核的實體宣戰。閣下身為那個實體的大使，特此請你轉達這件事。」梅娜．葛萊史東首席執行官說。

艾爾必杜微微一笑。他將兩手伸開。「首席執行官，這可怕消息帶來的震驚想必影響到妳開這種無聊玩笑。向智核宣戰如同……像魚向水宣戰，像一個司機因為別處車禍的消息就攻擊他的電磁車。」

葛萊史東沒有笑。「以前在帕塔法，我祖父有天早上因為家裡的電磁車不肯發動，就朝車子開了六槍。你可以退下了，資政。」她說得很慢，語氣凝重。

艾爾必杜眨了下眼，消失無蹤。這樣突然離開有可能是刻意表示絕交。投影影像通常會先由房間走出去，或是等其他人走了之後才漸漸解離，否則就是智核方面的控制人員被這番談話嚇到了。

葛萊史東向柯爾契夫和吉朋點了點頭。「我不再耽誤兩位。不過，請確定一件事，就是我在五個鐘頭後宣戰時，希望能得到完全的支持。」她說。

「沒問題。」吉朋說完，兩位男士走了出去。

助理們由門口或暗板後面進來，提出各種問題，由通訊記錄器來尋求指令。葛萊史東豎起一根手指。「席維倫在哪裡？」她問道。看到幾張面孔上一片空白的表情，她又說：「那個詩人……我是說，畫家，那個替我畫像的？」

幾個助理互相對看了一眼，好像首席執行官突然發瘋了。

「他還在睡覺。」里．杭特說：「他吃了點安眠藥，也沒有人想到叫他起來參加會議。」

「我要他在二十分鐘之內到我這裡來，給他先作個簡報。李中校在哪裡？」葛萊史東說。

妮基．卡爾頓，那位負責與軍方連絡的年輕女子說道：「李中校昨天晚上由莫普戈將軍和霸聯海軍地區司令派去擔任邊界巡邏的工作，他會從一個海洋世界到另一個海洋世界，以我們的時間來算，為期二十年。目前他剛轉到布列西亞的霸聯海軍總部，等著往外傳送。」

「把他調回到這裡來，我要升他當海軍少將，或是其他必要的階級，然後調到這裡來，給我，而不是執政院或行政部門，有必要的話，我會把最重要的事託付給他。」葛萊史東說。

葛萊史東對著空白的牆壁看了一陣，她想到前一晚她去過的那幾個世界：巴納德星，那透過樹葉的燈光、古老的磚造校舍。神之谷中繫住的氣球，和迎向晨曦自由飛翔的齊普林鳥。天堂之門的散步場……所有這一切都是第一波的目標。她搖了搖頭。「里，我要你和塔娜還有布林迪南斯為我對全萬星網和宣戰的兩次講演擬個初稿，四十五分鐘之內交給我，要簡短、明確。查一下列在邱吉爾和史托丹斯基名下的檔案。要實在，但要無所畏懼，要樂觀，但也要帶點悲情。妮基，對軍方的每一個動作我都要能即時掌控。我要有一張我自己的指揮圖，由我個人的植入晶片傳送，『限由首席執行官親收』。芭比，妳要替我到參議院以其他方式要點外交手腕，到那裡去調閱相關文件，操縱他們、威脅、利誘，總之要讓他們知道在接下來的三、四次投票時違反我意願的話，還不如出去和驅逐者作戰會更安全得多。

「誰還有問題嗎？」葛萊史東等了三秒鐘，然後將兩手一拍。「好了，讓我們動起來吧，各位！」

在接下來那一波參議員、部長和助理們進來之前的短短時間裡，葛萊史東轉過身去朝向她頭上方空白的牆壁，抬起手指來指著天花板，擺了擺手。

她轉回身來，正好下一批要員走了進來。

H 25

索爾、領事、杜黑神父和不省人事的海特．瑪斯亭正在第一個穴塚裡時，聽到了槍聲。領事一個人走了出去，走得很慢，很小心，擔心著將他們邁進山谷深處的時潮風暴。

「沒問題。」他回頭叫道。索爾的燈籠發出蒼白的光照著那個洞穴的後端，映照出三張蒼白的面孔，和用長袍裹著的那名聖堂武士。「時潮弱了。」領事叫道。

索爾站了起來。他女兒的小臉在他的臉下露出一個白色的橢圓形。「你確定槍聲是布瑯的那把槍來的嗎？」

領事指了指外面的黑暗。「我們其他的人都沒有帶著武器。我去查看一下。」

「等等，我陪你去。」索爾說。

杜黑神父一直跪在海特．瑪斯亭身邊。「去吧，我在這裡守著他。」

「我們之中會有一個人過幾分鐘就回來。」領事說。

山谷裡影影綽綽地滿是時塚所發出的白光。風由南邊呼嘯而來。但是今晚的氣流很高，高過了懸崖峭壁，所以谷底的沙丘並沒受擾。索爾跟在領事後面，找路走過那條很難走的小路到了谷底，再轉向谷口那邊。輕微的似曾相識的感覺讓索爾想起了一個小時之前狂暴的時潮。但現在就連殘餘的風暴尾聲也漸漸消失。

等那條小路變寬，到達谷底之後，索爾和領事一起走過了水晶獨石巨碑受到劫火的戰場，那座高大的建築發出乳白色的光，都由散落在地上難以計數的碎片反射上來。他們微微向上，經過發出淺綠磷光的玉塚，然後再轉了個彎，沿著Z字形的路一路走向人面獅身像。

「天啊。」索爾輕呼一聲，衝向前去，盡量不太顛動他懷裡睡著的嬰兒，他跪在階梯頂上一個黑色身影旁邊。

「布瑯嗎？」領事問道，他停在兩步遠的地方，在突然爬了一段階梯後喘著氣。

「是的。」索爾開始把她的頭扶起來，卻又猛地將手抽回，因為他摸到有又黏又冷的東西由她頭殼後面伸出來。

「她死了嗎？」

索爾把他女兒的頭抱得更貼緊在他胸前，一面伸手到那女子的頸部去試脈搏。「沒有。」他說著深吸了一口氣。「她還活著……可是失去了知覺。把你的手電筒給我。」

索爾接過手電筒，照著布瑯．拉蜜亞癱臥的身形，再順著一條銀色的線，說是「觸鬚」也許更好，因為那個東西像血肉，讓人聯想到有機物，那觸鬚由她頭殼內的神經分流器裡伸出，一路橫過人面獅身像寬闊的階梯頂端，進入了開著的門。人面獅身像本身的光是所有時塚中最強的，可是入口還是很黑。

領事走近前來。「這是什麼？」他伸手去摸了下那條銀色纜線，像索爾剛才一樣飛快地將手抽了回來。「天啊，是溫熱的。」

「感覺上像活的。」索爾同意道。他一直在摩擦著布瑯的雙手，現在他輕拍著她的臉頰，想把她喚醒。她沒有動彈。他轉過身來，用手電筒的光沿著那條纜線照去，那條纜線蜿蜒著消失在入口的走道裡。「我想這可不是她自願拉上的東西。」

「是荊魔神，除了的腦波之外，一切正常，索爾。」領事說。他俯過身去啟動了布瑯腕上通訊記錄器上的生理感應讀數。

「那些讀數怎麼說？」

「說她已經死了。至少是腦死了。沒有任何功能。」

索爾嘆了口氣，跪直了身子。「我們得去看看這條纜線通到哪裡。」

「我們不能就把纜線從分流器裡解下來嗎？」

「你看。」索爾說著把手電筒照著布瑯的後腦，一面撩起一堆黑色的鬈髮，原先的神經分流器只是一個幾毫米寬的小碟片外加一個十微米的盒子，現在似乎融化了……紅色的肉隆起，和那條金屬纜線前端的細絲密接在一起。

「要動外科手術才能切除。」領事低聲地說。他碰了下像是紅腫發炎的肉，布瑯毫無反應。領事把手電筒拿回來，站直身子。「你陪著她，我進去查。」

「使用通訊頻道。」索爾說道。他心裡明白那些頻道在時潮起落之間根本毫無用處。

領事點了點頭，很快地向前走去，以免恐懼使他遲疑。

那條鋼纜在主要的那條走道上一路蜿蜒過去，到這些朝聖者頭天夜裡過夜的那個房間之後的地方轉彎，就看不見了。領事朝房間裡看了一眼，手電筒的光照見毛毯和背包還和他們匆匆離去而丟下時一模一樣。

他跟著那條纜線彎進走道：穿過中間的門，裡面的走道分成三條窄的走道。上了一處地道，馬上又下到一條在他們先前探勘時稱之為「圖特王公路」的狹窄走道，然後下了一道坡，沿著一條低矮得必須爬行的隧道，他小心地用兩手和兩膝著地，盡量不去碰觸那條像肉體一樣溫的金屬觸鬚。再爬上一道斜坡，陡直得讓他像爬在煙囱裡，接著是一條他不記得的寬走廊，走廊兩邊的石頭都向裡伸向天花板，有水滴落，然後是陡直向下，擦破了他手掌和膝蓋的皮膚才使他的滑落慢了下來。最後，他爬過一條長過人面獅身像外觀寬度的地道。領事已經完全迷失方向，只能相信時間到了，可以靠這條纜線帶他回去。

「索爾。」最後他終於呼叫道，其實一點也不相信他的聲音能穿透石頭和時潮傳出去。

「在。」傳來那個學者細小的聲音。

「我可真他媽的深入了，經過一條我不記得以前見過的走廊。覺得好深。」領事對著他的通訊記錄器低聲說道。

「你找到纜線最後到哪裡了嗎？」

「找到了！」領事輕輕地答道，他坐了下來，用一塊手帕擦著臉上的汗水。

「會聚點嗎？」索爾問道，他指的是萬星網的人民可以接上數據圈的無數接頭之一。

「不是的，這東西好像直接流進了這裡的石頭地裡。走廊到這裡也就沒有了。我想拔出來，可是連接的地方就和那個神經分流器融進她頭殼的情形一樣，看起來就像是石頭的一部分。」

「出來吧，我們想辦法從她身上剪掉。」索爾的聲音由靜電雜訊中傳來。

在那既潮濕又黑暗的隧道裡，領事有生以來第一次感到真正有幽閉恐懼感襲來。他發現自己無法呼吸，確信有什麼躲在他背後暗處，隔斷了他的空氣和唯一的撤退之路。在那條窄小的地道裡，他的心跳聲幾乎清晰可聞。

他緩緩地呼吸著，又擦了把臉，強將恐懼的情緒壓了下去。「那會送了她的命。」他在慢慢喘息之間說道。

沒有回應，領事又呼叫了一次，但他們之間微弱的連接被切斷了。

「我出來了。」他對著那寂靜無聲的儀器說，然後轉過身來，用手電筒順著低矮的隧道照過去。那條纜線觸鬚抽動了嗎？還是因為光影造成的錯覺？

領事開始朝他來的路爬了回去。

他們是在日落時分找到海特．瑪斯亭，就在時潮風暴來襲的幾分鐘前。領事、索爾和杜黑最早看到那個聖堂武士的時候，他正踉蹌走著，可是等他們趕到他倒下的地方，瑪斯亭已經失去了知覺。

「帶他到人面獅身像去。」索爾說。

就在這一瞬間，好像由落日編排好了似地，時潮淹沒了他們，如一陣湧來的噁心和似曾相識的感覺。三個大男人全都跪倒在地。蕾秋醒了，以一個新生嬰兒和受到驚嚇後的力氣哭了起來。

「往谷口走，一定得走出……這個山谷。」領事喘息著，把海特．瑪斯亭背在肩上站了起來。

三個男人朝谷口走過去，經過了第一個時塚，人面獅身像，但是時潮來得更猛，像一陣令人暈眩的狂風吹襲著他們。在走了三十公尺之後，他們再也無力前進。他們跪倒下來，兩手撐地，海特．瑪斯亭滾落在那條小路的那邊，蕾秋停止了嗚咽，不舒服地扭動著。

「回去，回到山谷裡，底下……比較好些。」保羅．杜黑喘著氣說。

他們往回走，像三個醉漢各自捧著不能掉落的貴重物品似地，在小路上蹣跚行走。他們在人面獅身像下面略微休息，背靠著一塊大礫石，讓時空像布疋似地在他們四周來回飄動。就好像整個世界是一面旗子，而有人在憤怒中胡亂揮舞。現實似乎在翻騰摺疊，然後又整個開展出去，再摺回來，如巨浪撲擊在他們上方。領事讓那個聖堂武士靠躺在那塊岩石邊，兩手撐地跪倒，不住喘息，手指在慌亂中緊抓住地面。

「莫比烏斯方塊，我們一定得有莫比烏斯方塊。」聖堂武士說著，他動了動身子，兩眼依然緊閉。

「他媽的！」領事勉強開口道。他粗暴地搖著海特．瑪斯亭。「我們為什麼需要那個東西？瑪斯亭，我們為什麼需要？」聖堂武士的頭無力地前後搖擺。他又失去了意識。

「我去拿來。」杜黑說。這個教士看起來老弱多病，臉和嘴唇蒼白。

領事點了點頭，把海特．瑪斯亭扛在肩膀上，扶索爾站起，朝谷裡踉蹌走去，感覺到離人面獅身像越遠，那股反熵力場的潮浪就越減少。

杜黑神父爬上小路，爬上那道長長的階梯，蹣跚走到人面獅身像的入口，像一個水手在狂濤巨浪中抓著一根繩子般緊攀著那裡的石頭。人面獅身像似乎在他上方搖動，先向一邊傾斜三十度，然後朝另外一邊傾斜五十度。杜黑知道那只是時潮的力量影響到他的感覺，卻也足夠讓他跪倒在岩石上嘔吐起來。

時潮暫停了一下，像一個巨浪在一波波可怕的衝擊中暫停下來，杜黑站起身子，用手背抹了一下嘴巴，跌跌撞撞地走進黑暗的時塚。

他沒有帶手電筒，只能踉蹌著沿走廊摸索前進，心裡害怕著兩件事：一是在黑暗中摸到又滑又冷的東西，另外則是撞進了他復活的那個房間裡，看到自己剛由墳墓裡挖出來的屍體。杜黑發出尖叫，但叫聲卻消失在他自己如龍捲風呼嘯般的心跳聲和再度強力襲來的時潮中。

他們睡覺的那個房間很黑，那可怕的黑暗真的是連一絲亮光也沒有，但杜黑的眼睛適應了，而且發現莫比烏斯方塊本身發著微光，明顯地在閃動。

他踉蹌走過雜亂的房間，抓住那個方塊，猛一用力將那沉重的東西扛了起來。領事那捲摘要錄音裡提到過這件手工藝品，朝聖之旅中瑪斯亭所帶的神祕行李，也談到大家相信那裡面有一隻耳格，就是那種外星力場生物，用來充當聖堂武士樹船的動力。杜黑不明白這耳格現在為什麼那麼重要，但他把那個方塊緊抱在懷裡，往回蹣跚走著，經過走廊，到了外面，下了階梯，走進山谷深處。

「在這邊！這裡比較好。」領事在懸崖峭壁下方第一個穴塚裡叫道。

杜黑蹣跚爬上小路，忙亂和突然脫力之中差點失手讓那方塊掉落，領事扶著他走完到穴塚裡的最後三十步路。

裡面的情況好得多。杜黑能感受到就在洞口的時潮起落，但是在洞穴的後端，有光球用冷冷的光照著複雜的雕刻花紋，看來幾乎很正常，教士趺坐在索爾．溫朝博身邊，把那個莫比烏斯方塊放在沉默不語卻瞪大了兩眼的海特．瑪斯亭身邊。

「你過來的時候，他才剛醒。」索爾低聲地說，小嬰兒的雙眼在微光中睜得又大又黑。

領事在聖堂武士身邊坐了下來。「我們為什麼需要這個方塊？瑪斯亭，為什麼需要這個東西？」海特．瑪斯亭瞪視的目光未動，也沒有眨眼。「我們的盟友，我們對抗痛苦之王的唯一盟友。」他輕聲地說道。他的每個音都很清楚地帶著聖堂武士世界方言的腔調。

「這怎麼會是我們的盟友？要怎麼用它？什麼時候用到？」索爾追問，兩手抓住那個人的袍子。

聖堂武士的雙眼凝視著無盡遠處。「我們爭的是榮譽。第一個接觸到濟慈重生模控人的是長青紅杉真言者，但先知謬爾的光所榮耀的人是我，是『世界之樹』，我的『世界之樹』，用來救贖我們違抗謬爾先知的罪愆。」他輕聲地說，聲音很沙啞。聖堂武士閉上了眼睛，在他那嚴肅的臉上露出看來很不協調的微笑。

領事看了看杜黑和索爾。「這話聽起來像荊魔神教的說法，而不像聖堂武士的教義。」

「也許兩者都是，在神學史上還有過更奇怪的結合。」杜黑輕輕地說。

索爾伸出手掌貼在那聖堂武士的額頭。那高大的男人正在發高燒。索爾在他們唯一的醫藥包裡翻找止痛劑或是退燒貼布。找到之後，他又遲疑了。「我不知道聖堂武士是不是能使用一般的藥品，我可不想因為過敏而送了他的命。」

「他們和我們一樣。」領事把那塊退燒貼布接過來貼在那聖堂武士虛弱的手臂上。他靠近了些，問道：「瑪斯亭，在風船車上出了什麼事？」

聖堂武士的兩眼睜開了，但仍然視線失焦。「風船車？」

「我不懂是怎麼回事。」杜黑神父輕聲道。

索爾把他拉到一邊。「在朝聖的路上，瑪斯亭始終沒有講他的事，我們出發的第一天晚上，他就在風船車上失蹤了。那裡留下了血跡，好多的血，還有他的行李和那個莫比烏斯方塊。可是瑪斯亭不見了。」他低聲地說。

「風船車上出了什麼事？想一想，樹之真言者海特·瑪斯亭！」領事又輕聲地說了一遍。他輕輕地搖了下那聖堂武士，以吸引他的注意。

那高大男人臉上的表情變了，他的兩眼不再失焦，帶著點亞洲人味道的五官也恢復了大家所熟悉的那種嚴肅的線條。「我把裡面的力量釋放出來了……」

「他說的是耳格。」索爾輕輕地向大惑不解的神父說。

「用我從高枝學到的心律來約束他。可是緊接著，事先毫無警兆，痛苦之王就找上了我們。」

「荊魔神。」索爾低聲地說，像是自言自語而不是說給教士聽。

「灑在那裡的是你的血嗎？」領事向聖堂武士問道。

「血？」瑪斯亭把他的帽兜向前拉過來，遮住他困惑的臉。「不是，那不是我的血。痛苦之王的手裡抓了個……司儀神父❾，那個人掙扎著，想逃離那贖罪的鋒刃……」

「那耳格呢？那個力量。你原先想它會為你做什麼？……保護你抗拒荊魔神嗎？」領事逼問道。

聖堂武士皺起了眉頭，將一隻顫抖的手舉到額頭。「它還沒準備好。我還沒準備好。我把它關回去了。痛苦之王摸著我的肩膀。我當時很高興……因為我的贖罪會和樹船的犧牲在同一個時間裡。」

索爾靠近杜黑。「『世界之樹號』樹船就在同一天晚上給摧毀了。」他輕聲地說。

海特．瑪斯亭閉上了眼睛。「好倦。」他輕輕地說，聲音越來越弱。

領事又搖了搖他。「你是怎麼到這裡來的？瑪斯亭，你是怎麼從草海到這裡來？」

「我醒來的時候，就在這些時塚之間，醒來就在時塚之間，好倦，一定要睡覺。」聖堂武士沒有睜開眼睛，輕聲地說。

「讓他休息吧。」杜黑神父說。

領事點了點頭，讓那穿著袍子的男人睡躺下去。

---

❾ celebrant，主持彌撒的教士。

「一切都毫無道理可言。」索爾輕聲地說，三個男人和一個嬰兒坐在黯淡的光線下，感受到時潮在外面起落。

「我們失去了一個朝聖者，又找回一個。就好像在玩什麼怪異的遊戲。」領事喃喃地說。

一個小時之後，他們聽到回響在山谷裡的槍聲。

索爾和領事蹲在默默無聲息的布瑯·拉蜜亞身邊。

「我們需要有雷射來把這玩意切掉，卡薩德走了以後，我們的武器也沒了。」索爾說。

領事摸了下那年輕女子的手腕。「切掉那個東西可能會送了她的命。」

「依照生命管控儀的說法，她已經死了。」

領事搖了搖頭。「不對，還有其他的問題。那個東西說不定是連接到她一直帶著的濟慈的模控人格。也許等這事結束之後，會把布瑯還給我們。」

索爾把他不到三天大的女兒抱在肩膀上，朝外看著那微微亮著的山谷。「真像瘋人院。什麼事都跟我們所想的不一樣。要是你那艘該死的太空船在這裡就好了，那上面有切割的工具，萬一我們必須讓布瑯脫離這個……這個東西，而她和瑪斯亭在這種手術中也許有活命的機會。」

領事仍然跪在那裡，空瞪著兩眼。過了一陣之後，他說：「請你在這裡陪著她。」然後站起身，消失在人面獅身像那如黑暗大嘴般的入口。五分鐘之後，他拿著他自己的那個大旅行袋回來。由袋底拿出一張捲起的毯子，放在人面獅身像最上一級階梯的石頭上打了開來。

那是一塊很舊的毯子，將近兩公尺長，寬約一公尺多。編織得很複雜，雖然因過了幾個世紀而褪色，但其中的單絲飛線在微光中仍然閃著金光。細細的線頭由毯子連接到一個電池上，領事解了下來。

「天啊。」索爾低聲說道。他想起領事說過他的祖母西麗和霸聯太空船長麥林．艾斯白克的戀愛悲劇。就因為這段愛情產生了反霸聯的叛亂，也使得茂宜—聖約星陷入戰火多年。麥林．艾斯白克乘坐一位朋友的獵鷹魔毯飛到了首站市。

領事點了點頭。「這原先是我祖父麥林一個朋友叫麥克．奧斯豪的。西麗把魔毯留在她墓裡讓麥林發現。他在我小時候給了我，接著就發生了島嶼戰爭，他和他爭自由的夢想都沒有了。」

索爾伸手摸過這件有數百年歷史的手工藝品。「可惜在這裡不能用。」

領事抬眼望他。「為什麼不能用？」

「海柏利昂的磁場低於電磁車船所需的最低量，所以這裡才用飛船和浮掠機而不用電磁車，所以『貝納瑞斯號』不再是一艘飛行駁船。」索爾說。他停了下來，覺得自己很愚蠢，竟然向一個在海柏利昂擔任霸聯領事長達本地時間十一年之久的人解釋這件事。「還是說，我弄錯了？」

領事微微一笑。「你說得對，標準的電磁車在這裡是有問題。升空重量比率太高。可是獵鷹魔毯全能升空，幾乎沒有重量，我住在首都的時候曾經試過一次，飛起來不是那麼平順，可是只載一個人還是可以的。」

索爾回頭看了山谷裡一眼，他的眼光越過發著微光的玉塚、方尖碑和水晶獨石巨碑，直望向懸崖的陰影遮沒了穴塚入口的地方。他不知道杜黑神父和海特．瑪斯亭是不是還在那裡，還活著。「你是想去求救？」

「我們之中有一個去求救，把太空船開回來，或者至少讓船不受管束，空船回來，我們可以抽籤看由誰去。」

這次輪到索爾笑了。「想想看，我的朋友，杜黑根本不能長途跋涉，而且他反正也不知道路。我呢，這一趟路恐怕要花上好幾天。我、我們沒有那麼多天的時間。如果她可以有救，我們必須留在這裡，賭賭我們的運氣。所以只有你一定得去了。」索爾把蕾秋抱起來，讓她的頭貼著他的臉。

領事嘆了口氣，但沒有爭辯。

「何況，那是你的船，也只有你才能將船由葛萊史東的管制下放出來，而且你和總督也很熟。」索爾說。

領事向西邊看了看。「我不知道席奧是不是還在任上。」

「我們先回去把計畫告訴杜黑神父，而且，我把育嬰包留在穴塚，蕾秋現在餓了。」索爾說。

領事把毯子捲起來，放回他的旅行袋裡，低頭看著布瑯．拉蜜亞，看著那條噁心的纜線蜿蜒進黑暗裡。「她沒問題吧？」

「我會讓保羅帶條毯子回來陪她，你和我再去把另外那個不能動的人抬回到這裡。你今晚走？還是等明天早上太陽出來之後？」

領事疲憊地揉著臉。「我不喜歡半夜越過山巔，可是我們沒有太多時間。我把東西收拾好就走。」

索爾點了點頭，望向谷口。「我希望布瑯能告訴我們賽倫諾斯到哪裡去了。」

「我飛出去的時候會找找他。飛回濟慈市大約要三十六至四十個鐘頭。讓船解禁大概得花一、兩個鐘頭。標準時間兩天之內，我會回到這裡。」領事說。他抬眼看了看星星。

索爾點了點頭，輕搖著哭著的孩子。他那疲倦而和藹的臉上並沒有掩飾懷疑的表情。他伸手搭在領事的肩膀上。「我們試一試是對的。我的朋友。來吧，讓我們去和杜黑神父談談，看我們另外那個同伴是不是醒過來了，再一起吃頓飯。看來布瑯帶回來足夠的補給品，可以讓我們吃一頓最後的大餐。」

H 26

布瑯．拉蜜亞還是個孩子的時候，她父親擔任參議員，雖然時間短暫，全家還是從盧瑟斯搬到林木茂盛的天崙五中心行政居住綜合大樓，她看過古老的平面電影，是華特迪士尼的卡通片《小飛俠》。在看過那部卡通片後，她又讀了原著小說，兩者都擄獲了她的心。

有好幾個月的時間，這個標準時間五歲大的小女孩一直等著，等著小飛俠彼得潘在哪天晚上來把她帶走。她留下字條，指示到她那木瓦屋頂窗下臥室去的路。也在她父母睡著之後離開房子，躺在鹿園的柔軟草坪上，望著天崙五乳灰色的夜空，夢想那從夢幻島來的男孩會很快地在某個夜裡帶她一起離去，飛向右邊第二顆星星，一直飛到早晨，她會做他的同伴，做那些迷失的孩童的母親，和他們一起對抗邪惡的虎克船長，最重要的是，成為彼得潘新的溫蒂，做那個永遠長不大的孩子的朋友。

現在，二十年之後，彼得潘終於來找她了。

拉蜜亞沒有感到疼痛，只有那突然湧現冰涼的錯位感覺，荊魔神的鋼爪刺穿了她耳後的神經分流器，然後她就脫離而飛了起來。

她曾經過數據面而進入過數據圈。不過，在幾個禮拜之前，拉蜜亞就曾和她最喜歡的網路痞客ＢＢ梭靈傑一起進入了智核，協助強尼把他的模控人再生人格盜取回來。他們侵入外圍，偷走了人格，但是卻觸動了警報器，ＢＢ送了命。拉蜜亞從此不想再進入數據圈。

可是她現在卻在那裡。

這種經驗是她以前無論利用通訊記錄器或接頭都從來沒有經歷過的。那就像是虛擬實境，好像在一部有彩色和環繞音響的立體電影裡，而此刻卻是置身其中。

小飛俠終於來把她帶走了。

拉蜜亞升高到海柏利昂行星的曲線之上，看到那些基本頻道中微波的資料流和窄頻的連接，在這裡就當成是最早期的數據圈。她並沒有停下來進去看看，因為她正隨著一條橘色的臍帶直上天際，通往那真正的資料平面的大道和公路。

海柏利昂的空中被霸軍和驅逐者船群侵入，雙方都隨軍帶來數據圈複雜的摺頁和分格。拉蜜亞以新的眼光能看到霸軍資料流的千個層面，一片波動的綠色資訊之海直衝而來，有加密頻道的紅色血脈和旋轉不止的紫色球體，還有霸軍人工智慧的黑色噬菌體。這種大萬星網巨型數據圈的偽體經由船上傳送門的黑色通風筒飛出一般的太空，順著層層疊疊的浪頭和瞬間的波動，拉蜜亞認得那是由幾十個超光速通訊傳輸器所爆發出來的。

她停了下來，突然不確定要去哪裡，該走哪一條大道。就像是她一直在飛翔，而她的不確定卻危及了那種魔法，威脅著要將她丟回好幾哩下的地面上去。

然後小飛俠拉著她的手，將她往上帶起。

——強尼！

——哈囉，布瑯。

就在她看到又感受到他影像的那一秒鐘，她自己身體的影像化為了實體。那是強尼，她的委託人和戀人，正像她最後一次見到他，有著高聳顴骨、淡褐色眼睛、小小鼻子和結實下巴的強尼。強尼棕紅色的鬈髮仍然垂到領子上，而他的面孔仍然像有無窮的精力，他的微笑依然融化了她的心。

強尼！她擁抱他，也感覺到那個擁抱，感覺到他強壯的雙手在她的背部，一起高高地飄浮在一切之上，感覺到他以超乎他矮小體型的驚人力氣回擁著她時，她的乳房緊壓在他的胸前。他們親吻，而無可否認那全是真的。

拉蜜亞伸直了手臂飛著，她的雙手搭在他肩膀上。兩個人的臉上都映著他們上方那巨大的數據圈海洋綠色和紫色的光。

——這是真的嗎？她在問句中聽到自己的聲音和話語，雖然她知道她只是在想這個問題。

——是的，和這個資料平面的任何一部分一樣真實。我們現在是在海柏利昂太空中那巨型數據圈的邊緣。他的聲音仍然帶著那種難以捉摸的腔調，令她覺得既迷人又氣人。

——發生了什麼事嗎？她同時將荊魔神出現，以及那如利刃的手指突然而可怕地侵入等等影像傳送給他。

——是的。強尼想道，一面將她抱得更緊。這樣好像讓我脫離了史隆迴路，把我們直接連接進了數據圈。

——我死了嗎，強尼？

強尼·濟慈的臉帶著微笑俯視著她。他輕輕地搖了搖她，溫柔地吻了她。旋轉著讓他們能看到上面和下面的壯麗景觀。沒有，妳沒有死，布瑯，雖然當妳資料平面的類似物在這裡和我一同遊蕩時，妳可能連接在某種奇特的維生系統上。

——你死了嗎？

——不是，雖然生活在史隆迴路裡並不像他們自誇的那樣好，那就像在作別人的夢。他又朝她咧嘴一笑。

——我夢到你。

——我想那不是我，我作了同樣的夢，和梅娜．葛萊史東交談，參加霸聯政府的會議。強尼點了點頭回應。

——對！

——我猜他們啟動了另一個濟慈模控人。我們好像隔著這麼多光年還能連接上。他捏了捏她的手。

——另外一個模控人？怎麼會？你毀掉了智核的模板，釋放了那個人格……

她的愛人聳了下肩膀。他穿著一件領子加了褶邊的襯衫和一件緞子馬甲，她從來沒見過這種樣式。在他們上方大道上經過的資訊流把飄在那裡的他們染上了閃動的霓虹光亮。

——我猜他們會有更多的備份，不止是ＢＢ和我在穿透智核外緣那麼淺的地方所能找到的那一點點。那沒有關係，布瑯，如果還有另外一個副本，那他是我，而我不相信他會是個敵人。來吧，讓我們去探測一番。他將她向上拉起時，拉蜜亞遲疑了一下。

——探測什麼？

——這是我們去看看究竟怎麼回事的好機會，布瑯，是能對很多神祕難解的事追根究柢的好機會。

——我不知道我想不想那樣做，強尼。她聽到自己聲音／思想中那不合她性格的畏縮。

——妳是我認得的那個偵探嗎？那個忍受不了祕密的女人怎麼了？他轉過身來面對著她。

——她經歷了好些難過的日子，強尼，我後來能回頭去看看之所以會成為一個偵探，絕大部分是對我父親自殺的一種反應。我仍然想解開他死亡的謎團。同時，在現實生活中也有很多人受到傷害，包括你在內，親愛的。

——妳解開了嗎？

——什麼？

——妳父親的死？

——我不知道，我想沒有吧。拉蜜亞對他皺起了眉頭。

——上面有很多的答案在等著妳，布瑯。只要我們有這個勇氣去找尋它們。強尼指著在他們上方流來退去的數據圈大量流動的資料。

——我們可能會死在那裡。她又拉起了他的手。

——不錯。

拉蜜亞停了一下，低頭看向海柏利昂。那個世界是一道黑暗的弧線，有少數幾處資訊流的匯集點閃亮得有如黑夜中的營火。上面的大海則滋滋作響地閃動著資料流的光和聲音，布瑯知道那只是外面巨型數據圈的最小延伸。她知道，她感覺到他們重生的資料平面類似物現在可以去到任何一個網路痞客牛仔都夢想不到的地方。

布瑯讓強尼做她的嚮導，知道巨型數據圈和智核都可以穿透到人類從來未曾企及的深處，而她非常害怕。可是她終於和小飛俠在一起了。而夢幻島正在向她招手。

——好吧，強尼。我們還等什麼呢？

他們一起向巨型數據圈升去。

H 27

費德曼．卡薩德上校跟著莫妮塔穿過傳送門，發現自己站在一片廣大的月球平原上，那裡有一棵可怕的刺樹，足足有五公里高，伸進血紅色的天堂。人的身軀在無數的技椏和尖刺上扭動！近一點的形體看得出是人類，痛苦不堪。遠一些的因為距離關係而變得小到就像是一串串蒼白的葡萄。

卡薩德眨了下眼睛，在他那水銀緊身甲冑下深吸了一口氣，他四下環顧，眼光越過沉默的莫妮塔，不看那棵樹上的慘狀。

他以為是月球表面平原的地方，其實是海柏利昂的地面，就在時塚谷的入口，但是海柏利昂已經變得很可怕。沙丘凍結變形，似乎在爆炸後凝為玻璃，巨大的礫石和崖壁表面也都流淌下來，凝結得有如白石的冰河，那裡沒有空氣，天空是黑色的，到處都像沒有空氣的月球一樣。太陽也不是海柏利昂的太陽，那種陽光是人類所不曾經歷過的。卡薩德抬眼望去，緊身甲冑上眼部的濾鏡產生偏光作用，來應付以一條條血紅帶狀和一朵朵強烈白光充滿空中的可怕能量。

在他下方，山谷似乎在感覺不到的顫動下震晃著。時塚都因它們自身內部的能量而發著光，閃動的冷光由每一個入口、門廊和縫隙射到谷底，長達好幾公尺。那些時塚看起來都很新而光滑閃亮。

卡薩德發現只靠那件緊身甲冑才能讓他呼吸，也才能讓他的肌膚不受取代沙漠溫熱的嚴寒凍傷。他轉身去看莫妮塔，想問一個聰明的問題，卻問不出來，於是又抬起眼光來再看看那株可怕的大樹。

那棵刺樹似乎和荊魔神一樣是用同樣的鋼和鉻以及軟骨所打造：顯然是人工的，卻又很可怕地像是有機生物。樹幹根部足有兩、三百公尺粗，下面一些枝椏也幾乎一樣粗大，但是比較小一些的枝椏和刺很快地就變得像匕首一樣細，可怕地刺穿了人體的果實伸向天上。

人像這樣刺穿了還能活很久是不可能的事，在時空之外的真空中活著更是加倍的不可能。可是他們都活在那裡受苦。卡薩德望著他們扭動。他們所有的人都是活的，而且都痛苦不堪。

卡薩德發現那痛苦是一個聽不見的巨大聲音。是一個龐大、持續不停的痛苦霧號聲，也像是好幾千隻未經訓練過的手指落在好幾千個琴鍵上，彈奏著一架巨大的痛苦的管風琴。這種痛苦明顯到讓他搜索著耀眼的天空，彷彿這棵樹是一個火葬柴堆或是一個巨大的燈塔，有明顯可見的痛苦之浪撲來。

但只有刺眼的光和如月球上的死寂。

卡薩德調高了他緊身甲冑上的望遠鏡放大倍數，一根枝椏又一根枝椏，一根刺又一根刺地看過去。在那裡扭動的人男女老少都有，他們撕破的衣服各不相同，化妝也各不相同，即使時間跨越不是幾世紀，至少也有幾十年。有很多樣式是卡薩德不熟悉的，他假設那些都是未來的受害者。有好幾千、好幾萬的人，都活著，都痛苦不堪。

卡薩德停往了，仔細看著一根離地四百公尺的枝椏，在離樹幹很遠的一堆刺和軀體之上，有一根三公尺長的刺，上面有一件很眼熟的紫色斗篷在飄動。那個形體扭著動著，然後轉向費德曼·卡薩德。

他正看著被刺穿掛在上面的馬汀·賽倫諾斯。

卡薩德咒罵一聲，用力握著拳，緊到兩手的骨頭都痛了。他四下找著他的武器，拉高望遠鏡的倍數，望進水晶獨石巨碑裡，那裡什麼也沒有。

卡薩德上校搖了搖頭，想到他這一身緊身甲冑就是一件武器，遠勝過他帶到海柏利昂來的那些，就開始大步向那棵樹走去。他不知道該怎麼爬上去，但他會找出辦法來的。他也不知道怎麼樣才能把賽倫諾斯活著救下來，把所有的受害者都救下來，但他要做到這件事，否則就死在那裡。

卡薩德走了十步，在一道凍結的沙丘曲面上停了下來。荊魔神站在他和那棵樹之間。

他發現自己在緊身甲冑的鉻鋼力場下獰笑著。這是他等待多年的事。這是他二十年前在霸軍馬薩達儀式中，以生命和榮譽發誓而爭得的光榮戰鬥。戰士之間的決鬥，為衛護無辜者而戰。卡薩德咧嘴一笑，將右手的邊緣壓平成銀色鋒刃，向前走去。

——卡薩德！

他聽到莫妮塔的呼喚而回頭望去。光映照在她胴體上的水銀表面，她指著山谷裡。

第二個荊魔神由那個叫人面獅身像的時塚裡走了出來。在谷裡再過去一點的地方，一個荊魔神走出了玉塚的出入口。刺眼的光由尖刺和剃刀鋼絲上反射出來，又有另一個從一公里外的方尖碑裡走出來。

卡薩德沒有理會他們，轉身對著那棵樹和樹的護衛者。

一百個荊魔神站在卡薩德和樹之間。他眨了下眼睛，又有一百個出現在他左邊。他看著背後，一大隊荊魔神如雕像般，漠然地站在沙漠裡那些冰冷的沙丘和熔化了的礫石上。

卡薩德用拳頭打了下膝蓋。他媽的。

莫妮塔走到他身邊，近到他們的手臂相觸。緊身甲胄融在一起，他感到她前臂溫暖的肌膚和他的肌膚相貼。她將大腿貼緊他的大腿，和他站在一起。

——我愛你，卡薩德。

他看著她臉上完美的線條，沒有理會反映在她臉上的雜亂影像和色彩，試著回想起第一次見到她時，在阿贊庫爾的樹林裡，他記得她驚人的綠眼睛和短短的棕髮、她豐滿的下唇，以及他意外咬到時所嚐到的淚水味道。他伸出手來摸了下她的臉頰，感受到在緊身衣下肌膚的溫暖。

——如果妳愛我，留在這裡。

費德曼．卡薩德上校接著轉開身，發出一聲在月球的死寂中只有他能聽見的尖叫，那叫聲一部分是由人類遠古過去而來的反叛呼號，一部分是霸軍軍校畢業的吼聲，一部分是空手道的叱喝，還有一部分純粹是挑戰。他跑過沙丘直朝那棵刺樹和站在正前方的荊魔神衝去。

現在小山上和山谷裡有了好幾千個荊魔神，鋼爪同時響亮著打了開來，光映照著成千上萬尖利的鋒刃和鋼刺。

卡薩德不理會其他的，只跑向他認為是他見到的第一個荊魔神。在那個怪物上方，無數的人形在孤獨的痛苦中扭動。

他所衝向的那個荊魔神伸開所有臂膀，像要擁抱他，在手腕、關節和胸口的彎曲鋒刃像是由隱藏的鞘裡伸了出來。

卡薩德狂叫著直衝過剩下的那段距離。

H 28

「我不該去。」領事說。

在杜黑神父守著布瑯．拉蜜亞的時候，他和索爾把仍然不省人事的海特．瑪斯亭從穴塚抬到了人面獅身像裡，時間已經將近午夜，山谷中亮著由那些時塚所發出的光，人面獅身像的翅膀把他們由岩壁之間所看到的天空切去了弧形的一小塊。布瑯一動也不動地躺著，那條噁心的纜線蜿蜒進時塚的黑暗中。

索爾拍了下領事的肩膀。「我們已經討論過了，你應該去的。」

領事搖了搖頭，懶懶地摸著那張古老的獵鷹魔毯。「這也許可以載得動兩個人，你和杜黑可以到貝納瑞斯號所在的地方。」

索爾用手托著他女兒小小的頭顱，溫柔地輕搖著她。「蕾秋只有兩天大，再說，這也是我們必須要待的地方。」

領事四下看了看，兩眼流露出他的痛苦。「這是我應該待的地方。荊魔神……」

杜黑俯身向前，他們背後時塚所發出的光照亮了他的額頭和高聳的顴骨。「孩子，如果你留在這裡，唯一的原因就是自殺。如果你試著把太空船開回來接拉蜜亞小姐和這個聖堂武士，那你就是在幫別人的忙。」

領事揉了下臉頰，他非常疲倦。「魔毯上還有給你坐的地方，神父。」

杜黑微笑道：「不管我的命運如何，我注定就該待在這裡和我的命運相見。我會等著你回來。」

領事又搖了搖頭，但走過去在魔毯上盤腳坐了下來。把那沉重的旅行袋拉到他身邊，數了下索爾替他收拾的口糧和水瓶數目。「太多了，你們需要的更多。」

杜黑輕輕笑了笑。「我們的食物和水夠過四天，這都多虧了拉蜜亞小姐。四天之後呢，如果我們真的要斷食，在我來說也不是第一次。」

「可是萬一賽倫諾斯和卡薩德回來了呢？」

「他們可以喝我們的水，要是其他人也回來了，我們可以再去一趟時光堡拿吃的東西。」索爾說。

領事嘆了口氣。「好吧。」他按了下飛行用的編織圖案，那兩公尺長的毯子硬了起來，升到離石頭地十公尺的地方，就算在這個不確定的磁場中會有點搖晃，也不足令人擔心。

「在越過山巔的時候需要氧氣。」索爾說。

領事由背包裡取出了滲透面罩。

索爾把拉蜜亞的自動手槍遞給他。

「我不能……」

「碰上荊魔神，這玩意也幫不上我們什麼忙。卻可能和你到不到得了濟慈市大有關係。」索爾說。

領事點了點頭，把槍收進他的袋子裡。他先和教士握了手，再和老學者握手，蕾秋細小手指擦過他的手臂。

「祝你好運。願上帝與你同在。」杜黑說。

領事點了點頭，碰了下飛行圖案，俯身向前，獵鷹魔毯升起了五公尺，只微一顫抖，然後滑向前方，再如登上空中一道看不見的樓梯般往上移動。

領事直朝谷口飛去，以十公尺的高度飛過那裡的沙丘，再左轉向瘠地飛去。他只回頭看了一眼。在人面獅身像最上一級階梯上的四個人影，兩個站著，兩個躺著，看起來都真的非常小。而他看不到在索爾懷裡的嬰兒。

領事依照他們商量的結果，讓獵鷹魔毯向西飛越詩人之城，希望能找到馬汀．賽倫諾斯。他直覺認為這位脾氣暴躁的詩人可能繞道到這裡來。這一帶的天空看到的戰火比較少，領事必須靠著星光，在他以二十公尺的高度通過這座城市坍塌的尖塔和圓頂時仔細搜尋。到處都不見那個詩人的蹤影。就算布瑯和賽倫諾斯到過這裡，他們在沙上的腳印想必也被現在吹動領事稀疏頭髮、吹動他衣衫的夜風吹得一乾二淨。

在這樣的高度乘坐魔毯相當的冷。領事能感受到沿著不穩定力場找路飛行的魔毯在抖動。他知道在海柏利昂那危險的磁場和老舊的飛行線之間，很可能在他抵達首都濟慈市之前，魔毯就會由空中墜下。

領事大聲叫了幾次馬汀．賽倫諾斯的名字，可是沒有任何回應，只有鴿群突然由一處樓廊破損圓頂下的巢裡飛了出來。他搖了搖頭，轉向南方，朝馬轡山脈飛去。

領事由他祖父麥林那裡知道了這張獵鷹魔毯的歷史。那是萬星網知名的鱗翅類學者和電磁系統工程師弗拉迪米爾．蕭洛霍夫最早製作出來的趣味手工藝品之一，很可能就是他送給他十來歲侄女的那一條。蕭洛霍夫對那小女孩的寵愛，和她對飛毯這件禮物卻嗤之以鼻的事，都已經成為傳奇。

可是別的人卻很喜歡這個點子，雖然獵鷹魔毯很快就成為各世界在交通管控方面的違禁品，卻繼續出現在殖民星球上。而這一條，就讓領事的祖父在茂宜—聖約星遇到了他的祖母西麗。

領事抬眼望著山脈越來越近。十分鐘的飛行就越過了需要兩小時步行才能穿越的瘠地。在他啟行之前，其他人都勸他不要到時光堡去找賽倫諾斯，擔心萬一詩人碰到的問題落在領事身上。他因此只暫時停浮在窗口，在懸崖峭壁上方兩百公尺高處，距離三天前他們在那裡眺望山谷的陽臺約有一臂之遙，然後叫喚詩人的名字。

回應他的只有從堡內走廊和黑暗宴會廳傳來的回聲。領事緊緊地抓住獵鷹魔毯的邊緣，感覺到身處的高度和暴露在直立峭壁這麼近處的危險。在他讓飛毯掉頭遠離時光堡時，才鬆了口氣。他越飛越高，爬升向有積雪的星光下閃光的群山山巔。

他順著登山的電纜車軌道一直爬升到接近一座九千公尺的高峰，再往綿延寬廣的山脈中下一座山峰，在這樣的高度非常寒冷，領事很慶幸他多圍上了一件卡薩德的保溫斗篷，他縮在斗篷裡，盡量不讓自己雙手和臉頰的肌膚暴露在寒冷中。滲透面罩緊貼在他臉上，像飢餓的小共生體，拚命吸取著能找到的那一些氧氣。

這樣就夠了，領事慢慢地深呼吸，在冰封的軌道上方十公尺飛過，那些加壓的電纜車都沒有啟動，而冰河、高峰以及陰影籠罩下的山谷都荒涼得令人心痛。領事很慶幸自己走了這麼一趟，哪怕只是最後再欣賞一次沒有遭到荊魔神或是驅逐者入侵摧毀的海柏利昂美景。

他們由南到北，坐電纜車要花十二個小時，雖然獵鷹魔毯的飛行速度慢到只有每小時二十公里。

領事也在六個小時的時間裡越過了山脈。他還在高峰上時太陽出來了，他驚醒過來，大為震驚地發現自己剛才陷入了夢鄉，而獵鷹魔毯正飛向一座高過他飛行高度五公尺的山峰，領事看到五十公尺外的巨大礫石和積雪的地方。一隻翅膀伸開來有三公尺寬的黑色大鳥，是當地一種名叫預知鳥的鳥類，從牠冰冷的巢裡飛出，飛翔在稀薄的空氣中，回頭用那對如豆的黑色小眼盯著看他急轉向左，他感到在獵鷹魔毯的飛行裝置中有什麼鬆脫了，直降了三十公尺才讓飛行線終於找到著力點，恢復了飛毯的平穩。

領事抓緊毯邊的手指都彎曲了，好在他的旅行包的背帶繫在他的皮帶上了，否則袋子一定會滾落進底下深處的一條冰川裡。

他看不到電纜車軌的蹤影。領事顯然睡到讓獵鷹魔毯飛離了航線，一時之間，他恐慌起來，讓飛毯急速地轉折，拚命想在如尖牙利齒般矗立在他四周的山峰間找一條出路。然後，他看到清晨的陽光將他右前方的一片山坡照成金黃色，影子橫過他左後方的冰川和高高的凍原，知道自己還在正確的航線上。在最後一帶山峰之外，就是南方的小山，再過去……

在領事輕擊飛行圖案，讓魔毯飛得更高時，獵鷹魔毯似乎有些遲疑，但還是勉強一點點地爬升，終於越過了最後一座九千公尺的高峰，他看到再過去是較低的群山，漸漸低矮成海拔三千公尺的小山，領事高興地降了下去。

他發現電車軌道在陽光下閃亮，就在他離開馬轡山脈南方八公里處。電纜車默然地吊掛在西端纜車站的四周。下面是那個叫朝聖者歇腳亭的村落，那些稀稀落落的房舍和他們幾天前看到時一樣，似乎已空無一人。也看不到由通往外面草海淺處的低矮碼頭開出去的風船車。

領事在碼頭附近著陸，關閉了獵鷹魔毯，有點疼痛地伸了伸兩條腿，然後將飛毯捲了起來，以保安全。他在碼頭附近一棟空房子裡找到一間廁所。等他走出來的時候，陽光已經爬下小山，消去了山腳最後一些影子。他極目望去，南方和西方是一望無際的草海。像桌面般平整的頂部只因偶爾有微風吹起，使表面起了波浪才見破綻，短暫地露出底下紅褐色和深藍色的莖部，而上面的草浪如波浪般，讓人以為會看到白色的浪花，以及躍出的魚兒。

在草海裡沒有魚，卻有二十公尺長的草原蝮蛇，要是領事的獵鷹魔毯在草海上出事，即使能安全降落，他也沒法存活多久。

領事打開捲起的飛毯，把旅行袋在他背後放好，啟動了飛毯。他的飛行高度始終維持得很低，大約距海面二十五公尺，但也不至於低到會讓草原蝮蛇誤以為他是一頓低飛的美食。他們乘坐風船車越過草海花了海柏利昂當地時間的一整天，但一直有風由東北方吹來，使得風船車有些進進退退。領事相信他可以在十五個小時不到的時間內飛越草海最窄的部分。他輕拍向前的控制圖案，獵鷹魔毯速度加快了。

不到二十分鐘，山脈已經被拋在背後遠遠的地方，山腳消失在遠處的煙霧中，不到一個小時，山峰也開始因為地平線遮沒了山的底部而開始縮小。兩個小時之後，領事只看到最高的幾座山峰，像模糊的影子由霧中伸出。

然後，四面八方全是草海，除了偶爾因微風而有些波浪，一切毫無變化。這裡和馬轡山脈北方高地比起來要暖和多了。領事先脫了保溫斗篷，然後脫了大衣，再脫掉毛衣，在這樣的高度，陽光竟然會這麼猛烈地直照下來，領事在旅行袋裡翻找出他兩天前還神氣戴著的那頂又縐又舊的三角帽，戴在頭上遮蔭。他的前額和將禿的頭已經被曬傷了。

大約四個鐘頭之後，他吃了這趟上路以來的第一頓飯，把毫無味道的配給口糧當菲力牛排來吃。水是這頓飯最美味的部分，領事必須壓抑住自己，才沒有一口氣把所有瓶子裡的水全喝光。

草海伸展在他的下面、後面和前面。領事打著盹，每次感到在下墜時就會驚醒過來，雙手緊抓住堅硬的獵鷹魔毯邊緣。他知道他應該用放在旅行袋裡的哪一條繩子把自己綁好。但是他不想著陸，草葉很利而且比他的頭還高。雖然他並沒有看到草原蝮蛇遊走時會出現的V字形痕跡，卻也不確定牠們是不是躺在底下等著。

他漠然地想著不知那輛風船車到哪裡去了。那個東西一直是全自動的，而且據說操作程式是由荊魔神教會設定，因為這趟朝聖就是由他們贊助的。那個東西還負有什麼別的責任呢？領事搖了下頭，坐直了身子，捏了下臉頰。他就連在想風船車的時候也在半夢半醒之間。他在時塚谷裡說起來的時候，十五個小時似乎是一段夠短的時間。他看了看通訊記錄器，才過了五個小時。

領事把飛毯升到兩百公尺的高度，小心地搜尋著草原蝮蛇的蹤跡，然後再把飛毯調回到在草上五公尺處飛行。他小心地取出繩子，做了個繩圈，移到飛毯的前端，將繩子在毯子上繞了幾圈，留下足夠的地方讓他可以先把身體滑進去，然後再將繩結拉緊。

要是飛毯下墜，這條綁住的繩子可能比沒有用更糟，但是那幾圈纏在他身上的繩子在他俯身向前再度催動飛毯時，卻讓他頗有安全感，他讓飛毯升到四十公尺，躺下來把臉頰貼在溫暖的毯子上，陽光由他的指縫間照下來，他發現裸露的手臂會遭到嚴重的曬傷。

但他累得沒法坐起來把捲起的袖子放下。

一陣微風吹來，領事聽見下面有一陣窸窸窣窣的聲音，不知是草浪波動，還是有什麼大東西在草裡穿過。

他累得沒力氣理會。領事閉上兩眼，不到三十秒就睡著了。

領事夢到他的家，他真正的家，在茂宜—聖約的家，而夢境中充滿色彩：無底的藍天，廣大的南海，在赤道淺灘開始的地方，深藍就轉為綠色，由海豚放牧到北方的那些自動島嶼驚人的綠色、黃色和蘭花紅色。海豚在領事童年時因為霸聯入侵而滅絕了，但是在他夢裡還十分鮮活，破水而出地躍起，激起千百個光點飛舞在純淨的空中。

在他的夢裡，領事又成了一個孩子。站在他們第一家庭島上一棟樹屋的最高一層。祖母西麗在他旁邊，不是他所熟知的那位氣宇不凡的貴夫人，而是他祖父遇見而傾心愛上的那個美麗的年輕女子。樹帆鼓撲著，南風吹起，使那群隊形齊整的自動島嶼由淺灘穿過海峽。就在北邊的地平線上，他能看到最先的赤道群島碧綠地伸在夜空前。

西麗拍了拍他的肩膀，指著西方。

那些島嶼在燃燒、下沉，他們的龍骨根在痛苦中扭動。海豚牧者不見了。天上下著大雨。領事看到千萬伏特的光矛射進空中，在他的視網膜上留下藍灰色的殘像。水底的爆炸照亮了整個大海，也使得成千上萬的魚和弱小的海洋生物在死亡的掙扎中浮上水面。

「為什麼呢？」祖母西麗問道，但她的聲音卻像少女溫柔的低語。

領事想要回答，卻說不出話來，淚水模糊了他的視線。他伸手去拉她的手，可是她已經不在了，想到她已經永遠離去，他再也不能贖罪，這種感覺把他傷得重到讓他無法呼吸。他的喉嚨被情感壅塞住。然後，他才發現是煙燻痛了他的雙眼，充滿了他的肺部，那個家庭島起火了。

將成為領事的那個孩子在藍黑色的黑暗中踉蹌前行，盲目尋找著誰來握住他的手，來讓他安心。一隻手握住了他的手。那不是西麗的手。那隻手捏緊時無比的堅硬，手指都是刀鋒。

領事喘息著驚醒過來。

一片漆黑，他至少睡了七個小時。他由繩圈中掙扎著坐了起來，瞪著他發亮的通訊記錄器顯示幕。

十二個小時。他睡了十二個小時。

他俯身向前，往下窺視的時候，全身的每一塊肌肉都痛，獵鷹魔毯始終維持著四十公尺的飛行高度，可是他不知道自己在哪裡。底下的小山高高低低，飛毯想必飛得只比山高了兩三公尺，橘色的草和叢生的苔蘚長得相當厚。

在過去幾個小時裡，在某個時間和某個地方越過了草海的南岸，錯過了邊緣城的小港口和胡黎河的碼頭，也就是他們那艘飄浮遊艇「貝納瑞斯號」停泊的地方。

領事沒有羅盤，在海柏利昂上有羅盤也沒有用，而他的通訊記錄器又沒有設定成導航的功能。他原本計畫循著他們辛苦逆流而上的原路，跟著胡黎河向南和向西，只消去那條河的轉折部位。

現在他迷了路。

領事讓獵鷹魔毯降落在一座低矮的山頂，他發出一聲痛苦的呻吟，由飛毯走到堅實的地上，讓飛毯的機能關閉。他知道飛行線裡的電力至少用掉了三分之一，也許更多，他不知道由於年代久遠，這張飛毯的效能又失去了多少。

這一帶的山丘像是草海西南部的野地，但是到處都看不到那條河，他的通訊記錄器讓他知道天剛黑了一兩個小時，可是領事卻一點也看不到西邊有任何日落的殘影，天上雲層很厚，使人看不到任何星光或太空戰爭的戰火。

「該死。」領事低聲地說。他四下走動，等到他的血液循環恢復正常，站在一處小懸崖邊小便過之後，回到飛毯旁邊拿了瓶水喝。好好想一想。

他原先設定魔毯往西南的方向，應該在離開草海時會在邊緣市港口或是那附近，如果只是他睡著的時候飛過了邊緣市和那條河，那麼那條河應該是在他南邊的什麼地方。可是如果他在離開朝聖者歇腳亭時設定的方向不對，偏左了幾度，那麼那條河會是轉往東北而在他的右手邊的什麼地方。即使他走錯了路，最後也會找到一個地標，哪怕什麼也沒有，至少找得到北馬鬃海岸。可是這樣一耽擱，可能耗掉他一整天。

領事踢了一塊岩石，兩手抱在胸前。在白天的暑熱之後，空氣非常涼。一個寒顫使他發現他因為曬傷而病得不輕。他用手按住頭，又咒罵一聲把手指拿開。在哪邊呢？

風輕哨著穿過低矮的鼠尾草和厚厚的苔蘚，領事覺得自己遠離了時塚和荊魔神的威脅，但是卻感到索爾、杜黑、海特．瑪斯亭、布瑯與失蹤的賽倫諾斯和卡薩德，都是壓在他肩頭上急切而沉重的壓力。領事之所以加入朝聖團，只是虛無主義的最後行動，一種毫無道理的自殺行為，來結束他自己的痛苦，那種甚至連對死於霸聯謀奪布列西亞的妻與子的回憶都已喪失的痛苦。還有知道他可怕背叛的痛苦，背叛了他服務了將近四十年的政府，也背叛了信任他的驅逐者。

領事坐在一塊岩石上，想到索爾和他的小嬰兒還在時塚谷裡等著，他那無謂的自我憎恨消退了。他想到布瑯，那個勇敢的女人，精力的化身，現在卻無助地躺在那裡，還有荊魔神邪惡的延伸如水蛭似的由她的頭殼上長了出來。

他坐下來，啟動飛毯，升到八百公尺，頭頂上的雲層近到他伸手就可以摸得到。

他左邊遠處的雲層散開了一下，露出一點波光，胡黎河就在南方約五公里的地方。

領事將獵鷹魔毯猛地轉向左邊，感到那無力的控制力場想將他壓向魔毯，但因為繩子綁住而覺得安全得多。十分鐘之後，他高高地在水面上方，向下俯衝以確認那就是寬闊的胡黎河，而不是什麼支流。

那的確是胡黎河。放射狀的蛛網在岸邊低矮潮濕的地區閃亮。高大而有洞的蟻塚襯在只比地上更黑一點的天空前，像一些鬼影。

領事升到二十公尺，由水瓶裡喝了一口水，然後以全速順河而下。

太陽出來時，他到了杜科波爾灌木林村之南，幾乎到了卡爾拉閘口，也就是皇家運河切往西方通向北部馬鬃海岸的地方。領事知道從這裡到首都不到一百五十公里，可是以獵鷹魔毯緩慢的速度來看，還要花上把人急得發瘋的七小時。他真希望這趟行程中，能在這個地方碰上一架正在巡邏的軍方浮掠機，一架由納德灌木林來的載客飛船，甚至是一艘他可以指揮得動的快艇。可是在胡黎河的兩岸毫無人跡，只偶爾有起火的房子，或是遠處窗子裡的油燈。閘口沒有任何船隻。在閘口上游的攔水壩內空了，大門開向河流，而在下方河流寬度變得兩倍於上游的地方，也沒有船隻。

領事咒罵一聲，繼續向前飛去。

那是個很美的早晨，初升的太陽照亮了低低的雲層，使得所有的灌木和樹在低矮而呈水平的光線中更顯鮮活。領事覺得自己似乎已經有好幾個月不曾見過真正的植物了。在遠處的斷崖上堰木和半橡樹極其高大，而在沖積平原上，強光照見一百萬株潛望鏡豆的綠色新芽由種植的田地裡伸了出來。兩岸長滿了雌紅樹林和火蕨。每一根枝椏和曲鬚都在初升旭日的強光中顯得一清二楚。

雲吞沒太陽，開始下起雨來。領事戴緊了那頂舊了的三角帽，將身子縮在卡薩德的保溫斗篷下，以百公尺的時速向南飛去。

領事試著回想起，那個叫蕾秋的孩子還有多久的時間？

儘管他在前一天睡了那麼久，領事心裡還是感到疲累不堪。他們到達山谷時，蕾秋是四天大，那已經是……四天之前。

領事揉著臉，伸手去拿一瓶水，卻發現所有的水瓶都空了。他大可以很方便地伸手到底下去，在河裡把那些水瓶裝滿，可是他不想花這個時間。雨水由斗篷上滴下來，曬傷的地方痛得讓他顫抖不止。

索爾說只要他在天黑之前回去就沒有問題，換算成海柏利昂時間的話，蕾秋是在午夜之後出生的。如果這是真的，如果沒有錯誤，她的大限是今晚八點。領事抹掉了他臉頰和眉毛上的水。若是再過七小時到濟慈市，花一到兩小時讓船解除禁令，席奧可以幫忙……他現在是總督，我可以說服他違抗葛萊史東扣船命令，是為了霸聯好。如果必要，我可以告訴他，是她下令要我和驅逐者共謀，背叛萬星網。

如果說，十個小時加上太空船十五分鐘的飛行時間，應該在日落之前還有一個小時，蕾秋會只有幾分鐘大，可是……怎麼辦？除了冷凍神遊的箱櫃之外，我們還有什麼辦法？什麼也沒有。只有那個。不管醫生警告說那樣可能會送了孩子的小命，那一直是索爾的最後機會。可是接下來，布瑯怎麼辦呢？

領事口很渴，他拉開斗篷，可是現在雨小得變成了毛毛雨，只夠沾濕他的唇舌而使他更口渴了。也許他可以俯身到河上，花一點點時間把水瓶裝滿。

獵鷹魔毯離河面三十公尺高處不再飛了。前一秒鐘還在緩緩下降，平順得一張放在微斜的玻璃板上，下一秒鐘，卻完全失去控制地翻滾下墜，一張兩公尺長的毯子和一個嚇壞了的男人，像從一棟十樓建築的窗子被扔了出來。

領事發出尖叫，想要跳開，但將他和毯子綁在一起的繩子和繫在他皮帶上的旅行袋背帶，都把他纏進飛撲下墜的獵鷹魔毯中，他跟著一路扭動翻滾，墜下二十公尺，掉入在下面等著的胡黎河裡。

H 29

領事離去的那晚，索爾．溫朝博滿懷希望。他們終於有所作為。或者至少是試著去做。索爾並不相信領事船上的冷凍神遊艙是拯救蕾秋的方法，在小文藝復興的醫學專家曾經指出這種作法極度危險，可是能有辦法，不管是什麼辦法，總是件好事。而索爾覺得他們毫無作為的時間已經夠長了，等著讓荊魔神取樂，簡直就像被判刑的罪犯等著斷頭臺。

那天晚上，人面獅身像的內部看來太過凶險，因此索爾把他們的東西都拿出來，放在那座時塚寬大的門廊上，而他和杜黑盡量用背包當枕頭，讓瑪斯亭和布瑯在毯子和斗篷底下睡得舒服。布瑯的醫療控制器上仍繼續顯示出沒有腦部的活動，但她的身體卻很舒服地休息著。瑪斯亭則因為高燒而輾轉反側。

「你覺得這位聖堂武士的問題在哪裡？是什麼病嗎？」杜黑問道。

「很可能只是飢寒交迫。從風船車給綁走了之後，他發現自己一直在瘠地和時塚谷裡遊蕩，吃雪當水，完全沒有食物。」索爾說。

杜黑點了點頭，檢查了一下他們貼在瑪斯亭手臂內側的霸軍醫療貼片，由感應顯示器可以看到靜脈注射的點滴正穩定地滴著。「可是看起來好像有別的問題。簡直像是發瘋。」那位耶穌會教士說。

「聖堂武士和他們的樹船之間有一種幾乎近似心電感應的連接，眼見『世界之樹號』遭到摧毀，想必讓樹之真言者瑪斯亭有點瘋了，尤其是如果他知道有此必要。」索爾說。

杜黑點了點頭，繼續用海綿擦著那聖堂武士光滑的額頭。現在已經過了半夜，風大了起來。把朱紅色的沙塵捲起，盤旋在人面獅身像的翅膀和粗糙的邊緣，發出像呻吟般的聲音。所有的時塚發出明亮的光，然後又暗了下來，先是一座時塚，接著是另外一座，並沒有明顯的先後順序，偶爾時潮襲來，會讓那兩個男人喘息而用力抓住石頭，但那種似曾相識和暈眩的感覺一下子就過去了。因為布瑯由固定在她頭殼上的纜線和人面獅身像連接在一起，他們也不能離開。

天快亮的時候，雲層散開，天變得很清朗，群集的星星亮得幾乎刺眼。有一陣子，唯一看得出大艦隊在那裡作戰的跡象，就是偶爾出現的凝結尾，像在夜空上用鑽石畫了一道痕跡。但接著遠處爆炸的火花又開始亮起，不到一個小時，時塚的亮光都被上面的強光遮沒了。

「你想誰會贏呢？」杜黑神父問道。兩個男人背靠在人面獅身像的石牆坐著。臉朝向那座時塚向前彎曲的雙腿之間露出的那一截天空。

索爾摸著蕾秋的背，她睡在他肚子上，小屁股在薄毯下翹著。「照其他人說來，似乎萬星網注定會碰上一場可怕的戰火。」

「所以你相信ＡＩ資政委員會的預測嘍？」

索爾在黑暗中聳了下肩膀。「我其實完全不懂政治，或是智核在預測方面的準確度。我只是一個落後世界裡一所小學院的小學者。可是我卻覺得我們會碰到什麼可怕的事，像有猛獸正往伯利恆去要誕生在世間。」

杜黑微微一笑。「葉慈的句子，我猜現在那地方是新伯利恆。」他說，臉上的微笑消失了。他俯視著山谷裡發光的時塚。「我花了一輩子的時間來教德日進那些向終極進化的理論。想不到我們有的卻是這個，人類在天空中的愚蠢行為，而一個可怕的偽基督卻在等著繼承其他的一切。」

「你認為荊魔神是那個偽基督嗎？」

杜黑神父把兩肘擱在他豎起的兩膝上，兩手合了起來。「如果不是，那我們可都麻煩大了。」他冷冷地笑了起來。「不久以前，我要是發現了偽基督，會很高興，哪怕某些反神性的力量會削弱了我對任何形式的神性已漸漸喪失的信仰。」

「現在？」索爾不動聲色地問道。

杜黑把手指伸開。「我也被釘上了十字架。」

索爾想著雷納．霍依特所說關於杜黑的故事，這個老耶穌會教士把自己釘在一株特斯拉樹上，熬過多年的痛苦與重生，也不願向那十字形DNA寄生物屈服，可是現在那個東西卻還是深埋在他胸前。杜黑把仰望天空的臉低垂下來。「不會有人歡迎一個虔敬的神父，也不能確保痛苦和犧牲能值得什麼，只有痛苦，痛苦和黑暗，然後又是痛苦。」他輕聲地說。

索爾在嬰兒背上撫摸的手停了下來。「而這就讓你失去了信仰嗎？」

杜黑望著索爾。「正相反，這讓我覺得信仰才是最重要的。自從人類墮落之後，痛苦和黑暗就是我們的命運。可是，想必還有些我們可以升到一個更高層次的希望吧，讓我們的心智能進化到一個更美好的層面，而不是在一個只有冷漠的宇宙裡。」

索爾緩緩地點了點頭。「在蕾秋對梅林症的長期抗爭中，我曾經作過一個夢，我妻子莎瑞也作過同樣的夢，就是要我犧牲唯一的女兒。」

「嗯，我聽過領事錄在磁碟上的摘要。」杜黑說。

「那你就知道我的反應了。首先，亞伯拉罕那條服從的路是不能走的，哪怕真有個上帝來要求服從。第二，我們對那個上帝獻出犧牲已經不知有多少代了，該付出的痛苦也該停止了。」索爾說。

「可是你還是來到了這裡。」杜黑說著用手朝山谷、時塚和黑夜比了一下。

「我是到了這裡，但不是奴顏婢膝地來求什麼，而是要看看這些權勢力量對我的決定有什麼反應。」索爾同意道，他又摸了下女兒的背。「蕾秋現在只有一天半大了，而每秒鐘都越來越小，如果這麼殘忍的事是荊魔神做出來的，我就想要面對他，哪怕他就是你的偽基督也一樣。如果真有上帝，而祂做了這件事，我同樣會對祂表示輕蔑。」

「也許我們都已經表示了太多的輕蔑了。」杜黑沉吟地說道。

索爾抬起頭來，看到十來個很亮的光點變成在太空中電漿爆炸而成的光波和震波。「我希望我們能有那樣的技能，可以在平等的地位上和上帝對抗。」他以低沉而緊張的聲音說：「和祂當面對決。為所有對人類的不公而反擊。讓祂改一改那種自鳴得意的傲慢態度，否則就把祂打進地獄去。」

杜黑神父挑起了一邊眉毛，然後微微一笑。「我了解你的憤怒。」教士溫柔地摸著蕾秋的頭。

「在日出之前，我們先睡一下，好嗎？」

索爾點了點頭，躺在他的孩子身邊，把毯子拉上來蓋住了臉。他聽到杜黑輕輕地說了句什麼，可能是溫柔地道晚安，也可能是在禱告。

索爾摸了下他的女兒，閉上眼睛，然後睡著了。

荊魔神那天夜裡並沒有來。第二天清早，陽光照上西南邊峭壁和水晶獨石巨碑的頂部時，也沒有出現。索爾在陽光慢慢照進山谷時醒來，發現杜黑睡在他身邊，瑪斯亭和布瑯仍舊昏迷不醒。蕾秋在欠動著，發出新生嬰兒飢餓的哭聲，索爾由最後剩下的奶水裡取了一包餵她，拿出加熱帶來，等了一下，讓牛奶加熱到人的體溫。夜裡寒氣籠罩山谷，人面獅身像的階梯上都結了霜。

蕾秋大口地吃著，發出輕哼和吮吸的聲音，索爾記得五十多年前莎瑞餵她的時候也是這種聲音。等她吃完之後，索爾拍她的背，讓她打了嗝，然後讓她靠在他肩膀上，輕輕地前後搖晃。

還剩一天半。

索爾非常疲倦，儘管在十年前做過一次波森延壽療程，他還是越來越老了。就在他和莎瑞在一般正常情形下應該可以擺脫做父母的責任時，他們的獨生女就讀研究所，而且到這個邊疆星系來參與考古的發掘工作，蕾秋卻感染了梅林症，而他們又得負起做父母的責任來。索爾和莎瑞年紀大了，他們的責任更形沉重，然後因為巴納德星的一場空難，只剩下索爾一個人，而現在他真是非常、非常的疲倦。但即使如此，不論有任何事，索爾卻很有趣地發現自己對照顧他的女兒從來沒有後悔過。

還剩一天半。

過了一下，杜黑神父醒了，這兩個男人用布瑯帶回來的一些罐頭食物做了早飯。海特．瑪斯亭沒有醒來，但杜黑由最後兩塊醫療貼片中取了一片替他貼上，那位聖堂武士開始接受點滴注射。

「你認為最後那塊醫療貼片應該給拉蜜亞小姐用嗎？」杜黑問道。

索爾嘆了口氣，又檢查了一下她的監控儀器。「我想不用吧，保羅。根據這裡的指數，血糖很高，以營養程度看來，就好像她剛吃過一頓好的。」

「可是怎麼會呢？」

索爾搖了搖頭。「也許那該死的東西是什麼維生系統吧。」他指了指由原先神經分流器所在地方連接出來的那條纜線。

「那我們今天做什麼呢？」

索爾看了看天上，那已經淡化成他們在海柏利昂早已習慣了的綠色和天青色大穹頂。「我們等著。」他說。

海特．瑪斯亭在那天最熱的時候醒來，剛好是日正當中之前。那個聖堂武士坐直了身子，說道：「那棵樹！」

杜黑由他在踱著方步的地方匆忙地跑上階梯來。索爾把躺在牆邊陰影的蕾秋抱起，到了瑪斯亭身旁。那個聖堂武士的兩眼瞪著峭壁上方高處，索爾也朝那裡望去，卻只看到顏色越來越淡的天空。

「那棵樹！」聖堂武士又叫了一聲，舉起一隻飽經風霜的手。

杜黑抱住那個男人。「他在幻視。他以為他看到了『世界之樹號』，他的樹船。」

海特．瑪斯亭在他們的手下掙扎著。「不是，不是『世界之樹』，是那棵樹，那棵末日之樹，那棵痛苦之樹！」他張開乾裂的嘴唇喘息道。

兩個男人又抬頭看去，但天上晴朗，只有幾絲雲彩由西南方吹進來。就在這時候，一陣時潮席捲而來，索爾和那位教士在突然的暈眩之下低垂著頭，然後那就過去了。

海特．瑪斯亭想要站起來，那個聖堂武士的兩眼仍然盯著遠處的某樣東西。他的皮膚熱得燙痛了索爾的雙手。

「把最後那塊醫療貼片拿來，注射超級止痛劑和退燒藥。」索爾斷然地說，杜黑趕忙安排。

「痛苦之樹！我本來應該做它的真言者！耳格本來應該讓它穿越時空！大主教和樹之真言者選擇了我！我不能違背他們的重託。」海特．瑪斯亭勉強說道。他在索爾緊抱之下用力掙扎了一下，然後頹然倒臥在石階上。「我是那個真正中選的人。」他輕聲地說，精力就像空氣由破裂氣球中逸出似地離開了他。「我必須在這贖罪的時候引導那棵痛苦之樹。」他閉上了兩眼。

杜黑貼上最後那塊醫療貼片，確定監控儀上會顯示那位聖堂武士的新陳代謝和生化指數的變化，再啟動了退燒和止痛的藥劑，索爾俯身在這穿著袍子的人上方。

「這不是聖堂武士的用詞或想法。他用的是荊魔神教的語言。」杜黑說。教士正視著索爾的兩眼。「這倒解釋了某些謎團，尤其是布瑯的說法。不知什麼原因，這個聖堂武士一直和最終和解教會，也就是荊魔神教會勾結在一起。」

索爾點了點頭，將自己的通訊記錄器戴在瑪斯亭的手腕上，調整監控儀。

「那棵痛苦之樹想必就是荊魔神傳說中的刺樹。可是，他和耳格獲選要導引那棵樹穿越時空是什麼意思？他真以為他能像聖堂武士駕樹船一樣駕馭那棵荊魔神的樹嗎？為什麼呢？」杜黑喃喃地說著，抬眼去看瑪斯亭先前瞪視著的那片天空。

「你得到他下輩子再問他了，他已經死了。」索爾疲憊地說。

杜黑檢查過監控儀，再加上雷納．霍依特的通訊記錄器來重複檢查，他們試了醫療貼片上的電擊、心肺復甦術、人工呼吸。所有的感應器都沒有任何變化。海特．瑪斯亭，聖堂武士，樹之真言者和荊魔神廟朝聖者，真的死了。

他們等了一個鐘頭，對荊魔神這個邪惡山谷裡的一切都深表懷疑，但等到監控儀上顯示屍體開始很快地腐化時，他們把瑪斯亭埋進往山谷入口去的小路上約五十公尺處的一個淺坑裡。卡薩德留下了一支把柄可以伸縮的鏟子，上面以霸軍的術語刻著「挖壕工具」，兩個男人輪流挖掘，休息的那個人則照顧蕾秋和布瑯．拉蜜亞。

兩個男人，一個抱著嬰兒，站在一塊大礫石的陰影裡，杜黑先說了幾句，再把泥土覆蓋上由塑性纖維布將就做成的壽衣上。

「我並不真正認識瑪斯亭先生，我們的信仰不同。可是我們是同行：樹之真言者瑪斯亭一生中大部分時間都在做他認為是神的工作，在謬爾的著作和自然之美中追求神的意旨。他的信仰是真誠的信仰，受過艱難的試鍊，受到服從的鍛鍊，最後還犧牲了生命。」教士說。杜黑停了下來，瞇起眼睛來看著變成刺眼鐵灰色的天空。「主呀，請接受你的僕人，迎他進祢的懷中，正如他日祢迎接我們，其他迷途的尋找者一樣。奉聖父、聖子和聖靈之名，阿門。」

蕾秋開始哭了起來。索爾抱著她走來走去，而杜黑用鏟子把泥土撒在那個人形的塑性纖維包裹上。他們回到人面獅身像的門廊上，輕輕把布瑯移到僅剩的一點陰影下。除非他們把她抬進時塚裡，否則沒辦法為她遮擋午後的陽光，但兩個男人都不想把她抬進時塚裡去。

「領事現在想必已經走了一半的路了。」教士在喝了一大口水之後說。他的額頭給太陽曬傷了，滿布汗水。

「是吧。」索爾說。

「明天這時候，他應該就回這裡來了。我們可以用雷射刀把布瑯救下來，送她上船裡的手術室。也許蕾秋的年齡逆長能用冷凍神遊艙來止住。且不管醫生怎麼說。」

「嗯。」

杜黑把水瓶放下來，看著索爾。「你相信這些就是接下來會發生的事嗎？」

索爾回望著那個男人。「不相信。」

陰影由西南方的峭壁伸了過來。這一天的暑熱彷彿結成了硬塊，然後消了一點點。雲層由南邊移了進來。

蕾秋睡在門邊的陰影裡。索爾走到站在那裡俯視山谷的保羅．杜黑身邊，一手搭在那個教士的肩頭。「你在想什麼呢，朋友？」

杜黑沒有轉過身來。「我在想如果我不是真正相信自殺是滔天大罪，我就會讓事情結束，而給年輕的霍依特一個活命的機會。可是，會不會是自殺的時候，這個寄生在我、在他的胸口上的東西有一天會抓住又踢又叫的我再復活過來呢？」他看看索爾，露出一絲微笑。

「把霍依特帶回到這一切來，會是給他的禮物嗎？」索爾平靜地問道。

杜黑有好一陣沒有說話。然後他握住了索爾的上臂。「我想，我得去走一走。」

「到哪裡？」索爾瞇起眼看了看沙漠午後的酷熱。即使在低低的雲層籠罩下，山谷裡還像個火爐。

教士含糊地比了比手勢。「到山谷裡。我很快就回來。」

「小心點，記住，要是領事在胡黎河一帶遇到巡邏的浮掠機，可能今天下午就會回來。」索爾說。

杜黑點了點頭。走過去拿起一個水瓶，溫柔地摸了蕾秋一下，然後他走下人面獅身像的長長階梯，走得很慢，很小心，像個很老、很老的人。

索爾望著他越走越遠越見渺小的身形，因距離和熱浪而扭曲。然後，索爾嘆了口氣，回去坐在他女兒身邊。

保羅・杜黑盡量走在陰影裡，但即使在那些地方，仍然暑熱難當，像一副巨大的枷鎖般壓在他肩上。他經過了玉塚，沿著小路走向北邊的峭壁和方尖碑。那個時塚的細瘦影子在谷底朱紅色的石頭和沙上畫出一道黑色。他再往下走，找路穿行過水晶獨石巨碑四周的瓦礫堆。一陣懶懶的風吹動了破碎的水晶片，由時塚高處的裂縫間輕哨而過，杜黑抬起頭來。他在低處的碑面上看到自己的身影反射出來，回想起他在飛羽高原高處發現畢庫拉族時，聽見風由大裂口吹起的管風琴樂聲。那好像是好幾輩子以前的事。那的確是好幾輩子以前的事。

杜黑感覺到十字形重組對他的心智和記憶所造成的損害。那讓人十分難受，就像是心臟病發作後沒有復元的希望。以前對他來說有如兒戲的辯論，現在卻需要特別集中注意力，否則就完全超出他的能力範圍之外。想不出適當的字句，情緒的牽動會像時潮一樣突然變得激烈。他好幾次不得不離開其他的朝聖者，獨自為他自己也不明白的原因慟哭。

其他的朝聖者。現在只剩下索爾和那個嬰兒了。如果能救得了這兩個人，杜黑神父很樂於犧牲自己的性命。他不知道這樣打算和偽基督談交易是不是一種罪惡？

他現在已經走到了山谷深處，幾乎已經靠近轉彎向東方形成那條變寬的死路，也就是荊魔神廟將那如迷宮的影子投射到岩石上的地方。那條小路彎得接近西北邊的岩壁，經過那幾個穴塚，杜黑感受到由第一個穴塚裡吹來的涼空氣，很想走進去，只是由酷熱中恢復一下，閉上眼睛，打個小盹。

他繼續向前走去。

第二個穴塚的入口在石頭上刻有更複雜的花紋。讓杜黑想起他在大裂口發現的那座古舊的長方形會堂，那些智力衰退的畢庫拉族「崇拜」的巨大十字架和祭壇。他們所崇拜的是十字形邪惡的不朽，而非十字架許諾的真正重生機會。可是這有什麼差別呢？杜黑搖了搖頭，想要擺脫遮蔽他每個思想的迷霧和讒諂。那條路在這裡彎向上方，經過了第三座穴塚，也是三座時塚裡最淺最不起眼的一座。

在第三座穴塚裡有光。

杜黑停了下來，深吸了一口氣，回頭望了下山谷裡。人面獅身像在將近一公里外清晰可見，但是他看不清楚在陰影裡的索爾。一時之間，杜黑想到他們前一天藏身的地方是不是這第三座穴塚，是不是他們有誰把一盞燈籠留在裡面了。

不是這第三座穴塚。除了搜尋卡薩德之外，這三天來沒有人進過這個時塚。

杜黑神父知道他應該不理會那光亮，回去找索爾，和那個人還有他的女兒一起守夜。

可是荊魔神是分別找上其他每一個人的。為什麼我要拒絕召喚呢？

杜黑感到他臉上濕濕的，這才發現自己不自覺地哭泣著，他粗暴地用手背拭去淚水，站在那裡，握緊了拳頭。

我的智慧是我最大的虛榮，我是個有學問的耶穌會教士，在德日進和浦沙德的傳統教義下非常安全。甚至於我在神學方面宣揚的種種，不論是對教會，對神學院的學生，還有那少數仍肯傾聽的信徒，都強調了心智，在心智上了不起的終極點。上帝是一個聰明的解決問題的程式。

唉，有些事是智慧所不能及的，保羅。

杜黑走進了第三座穴塚。

索爾突然驚醒，很確定有人在偷偷接近他。

他跳了起來，四下環顧。蕾秋發出柔和的聲音，和她父親同時由午睡中醒來。布瑯・拉蜜亞還一動也不動地躺在他原先讓她躺著的地方，生理偵測器仍然亮著綠燈，而腦部活動的指數則是一片紅色。

他至少睡了一個小時，陰影已經橫過谷底，在太陽由雲層中出來時，只有人面獅身像的頂端還照得到陽光。一道道的光由谷口斜射進來，照亮了對面的岩壁。風大了起來。

可是山谷裡沒有一點動靜。

索爾抱起哭著的蕾秋，輕輕地搖著，跑下階梯，看了人面獅身像的背後，又看向其他時塚。

「保羅！」他的聲音由岩石上激出回音。風吹動了玉塚那邊的沙塵，但沒有其他動靜。索爾仍然覺得有什麼在偷偷接近他，而自己正受到監視。

蕾秋發出尖叫，在他懷裡扭動。她的聲音很高，是新生嬰兒細細的哭喊，索爾看了下他的通訊記錄器。再過一個鐘頭，她就只有一天大了。他在天空中找尋領事的太空船，自言自語地輕聲咒罵，回到人面獅身像的入口去給小嬰兒換尿布，檢查了一下布瑯的狀況，由袋子裡取出一包嬰兒餵食包來，又抓了件斗篷。太陽下山之後，熱散得很快。

在暮色猶存的半個小時中，索爾很快地走進山谷，叫著杜黑的名字，探頭張望著一座座時塚，但並沒有進去。經過了玉塚，那個霍依特喪命的地方，邊上已經開始亮起淡綠色的光。經過黑黑的方尖碑，碑影落在東南方峭壁的高處。經過水晶獨石巨碑，上半部還照到這一天最後的日光，然後等太陽落在詩人之城後方的時候，漸漸暗下來。索爾在夜間突來的寒意中經過那幾個穴塚，對著每個洞穴呼叫，只感到潮濕的空氣撲面而來，像張開的嘴裡吐出的冰冷呼吸。

沒有回應。

在最後的暮色裡，轉進山谷的彎道，就是鋒刃猙獰的荊魔神廟，在黯淡的微光中顯得既黑暗又不祥。索爾站在入口，想要弄清楚那些墨黑的黑影到底是些什麼，尖塔、木椽，還有塔門，他朝黑暗的廟裡叫喊，只有回聲應答。蕾秋又開始哭了起來。

索爾覺得後頸上一陣寒意，不停地轉回身去，想出其不意地逮到監視他的人，卻只看見越來越黑的影子，以及頭上雲間初升的星星。他匆忙地由山谷中走回人面獅身像，起先走得很快，後來幾乎一路跑過玉塚，夜風大了起來，發出如孩童尖叫般的聲音。

「該死的！」索爾衝到人面獅身像階梯頂上時喘著氣咒罵了一聲。

布瑯．拉蜜亞不見了，她的身體和那根金屬的纜線都不見蹤影。

索爾咒罵著，緊抱著蕾秋，在他的背包裡摸索著找尋手電筒。

在走進中間走道十公尺的地方，索爾發現了那條原先裹在布瑯身上的毯子。除此之外，什麼也沒有。走道既分歧又曲折，一下變寬，一下變窄，天花板又低得讓索爾必須匍匐前進，一面用右手抱著孩子，讓她的臉貼在他臉上。他很討厭在這個時塚裡。心跳猛烈到幾乎以為自己當場心臟病發。最後一條走道狹窄到無路可進，原先那條纜線蜿蜒進石頭的地方，現在只剩石頭。

索爾把手電筒咬在嘴裡，用力拍打著岩石，推著那像房子一樣大的石頭，好像會有一道密門開啟，會有密道出現。

什麼也沒有。

索爾把蕾秋抱得更緊，開始退出來，其間轉錯了幾個彎，而在以為自己迷了路的時候，心跳得更慌亂。然後他們到了一條他認得的走道，然後是那條最主要的走道，最後走了出來。

他把孩子抱到階梯底下，遠離人面獅身像。走到山谷入口，停了下來，坐在一塊低矮的岩石上喘口氣。蕾秋的小臉仍貼靠在他頸上，嬰兒沒有出一點聲音。除了靠著他鬍鬚的小手指彎起之外，也沒有其他動作。

風由他背後的瘠地吹來。天上的雲散開又合攏，遮沒了星光，因此唯一的光源來自於那些時塚所發出的噁心亮光。索爾很怕自己狂跳的心會嚇到小嬰兒，可是蕾秋一直平靜地蜷靠在他身上，她的溫暖令他安心。

「該死。」索爾低聲說道。他擔心過布瑯·拉蜜亞，他擔心過所有來朝聖的人，現在他們全不見了。索爾幾十年來的學者生活，讓他凡事都要歸納出一個模式來，像一粒道德的麥子生長在經驗的石頭上。可是在海柏利昂沒有規則可循，只有混亂和死亡。

索爾搖著孩子，望向那塊瘠地，考慮馬上離開這個地方，走到那個死城或是時光堡去，往西北方到利托雷爾或是往東南到馬轡山脈和海相接的地方。索爾抬起一隻顫抖的手來揉了揉臉頰，在荒山野地裡也不會得救。離開山谷並沒能救得了馬汀．賽倫諾斯。以前有人說荊魔神遠在馬轡山脈以南，遠到南方的安迪米恩市和其他的南部城市，而且就算那個怪物會放過他們，飢渴也不會放過他們。索爾也許可以靠植物、老鼠、兔子之類的小動物，以及由高處融解的雪水維生，但是蕾秋的牛奶卻所剩有限，就連布瑯由時光堡帶回來的補給品算上也不夠。然後他才想到，有沒有牛奶根本沒有關係……

在不到一天的時間裡，就會只剩我一個人了。這個想法襲上心頭時，索爾強忍下一聲呻吟。他想救他孩子的決心讓他撐過了二十五年，以及一百倍的光年。他想讓蕾秋恢復生命和健康的決心是一種幾乎可以感知的力量，是他和莎瑞共享過的旺盛精力，而他就像個大廟的祭司維護聖火不滅似地保持活力。不對，天啊，萬事萬物確有規則，這個看似雜亂的事件平臺有一個道德的支柱，而索爾．溫朝博要靠著這個信念來賭他自己和女兒的性命。

索爾站了起來，慢慢地由小路走到人面獅身像，爬上階梯，找到一件保溫斗篷和幾條毯子，在最高的一級階梯上給他們兩個做了個窩。海柏利昂的風呼嘯著，時塚的光更亮起來。

蕾秋躺在他的胸口和肚子上，臉靠著他的肩膀，她的小手一屈一伸地由現實的世界進入嬰兒的夢鄉，索爾聽到她進入夢鄉的溫柔呼吸聲，聽到她吹出小涎泡所發出的聲音。過了一下之後，他也放開了自己緊握住的世界，和她一起進入睡夢之中。

卅 30

索爾．溫朝博夢到從蕾秋感染了梅林症那天開始就一直有的噩夢。

他走在一棟很大的建築物裡，如紅木一樣大小的柱子直伸進陰暗的高處，而紅光一道道由很高的地方射下來。有大火的聲音傳來，所有的世界都在燃燒。在他前面亮著兩個最深的深紅色的橢圓形。

索爾認得這個地方，他知道他會發現前面有一個祭壇，蕾秋就躺在上面，二十幾歲的蕾秋失去了知覺，然後那個聲音會響起，提出要求。

索爾在低矮的陽臺上停下腳步，俯視著那熟悉的場景。他的女兒，那個在離家到遙遠的海柏利昂去做畢業後的工作時，他和莎瑞道過再見的女人，赤裸地躺在一塊寬大的石板上，在所有的一切之上，飄浮著荊魔神那一對血紅色的眼球。祭壇上放了一把以磨利的骨頭做成的長長彎刀，然後那個聲音響起：

「索爾！帶著你的女兒，你唯一的女兒蕾秋，你的摯愛，去海柏利昂一處我指定的地點，將她獻祭火焚。」

索爾的雙手因憤怒和悲傷而顫抖，他扯著頭髮，對著黑暗中大叫，一再重複他以前回應過的話：

「不會再有犧牲獻祭，孩子和父母都不會、不會再有犧牲。服從和贖罪的時代已經過去了。像個朋友那樣幫助我們，否則就滾開！」

在以前的夢境裡，這話會帶來風聲和孤寂，可怕的腳步聲在黑暗中遠去。但這一次夢境繼續下去，祭壇抖動，突然之間空了，只剩下那把骨刀。那一對紅色的眼球仍然飄浮在高處，兩顆火紅的紅寶石，大得如一個世界。

「索爾，聽好，人類的未來全靠你的選擇。如果不是為了服從，你會為了愛而獻出蕾秋嗎？」那個聲音說道，現在音量變了，不再從高處轟然響起，而是幾乎湊在他耳邊低語。

就在索爾還想找出話來說時，已經在自己心裡聽到了答案，不會再有犧牲獻祭。不止今天，隨便哪天都不行。為了對神的愛，以及對神的長久尋找，人類已經受夠了苦，他想到那麼多個世紀裡，他的族人，猶太人，曾經和上帝談判過，抱怨、爭吵、譴責各種事情的不公，但總是、總是回到不計一切代價的服從。多少代都死在恨的爐子裡，未來的後代也被輻射的冷焰和新生的恨意所嚇倒。

這次不行，永遠也不行。

「說好吧，爹地。」

索爾因為有隻手碰到他的手而吃了一驚。他的女兒，蕾秋，站在他旁邊，既不是個嬰兒也不是個成人，而是他曾經遇過兩次的八歲女孩，一次是在長大，一次是因為梅林症而越來越小。蕾秋淺棕色的頭髮往後梳成一根辮子，小小的身影在斜紋布的衣服和小球鞋裡。

索爾握住她的手，在知道不致弄痛她的情況下盡量抓得緊緊的，也感受到她回握住他的手，這不是幻覺，也不是荊魔神最後的殘忍對待，那是他的女兒。

「說好吧，爹地。」

索爾解決了亞伯拉罕面對一個變得有惡意的上帝所有的服從難題。在人類和他們的神之間的關係裡，服從不再是無限上綱，但是當那個孩子選擇成為犧牲而要求服從上帝的任性呢？

索爾單膝跪在他女兒身邊，伸開了兩手。「蕾秋。」

她用力抱緊了他，就和他記得無數次這樣的擁抱一樣，她的下巴抬在他肩頭上，雙臂因為強烈的愛意而極度用力。她在他耳邊低語道：「求求你，爹地，我們一定得說好。」

索爾繼續緊抱著她，感到她細瘦的手臂摟著他，還有她溫暖的面頰貼靠著他的臉。他無聲哭泣著，感到兩頰都濕了，淚水還流進他的短鬚裡，即使擦去眼淚只要花一秒鐘，他也不願將她放開。

「我愛你，爹地。」蕾秋輕聲地說。

他站了起來，用手背擦了擦臉。仍然將蕾秋的手緊握在左手裡，開始和她一起走下長長的階梯，向祭壇走去。

索爾在一陣突然下墜的感覺中驚醒過來，伸手去抓孩子。她正睡在他胸前，小拳頭握著，大拇指含在嘴裡，但在他驚醒坐起時，她醒了過來，像受驚嚇的新生兒那樣發出哭聲和本能反應地弓起身子。索爾站了起來，讓斗篷和毯子掉落在四周，把蕾秋緊抱在懷裡。

天亮了，其實已經將近中午。在他們睡著的時候，黑夜過去，陽光爬進了山谷，越過那幾座時塚。人面獅身像踞坐在他們上方，像隻食肉的野獸，有力的前腿伸在他們睡覺的階梯兩邊。

蕾秋哭哼著，她的臉因為驚嚇、飢餓，以及感覺到她父親心中的恐懼而皺縮起來。索爾站在強烈的陽光中搖著她。然後走到人面獅身像階梯的最高一級，替她換了尿布，熱了最後幾包牛奶裡的一包，餵給她吃，讓哭哼變成了柔和的吃奶聲，然後拍背讓她打嗝，再抱著她走來走去，等她再沉入淺淺的睡眠之中。

到她的「生日」只有不到十個小時了。日落前只有不到十個小時，他女兒的生命在那之後就只剩幾分鐘。索爾不是第一次希望這座時塚是個巨大的玻璃建築，象徵著宇宙和使之運行的神，那樣索爾就要朝這裡扔石頭，要打得所有的一切殘破不堪。

他想要回憶起他的夢境，但夢中的溫暖和安心在海柏利昂太陽刺眼的光裡全都粉碎。他只記得蕾秋低聲說的約定。想到要把她獻給荊魔神，讓索爾的胃因恐怖而疼痛起來。「不要緊，不要緊的，孩子。領事的太空船很快就會來了，太空船隨時都會到的。」他對那扭動嘆息著再回甜美夢鄉的嬰兒說。

到了中午，領事的船並沒有來。下午過了一半時，領事的船還沒有來。索爾在山谷裡走來走去，喊著那些失蹤的人，蕾秋醒來時就唱一些已經半遺忘的歌，哼著催眠曲讓她再回到夢鄉。他的女兒好小好輕，出生時是兩千七百克，身長五十公分，他還記得在巴納德星那棟老古董的房子裡笑著這些老古董的度量單位。

到近黃昏時，他在人面獅身像伸出來的爪子陰影裡，由半睡半醒中驚起。他站起身，蕾秋在他懷裡也醒了過來。一艘太空船劃過深藍色的天空。

「來了！」他叫道，而蕾秋在他懷裡欠身扭動，好像表示回應。

一道藍色的融合焰閃著太空船在大氣層中特有的強光。索爾跳上跳下，這麼多天以來第一次感到鬆了口氣。他又叫又跳，弄得蕾秋擔心地哭哼起來。索爾停下來，將她高高舉起，知道她的眼睛還不能看得清楚，但還是希望她看那艘下降的太空船有多美，船身劃過遠方的山脈，向高高的沙漠降落下來。

「他辦到了！他來了，這艘太空船會……」索爾叫道。

三聲沉重的巨響幾乎同時傳到山谷裡，前兩聲是太空船的「足跡」在船身減速時超前所產生的音爆，第三聲是船炸毀的聲音。

索爾瞪視著那長長融合尾尖端閃亮的光點突然亮得像太陽一樣，再擴大成一朵火雲和沸騰的氣體，然後成為一萬多燃燒的碎片翻滾向遠方的沙漠。他眨了下眼，消除視網膜上的殘影，蕾秋還一直哭著。

「我的天，我的天啊。」索爾低聲地說。那艘太空船毫無疑問地完全摧毀了，接下來的一連串爆炸振動出一波的空氣，甚至遠達三十公里之外，碎片紛紛墜落，後面帶著黑煙和烈焰，落向沙漠、高山和再過去的草海裡。「我的天啊。」

索爾坐在溫熱的沙上。他已經筋疲力竭得哭不出來，空虛得什麼也不能做，只是搖著他的孩子，等她哭聲停止。

十分鐘之後，索爾抬起頭來，看到又有兩條融合尾劃過天空，這回由天頂直向南去，其中之一爆炸開來，遠得他聽不到聲音，另外一道則消失在南邊的峭壁後，馬轡山脈之外。

「也許那不是領事的船，可能是驅逐者入侵，說不定領事的太空船還會來救我們。」索爾低聲說。可是到了下午快過完了，太空船還是沒有來。等海柏利昂小太陽的光照在峭壁上，陰影已經到了站在人面獅身像最高一級階梯上的索爾身邊時，太空船也還沒到。等整個山谷都被陰影籠罩的時候，太空船依舊沒有到來。

蕾秋是從這一秒起不到三十分鐘之內出生的。索爾檢查了一下她的尿布，發現是乾的。他用最後一包牛奶餵她。她在吃奶的時候，用大大的黑眼睛望著他，好似在他的臉上搜尋。索爾想起他抱著她的最初幾分鐘，莎瑞正蓋著溫暖的毯子在休息，當時小嬰兒的兩眼就盯著他，在發現這樣一個世界時，也帶著同樣的疑問和驚訝。

夜風把雲很快地吹到山谷上方，西南方傳來轟隆的聲音，起初像是遠方的雷聲，然後是令人難過的連續砲擊，很可能是在南方五百公里以外有核彈或電漿爆炸。索爾搜索著低矮雲層之間的天空，看到好幾道光如耀眼的流星在頭上飛過，可能是彈導飛彈或太空登陸艇吧，不管是什麼，都會為海柏利昂帶來死亡。

索爾沒有理會。他輕柔地對蕾秋唱著歌，讓她喝完了奶。他已經走到山谷口，現在他又緩緩地走回人面獅身像去。那些時塚從來沒那麼亮過，一波波地閃動，好像霓虹燈受到電子的影響發出刺眼的光。在頭頂上，落日最後的光甚至將低矮的雲層化為一道火焰般的天花板。

離最後慶祝蕾秋誕生的時刻不到三分鐘了。就算領事的太空船現在抵達，索爾也知道他來不及登船，或把他的孩子送進冷凍神遊的睡鄉。

他原本就不想這樣做。

索爾慢慢地爬上人面獅身像的階梯，知道標準時間二十六年前，蕾秋也走過這條路，卻再也沒想到等在那黑暗洞穴中的命運。

他在最上一級停了下來，深吸了一口氣。太陽的光極其明亮，充滿了整個天空，也照亮了人面獅身像的翅膀和上半部。這個時塚看來好像在釋放出儲存起來的光，就像是希伯崙沙漠裡的石頭，索爾多年前曾在那荒野的地方遊蕩，想要得到啟發，卻只找到悲傷。空氣在光中抖動，風越颳越大，把沙吹過谷底，然後平息了下來。

索爾在最上一級階梯單膝跪下，拉掉了蕾秋身上的毯子，最後孩子只剩下軟軟棉布的新生兒衣服，其實就是一塊包著嬰兒的布。

蕾秋在他手裡扭動，她的臉呈紫色，而且濕滑，她的雙手很小，因為不停地張握而發紅。索爾回想起在醫生把嬰兒抱給索爾時，她就是這個模樣。他當時像現在一樣望著他新生的女兒，然後將她放在莎瑞的肚子上，讓那個做母親的能看得到。

「啊，天啊。」索爾低聲地說著，將另一條腿也跪下來，現在他是真正地跪著了。整個山谷在震動，好像地震一般，索爾模糊地聽到遙遠的南方爆炸聲繼續響著。但是現在更讓他擔心的是人面獅身像發出的可怕亮光。索爾的影子在墓塚發出悸動的亮光時飛躍到他背後五十公尺，下了階梯，伸過谷底。索爾由眼角瞥見其他的時塚也同樣明亮，像巨大而怪誕的反應爐在熔化以前的最後幾秒鐘。

人面獅身像的入口閃著藍光，然後變成紫色，再轉成可怕的白色，在人面獅身像後面，時塚谷上方高原的岩壁上，一棵不可能有的樹抖動出現，粗大的樹幹和尖利的鋼鐵枝椏伸進發亮的雲層，再向上伸展。索爾很快地看了一眼，看到那些三公尺的刺和上面結著的可怕果子，然後他再把眼光轉回來看著人面獅身像的入口。

有風聲呼嘯，雷鳴滾滾。有千萬塵粒吹成像乾涸的血所構成的簾幕，懸在由時塚所發出的可怕光亮裡。有好多聲音在吶喊，有更多聲音齊聲尖叫。

索爾對這一切都沒有理會，他的雙眼只注視著他女兒的臉，還有她的後面，那已經遮滿發光入口的黑影。

荊魔神出現了。這個怪物必須彎下腰來，才能讓那三公尺高的身軀和鋼刃不致碰到頂上的門楣，走到人面獅身像的洞口，向前走來，一半生物，一半雕像，像一個噩夢般刻意緩緩地走著。即將消逝的天光閃動在那個東西的殼上，流瀉下弧形的胸板到那裡的鋼刺，閃動在如鋒刃的手指和由每個關節伸出來的小刀上。索爾把蕾秋緊抱在胸前，瞪著那對算是荊魔神眼睛的複眼似的紅色熔爐。落日餘暉蛻化成索爾一再重現的夢境中那種血紅色的亮光。

荊魔神的頭微微轉動，滑順地轉著，向右轉九十度，向左九十度，那個怪物好像在觀測他的地盤。

荊魔神向前走了三步，站在距離索爾不到兩公尺的地方。那個東西的四條手臂扭動，向上伸起，手指鋼刀打了開來。

索爾把蕾秋緊抱在身前。她的皮膚濕潤，小臉發紫，因為生產的用力而出現斑斑點點，只剩幾秒鐘了，她的兩眼分別轉動著，似乎要將焦點集中在索爾臉上。

「說好吧，爹地。」索爾想起了那個夢。

荊魔神的頭低了下來，一直到那對在可怕眼瞼下的血紅眼睛能夠盯著索爾和他的孩子。那水銀的下巴微分開來，露出一層層一排排的鋼牙。四隻手伸向前來，金屬的手掌向上，停在離索爾的臉半公尺的地方。

「說好吧，爹地。」索爾記得那個夢，記得他女兒的擁抱，知道到了最後，當其餘一切都是塵土，我們能隨身帶進墳墓裡去的，只有對我們所愛的人所有的那份忠誠。誓約，真正的誓約，就寄託在那種愛裡。

索爾抱起他新生而臨終的孩子，才幾秒鐘大，現在正呼吸著她的第一口和最後一口氣，漸漸縮小的孩子，將她交給了荊魔神。

少了她那小小的重量，使索爾感到一陣暈眩。

荊魔神將蕾秋舉起，往後退去，然後被包裹進光裡。

在人面獅身像後面，那棵刺樹不再抖動，進入了現在，讓人看來清楚得可怕。

索爾走向前去，懇求地伸出雙手，荊魔神退入亮光之中，消失了蹤影。連續的爆炸掀起雲浪，壓力波將索爾撞得跪倒在地。

在他後面，在他周圍，所有的時塚都在開啟。

The Fall of Hyperion

海柏利昂 2：海柏利昂的殞落㊤

作者・丹・西蒙斯（Dan Simmons）｜譯者・景翔｜封面設計・徐睿紳｜內頁排版・謝青秀｜責任編輯・郭純靜｜編輯協力・徐慶雯・呂安琦・廖怡理｜行銷企畫・陳詩韻｜總編輯・賴淑玲｜社長・郭重興｜發行人兼出版總監・曾大福｜出版者・大家出版｜發行・遠足文化事業股份有限公司 231 新北市新店區民權路 108-4 號 8 樓 電話・(02)2218-1417　傳真・(02)8667-1851 ｜劃撥帳號・19504465 戶名・遠足文化事業有限公司｜印製・成陽印刷股份有限公司　電話・02)2265-1491 ｜法律顧問・華洋法律事務所　蘇文生律師｜全集定價　799 元（上下不分售）｜初版一刷・2017 年 6 月｜有著作權・侵犯必究｜本書如有缺頁、破損、裝訂錯誤，請寄回更換

國家圖書館出版品預行編目 (CIP) 資料

海柏利昂 2：海柏利昂的殞落 / 丹 . 西蒙斯 (Dan Simmons) 作 ; 景翔譯 . -- 初版 . -- 新北市 : 大家出版 : 遠足文化發行 , 2017.06
上冊 ; 14.8x21 公分
譯自 : The Fall of Hyperion
ISBN 978-986-94603-2-3 (上冊 : 平裝). --

874.57　　106005490